新潮文庫

涙

上巻

乃南アサ著

目次

涙

上巻

プロローグ

娘の真希《まき》が萄子《とうこ》たちのもとへ戻ってきたのは、暮れも押し詰まった風の強い晩のことだった。埃《ほこり》っぽい寒風にさらされて、肩まである髪を乱しながら、彼女は玄関に飛び込んできた。

「ああ、お腹《なか》ぺこぺこ。今夜、何？」

嫁ぐ前とまるで変わらない様子で、早速、台所に入り込み、当たり前のように鍋《なべ》などを覗《のぞ》いている娘を、萄子は思わず苦笑しながら眺めた。

「なあに、土曜日だっていうのに。一樹《かずき》さんは？　またゴルフ？　こんな暮れにまでなって」

「そんなところ」

真希はけろりとした表情でそう答えると、「お父さんは」と続ける。夫の淳《あつし》も、今夜は昔の仲間との忘年会があると言って、夕方から出かけていた。

「じゃあ、またお母さん一人だったんだ。よかったじゃない、私が来て」

萄子は、娘を軽く睨む真似をして再び流しに向かい、広島菜の漬け物を細かく刻んだ。広島に住む知人が送ってくれるこの漬け物は、歯ごたえがあって美味《おい》しいのだが、その分筋が太くて強《こわ》い。この秋に奥歯を治療して以来、どうも食べ物が挟まるようになって、そんな筋などが挟まろうものなら煩《わずら》わしくてたまらないから、最初から細かく刻んでしまう。

「なあに、煮物とお漬け物だけなの？」

「お浸しもあるし、カレイも煮てあるわよ」

横から顔を覗かせていた真希は、いかにも不満そうな表情で「カレイ？」などと言う。まったく、これだから困る。前触れもなくふいに舞い戻ってきて、こちらの献立に文句をつけるのだ。

「じゃあ、ハムでも切る？　お歳暮にいただいたのがあるから、軽く焼いて」

真希は嬉《うれ》しそうに頷《うなず》いてから、萄子の傍を離れていった。すぐに、居間からテレビの音が聞こえてくる。本当は、ハムくらい自分で焼きなさいと言いたいところだった。だが、ここへ来ないときには一人で何でもやっているのだろうし、その上、平日は勤めに出ている、何しろ寒い中をわざわざ来たのだと思うと、ついつい甘くなる。第一、萄子にしたって今夜のように夫の帰りが遅い晩は、一人で食卓に向かうより娘とあれこれ喋《しゃべ》りながらの食事の方が、ずっと楽しいのだ。

二年前に結婚した真希は、実家からさほど遠くないマンションに住んでいて、平日でも頻繁に戻ってきては、夕食までとっていくことも珍しくはなかった。

「だって、一人分の食事の支度なんて面倒だし不経済だし、それに、一人じゃ美味しくないもの」

それが真希の口癖だった。彼女の夫は残業や接待がやたら多いらしい。それでも夕食が済めばさっさと帰ってしまうのが常だったから、萄子はその日も、持たせてやる手土産のことなどを考えていた。ところが食後しばらくくつろいでも、娘は帰る様子を見せなかった。そして突然、今夜は泊まっていくと言い出した。

「いいでしょう？　泊まっていっても」

ついさっきまで、普段とどこも変わらなく見えた娘の表情が一転して、かつて見たこともないほどに硬く強張っていた。これは、どうもただごとではない、喧嘩《けんか》でもしたのだろうかと萄子は考えた。だが、日頃は自分の感情を素直に顔に出すはずの娘が、今の今まで平静を装《よそお》っていたことを考えると、妙に心に引っかかる。単なる夫婦喧嘩ではないのかと、直感的に思った。

「珍しいじゃない、一樹さんと何かあったの？」

「――べつに」

「べつにっていうこと、ないでしょう？　何もなくて、泊まっていくなんて言い出すはず、ないじゃないの」

「お腹が膨れたら、帰るのが面倒になっただけよ」

馬鹿《ばか》丁寧なほどゆっくりりと、蜜柑《みかん》の筋をむきながら、真希はそっとため息をついている。こんな時、しつこく問いただすのが良いのか、好きなようにさせた方が良いのか、萄子には判断がつかなかった。何しろ、この二年間というもの、ただの一度も泊まっていったことなどない娘なのだ。むしろ、こちらが泊まっていったらと引き止めても、一家の主婦だから、夫が寂しがるからなどと言って、すげないほどにあっさりと帰ってしまうのが常だった。

「一樹さんには、言ってあるんでしょうね」

「――――」

「ここに帰ってきてること、知ってるのね？」

萄子が何を聞いても、真希はわずかに唇を尖《とが》らせたまま、そっぽを向いていた。これは少しばかり深刻なようだ。萄子は娘の表情を窺《うかが》いながら、自分も蜜柑に手を伸ばした。しばらくの間、居間にはテレビから洩《も》れる馬鹿陽気な音だけが広がった。

「私さあ」

ずい分長い沈黙の後で、ようやく真希が口を開いた。きれいに筋をむききった蜜柑を食べる様子もなく、手の中で弄《もてあそ》びながら、娘は一点を見つめていた。

「離婚、するかも知れない」

「離婚？　ちょっと、何言ってるのよ」

思わず目をむいたが、真希は顔を上げようともしなかった。そして、相変わらず遠い目をしたまま、深々とため息をついている。その横顔がずい分疲れて見えて、萄子は自分の眉根《まゆね》に力が入るのが感じられた。こんな表情を見せる娘ではなかった。多少わがままなところはあるが、それでも明るくて溌剌《はつらつ》としているのが、一番の魅力なのだ。その娘が、よく見れば目の下に疲れをためて、憂鬱《ゆううつ》のかたまりのようなため息をつく。

「ちょっと喧嘩したくらいで、すぐに離婚なんて言い出すものじゃないわよ」

その途端、真希は初めてこちらを向き、「ちょっとじゃない！」と激しい口調で答えた。それなら、どうしたというのだ。何があったというのだと、今度こそ問いたださなければと思った矢先、インターホンが鳴った。夫の淳が帰ってきた様子だった。

「お父さんには、言わないでね！」

立ち上がった萄子の背中に真希の声が被《かぶ》さってきた。

「そんなわけに、いかないでしょう」

振り向きざまに答える。真希は、この上もなく情けない、そのくせ、どこかふてくされたような表情で口を尖らせていた。心臓が一回り縮んだような、息苦しくなりそうな緊張感に襲われながら、萄子は小走りに玄関に向かった。

「冷えてきたな。すごい風だ」

ほとんど白くなっている髪をわずかに乱し、玄関に足を踏み入れた淳は、さほど酔ってはいない様子だった。萄子は「お帰りなさい」と言う代わりに「真希がいるのよ」と囁《ささや》いた。

「まだ？　へえ、珍しいな」

以前から娘に甘い父親は、それだけで顔をほころばせようとする。それを遮るように、萄子は「それがね」と続けた。

「泊まっていくって、言い出して」

スリッパに足を入れた淳は、少しばかり怪訝《けげん》そうな表情で小首を傾《かし》げ、萄子を見下ろしてくる。娘が結婚後、一度もこの家に泊まっていないことは、淳だって承知している。

「お父さんには言わないでって言われたんだけど——離婚するかも知れないって」

「離婚？　何で」

「それは、まだ」

今度は、淳の眉間《みけん》に深い皺《しわ》が寄った。そして、ちらりと居間の方を窺っている。萄子は、そんな夫の背中に手を添えて軽く押した。外気にさらされていたコートは、手にひんやりと冷たかった。

「ちょっと、様子を見てやってね」

その冷たい背中に囁きかける。淳は、萄子に促されるままに廊下を歩き、居間に足を踏み入れた。さっきまで憂鬱そのものの顔をしていた真希が、無理矢理作った明るい笑顔で「お帰り」と父親を見上げた。

「泊まっていくって？　珍しいじゃないか」

「たまにはお父さんの顔も見たいじゃない？　そうしたらこんな時間になっちゃったし、ほら、今夜、寒いんだもの、もう外に出たくなくなっちゃった。明日は日曜だから仕事の心配もしなくていいしね」

見え透いた嘘《うそ》をつく娘を、萄子は夫の背後からそっと見つめていた。何も、そんなに無理することはないではないかと言いたかった。だが、意地っ張りなところのある真希は、自分が困っているときほどこんな顔をする。子どもの頃から、そうだった。

萄子は密《ひそ》かに合図を送るつもりで、夫の背中をもう一度軽く叩《たた》いた。その意味を感じ取ったらしく、夫は「そうか」とだけ答え、コートを脱ぎにかかった。そして、すぐに風呂《ふろ》に入ると言い出した。

「あ、お父さんが出たら私も入るから！」

居間から出ていく父親に大きな声で呼びかけ、それから真希は、またため息をついていた。その疲れた表情に、萄子はかける言葉を見つけられずにいた。娘とはいえ、夫婦の問題だ。

真希が風呂を使う間、萄子は夫と共に茶をすすりながら、声をひそめて話し合った。

「とにかく、普通じゃないわ。相当だと思う」

普段の娘の性格から考えれば、軽い口喧嘩程度なら「頭にきちゃう」などと、かなりストレートに感情を表し、その後けろりとする場合が多い。事実これまでの二年間にも、そういったことは数回あった。家に飛び込んでくるなり、「ちょっと聞いてよ」と口を開き、「カズくん」にこう言われた、ああ言われたと、こちらが呆気《あっけ》に取られている間に一方的にまくし立てて、それですっきりして帰っていくのだ。

だが、それでは常にストレートなのかといえば、そうでもない。問題が重大になるほど口が重くなり、感情を押し殺そうとする部分もあった。小学生の頃に軽いいじめに遭ったときも、中学生の頃に非行グループに誘われそうになったときも、高校生になってから親友が自殺したときも、真希は普段以上に明るく振る舞ったかと思うと、固く口を閉ざし、部屋に閉じこもってしまった。明らかに一人で泣いていたと分かるのに、真っ赤に泣き腫《は》らした目で、それでも部屋から出てくれば、必死で普段と変わらずに振る舞おうとする娘が、いじらしく、また、いとおしく思われて、つい抱きしめたくなったことも少なくない。成長してからは、いつまでも親の出る幕でもないだろうと思うから敢《あ》えて問いただしたりはしなかったが、やはり年に何度か、そんな時があった。

「黙って寝かせてやる?」

「今日は、それでもいいだろうがな、明日は日曜なんだし。着替えか何か、持ってきてるのか」

菊子は淳の顔を見つめ、ため息をつきながら小さくかぶりを振った。

「だったら、一泊して帰るつもりじゃないか?」

「じゃあ、明日まで様子、見てみる?」

結局、夫婦はそう結論を下した。その夜、菊子はあまり眠れない夜を過ごした。久しぶりに、幼い頃から使っていた部屋で休んでいる真希が何を考え、どんな心持ちでいるかと思うと、気が気ではなかった。何度か寝返りを繰り返しているうち、隣の布《ふ》団《とん》からも大きなため息が聞こえてきた。続いて、「まったくなあ」という呟《つぶや》き。萄子はもう一度寝返りを打って、闇《やみ》の中で夫の布団の方を向いた。

「電話の一本くらい、かけてくればいいのよね」

淳の低い声が、ああ、と唸《うな》るように聞こえる。

「心配じゃないのかしら。謝るんなら、早い方がいいのに」

「向こうが悪いとは限らないさ」

それはそうだ。だが実は、萄子は最初から一樹という青年が気に入ってはいなかった。いつかは、こんなことになるのではないかという予感のようなものがあった。調子ばかり良くて、あまり誠意の感じられない、そんな印象を抱いていた。それでも娘の選んだ相手だった。そんな勘は当たらないでくれた方が良いと、萄子はそんなことばかりを考えながら、浅い眠りをわずかに味わっただけで朝を迎えた。

真希がようやくその重い口を開いたのは、翌日の夕方近くになってからのことだった。それまで淳の庭掃除を手伝ったかと思えば、萄子の買い物についてきたりと、結婚前よりもよほど人なつこく親の傍にいたがり、普段以上に明るく振る舞っていた娘に、まず淳が「そろそろ帰らなくていいのか」と尋ねた。萄子も加わって三人で向き合って初めて、真希は真顔に戻り、俯《うつむ》いたままで、「いい」と答えた。

「だけど、明日は会社だろう」

「仕事納めだから大掃除だけ。休もうと思えば休めるもの」

「それにしたって――」

「いいの」

真希の表情は、昨日よりもさらに硬く強張り、どこか決然として見えた。

「第一、一樹くんはどうしてるんだ」

「そうよ。あなたたち、どうかしたの？　離婚するかも知れないって、どういうことなの」

萄子もたまらずに口を開いた。真希はしばらくの間、唇を噛《か》んでいたが、やがて観念したように大きく息を吸い込んだ。

「彼――家に帰ってないのよ」

一瞬、萄子は夫と顔を見合わせた。淳の眉間には、またも深い皺が刻まれている。

「帰ってないって――」

真希は、半ば投げやりともとれる表情で萄子と淳とを交互に見た後、夫の一樹は家を出ていってしまったと言った。

「出ていったって、いつ」

「木曜。先々週の」

萄子は素早く壁のカレンダーに目をやった。先々週の木曜日といえば十七日だ。つまり、既に十日も家を留守にしていることになる。

「じゃあ、クリスマスはどうしてたの」

「——クリスマス？　私？　家に、いたわ」

「一人で？」

「クリスマスだから——ひょっとしたら帰ってきてくれるんじゃないかと思ったから、待ってたの！」

思いを吐き出すような口調に萄子は思わず息を呑《の》み、ただただ淳と顔を見合わせるばかりだった。

萄子夫婦には、真希の下にもう一人子どもがいる。真希より三つ下の、今年で二十八になる長男は大学を卒業後、就職してすぐに地方に転勤になっていた。真希も嫁いでいってからは夫婦だけの生活に戻り、クリスマスだからといって、もう以前のようにツリーを飾ったりケーキを用意したりすることもなくなった。それでも、長男は地方の都市で恋人でも作っただろうか、長女は夫婦水入らずで過ごしているだろうかなどと話しながら過ごしたのは、つい一昨日のことだ。淋《さび》しいのは仕方がない。成長した彼らが、それぞれに思い出に残る聖夜を過ごしていればそれで良いと、そう互いに言い聞かせていた。

それなのに真希は、帰らない夫を待って、たった一人でクリスマスを過ごしたと言った。

「どこに、行ったたっていうの。一樹さん、どこにいるの？　あなた、知ってるんじゃないの？」

「――知らない」

「知らないって――」

「知らないことは、ないだろう。自分の亭主だぞ」

淳が押し殺した声で呟いた。その途端、真希の顔にはありありと苦痛の表情が現れた。反射的に萄子は一つの考えを思い浮かべた。

「あなた、まさか、一樹さん――」

初めて、真希の瞳《ひとみ》が落ち着きなく揺れた。

「そう――女のところ」

言い終えた途端、真希は唇を細かく震わせ、膝《ひざ》においていた両手をぎゅっと組み合わせた。爪《つめ》が白くなるほどに力を入れて、まるで必死で祈るような手つきのまま、娘は「好きなんですって、その女が」と呟いた。萄子は、何と言えば良いのかも分からないまま、今度は夫の方を窺《うかが》った。日頃は物静かで、滅多に顔色など変えたことのない淳の横顔は、今は血の気が失《う》せたように青白く、強張《こわば》って見えた。

それから真希は途中で何度も言葉を呑み、涙を見せまいとするかのように顔を天井に向け、その都度深呼吸をしながら、ぽつり、ぽつりと語り始めた。

一樹が浮気しているのではないかと感じ始めたのは、半年近く前からだという。最初は頻繁に無言電話がかかってくるようになり、やがて、今度は深夜に一樹の携帯電話が鳴るようになったのだそうだ。当然のことながら帰宅しているはずの時間に携帯電話が鳴ることに、真希は一抹の不安を覚えたが、一樹は涼しい顔で「携帯の番号しか知らない」仕事仲間からだと説明していた。だが、たまたま一樹が入浴中の時など、真希がその携帯電話をとると、必ずプッリと切れてしまう。

「それだけでも、ぴんとくるでしょう」

ただの仕事仲間が、真希が電話に出たからといって挨拶《あいさつ》もなしに切るはずがない。萄子たちの前で、真希は自らを嘲笑《あざわら》うような表情で「いくら鈍感な私だってね」と続けた。萄子は胸の詰まる思いで、娘の話を聞いていた。どんな相づちを打っても陳腐なだけだと思った。

半年も前からそんな不安を抱えていたというのに、真希は、この家に帰ってきてもただの一度も、それらしい話をしたことはなかった。新婚気分のまま、いつも楽しくやっていると、彼女は常に言っていたではないか。本当のことを、もっと早く言ってくれれば良かったのにという苛立《いらだ》ちと、一人で耐えていたらしい娘へのいじらしさが渦を巻き、さらに娘婿《むすめむこ》への怒りとで、余計に言葉が見つからない。まさか、娘のこんな表情を見なければならない日が来ようとは思わなかった。

「もう──疲れちゃった」

ついに、真希の瞳から涙がこぼれ落ちた。

電話の件以外にも、浮気を疑う材料がいくつか出てきて、ついに二カ月ほど前、真希は一樹に問いただしたのだという。すると、娘の夫はいともあっさりと浮気を認め、拍子抜けするほど素直に、相手は同じ課の女子社員であることも、その名前までも白状した。

「でも、その時はきちんと別れるって約束したのよ」

涙を拭《ぬぐ》いもせずに、真希は苦しげに言葉を続けた。だが、約束はしたものの、相手を刺激しないように少しずつ距離を置くなどと言い訳をして、結局、一樹は約束を守らなかった。それどころか不倫相手の女までが、すっかり開き直ったのか、自分から直接電話をかけてきて、真希に向かってお宅のご主人と別れるつもりはないので、よろしくと宣言されたのだそうだ。そのことを真希が責める度に、一樹は必ず別れるからと繰り返した。

そんな泥仕合を繰り返してきた挙げ句、ついに先週になって、相手の女が妊娠したと言ってきた。木曜の晩、真希はかつてないほどに激しく夫を罵《のの》った。そして、代わりに「お前は俺の子どもを殺す気なのか」という言葉を叩きつけられた。その晩、一樹はマンションを飛び出していったのだという。

「じゃ、一樹さん、今――」

「決まってるわ。女のところでしょう」

何という屈辱、何という仕打ちなのだ。大切に育ててきた娘を、必ず幸せにするからと言ってさらっておいて、あの男は何を考えているのだ。頭の中を様々な思いが駆け巡り、萄子は震えが上ってくるのを感じた。出来ることなら今すぐにでも、一樹のいる愛人の家とやらに乗り込んでいって、本人を目の前にして思いつく限りのことを言ってやりたい。

「何ていう人なの、逃げたまんまなんて」

やっとの思いで、それだけ口にしたときだった、萄子は思わず目眩《めまい》に近い感覚に襲われた。

――何ていう人なの、逃げたまんまなんて。

息が詰まるような苦しさが、胸の奥から喉元《のどもと》までせり上がってきそうな気がする。確かにまったく同じ台詞《せりふ》を、萄子自身が言われたことがある。目の前で、拭っても拭っても染《し》み出してくる涙を、何度もティッシュで押さえている真希の姿が、かつての自分とダブって見えた。

「だから――帰っても仕方がないのよ、もう」

その時、萄子は娘の気持ちが手に取るように分かると思った。彼女の心がぼろ雑巾《ぞうきん》のように固く絞られる様が思い浮かんだ。本当ならば、もっともっと涙が出て良いはずなのに、これまでの記憶も、費やしてきた時間も、すべてを洗い流すくらいの、激流のような涙に身を任せたいとさえ思うのに、それが出来ないもどかしさ。切なく、息苦しく、やるせなくて、ただ呆然《ぼうぜん》と、ぼろぼろになった自分の心を持て余しているに違いない真希の姿は、紛うことなく、かつての萄子の姿、言葉を失ったまま娘を見つめているしかない萄子と淳は、あの時の萄子の両親の姿に違いなかった。

菊子たちにしてやれることはない。この問題は、真希が自分で考え、自分で解決しなければならない。それは、菊子自身が一番良く知っている。

暮れには息子の望《のぞむ》も帰ってきて、決して喜ぶべきことではなかったが、菊子たちはこの正月を、図らずも以前と同じ親子水入らずで過ごすことになった。本当ならば正月どころではない、真希夫婦のことを何とかしなければと、菊子と淳とは内心で焦《あせ》っていたのだが、ゆっくり、心穏やかに過ごしたいと言ったのは真希本人だった。

「もう子どもじゃないんだから、年が明けたら、夫婦の問題は夫婦で解決するから。どっちに転んでも、自分が納得いく形にするつもりだし、だから、しばらくは黙って見守っててくれないかな」

娘自身そう望む以上、菊子たちとしては、ただ手をこまねいているより他ない。それは何とも歯がゆく、苛立つことではあったが、淳もまた、真希の思う通りにさせようと言った。

「一度、言い出したら聞かないじゃないか。本当に、お前によく似てる」

最初に実家へ戻ってきた理由を聞かされたときには、顔色を失い、奥歯を嚙みしめるような表情で握り拳《こぶし》を作っていた夫だが、最後に口にしたのは、「待とう」というひと言だった。その言葉にも、菊子はやはり軽い目眩と息苦しさを覚えなければならなかった。

「あなたって、本当に辛抱強い」

ついため息混じりに呟くと、淳は一瞬、怪訝《けげん》そうな表情になり、それから「そうかな」と口元をほころばせた。目元にも口元にも、皺《しわ》が寄った。髪はすっかり白くなり、休日で髭《ひげ》を剃《そ》らないときなどは、頬の辺りにも白いものが光って見える。時が流れたのだと、萄子はしみじみと感じた。

――本当に、何もかもが流れ去った。

まさかこの歳《とし》になって、それも娘の離婚話をきっかけに、過ぎ去った日々を思い出すことになろうとは、思いもよらなかった。いや、今だってきちんと思い出してはいない。思い出したくないのだ。思い出さないために、萄子はこれまでの日々を努めて忙しく、活発に、そして、必死で過ごしてきた。すべての記憶に蓋《ふた》をして、その上に年月という重石《おもし》を積み重ね続けてきた。封じ込めたすべては、そのまま墓場まで持っていくつもりでいた。それが今、心の重石がぐらぐらと揺れ始めている。とうに干からびて、風化しているはずの過去が、煙のように立ち上ろうとしている。その感覚は、ほとんど恐怖に近かった。

――思い出しちゃ、いけない。思い出したくない。

そのためには、とにかく「今」に集中することだ。この三十数年そうやって過ごしてきたように、今、目の前にあることに集中する。傷つき、悩んでいる娘を見守り、必要があれば手を貸さなければならない。正月を過ごして再び地方へ戻っていった息子のために、時折、送ってやる衣類や食品のことを考えなければならない。そうは思いながら、ついため息が出る。淳が、ちらりとこちらを見て、また視線を外した。

年が明け、正式に離婚が成立するまでに要した三カ月という時が、果たして真希にとって長かったのか短かったのか、葡子には分からない。だが、葡子にとっては長かった。それは、何も口出し出来ないままで娘を見守らなければならないもどかしさや、歯がゆさのためだけではなかった。とにかく、真希が何気なく口にする言葉の一つ一つに、必要以上に敏感に反応してしまう自分を、葡子は日増しに持て余し気味になっていた。

「分からないのよ。彼のこと、もっと知ってるつもりだったのに」

「もっとはっきり、憎んだ方がいいのかな」

「これまでの全部が無駄だったなんて、思いたくないじゃない？」

具体的な話はあまりしたがらなかったけれど、淳の帰りが遅い晩など、二人で夕食をとりながら、真希はそれらの言葉を呟《つぶや》くことがあった。その度に葡子は息苦しさを覚え、動揺しそうな自分に狼狽《ろうばい》し、懸命に目の前の娘に気持ちを集中させなければならなかった。かつて、まったく同じ台詞を口にしたことがあり、同様に誰かの前でため息をついたことがあり、明日さえ見えない不安の中で、いっそこの世から消えてしまいたいとさえ願ったことがあるなどとは、とてもではないが簡単に口に出来ることではなかった。

「ごめんね」

　真希は、諦《あきら》めたような微笑《ほほえ》みを浮かべながら、そんなことを言うこともあった。

「まさか自分がバツイチになっちゃうなんて。やっぱり、格好悪いよね」

「何、言ってんのよ」

　きまりの悪そうな、半ば自嘲《じちょう》的な表情の娘に、萄子は常にそう答えるだけで精一杯だった。本当は、話してやっても良いのではないかとも思う。お母さんだって、あなた以上の思いをしたことがある。お父さんと結婚してからは、ずっと幸せで落ち着いて生きてこられたけれど、お母さんにだって若い頃があったのよ。今のあなた以上に、周りにも迷惑をかけたし、ずっと長い間、苦しんだことがあるの――。

　だが、口にする勇気がなかった。そんな風に簡単に話せてしまえば、ずっと気が楽になるかも知れないと思いながら、長い年月をかけて、やっと積み上げた記憶の上の重石を取り払うことなど、到底出来そうになかった。

三月の半ばになって、真希は旧姓の柏木《かしわぎ》に戻った。口では「これで、さっぱりしたわ」と言いながらも、面やつれした娘に、旅行でもしてきたらどうかと言ったのは、淳だった。

「旅行ねえ。でも、何もする気になれないのよね。何をするのも面倒臭いし、このゴタゴタで、会社にも結構、迷惑かけたし」

最初、真希はまったく気乗りのしない様子で、そんなことを言っていた。だが、彼女の高校時代からの親友が、娘の重い腰を上げさせてくれた。ようやく旅の計画を練り始めたのは、既に桜も散った頃だった。


『ヤッホー！

青い海、青い空、きらめく陽射《ひざ》し、もう最高！

と、いうわけで、私は沖縄を満喫しています。昨日までは石垣島を中心に離島巡りをしていましたが、今日は宮古島に来ました。それまで回った島とは雰囲気が違っていて、本当に真っ平らという感じの島です。でも、広々としていて、すごく穏やか。開放的！　住んでる人たちも、すごく温かくて親切です。

お母さんたちには色々と心配をかけたけど、ここで私なりにこれからのこと、じっくり考えるつもりです。とにかく、済んでしまったものは仕方がないのだし、ここにいると〝何とかなるさ！〟っていう気になれるから、不思議です。お母さんたちも、一度是非、来てみたら？　絶対、絶対、気に入るはず！

カナちゃんも、いい話し相手になってくれています。やっぱり一人旅よりよかったみたい。来てよかった！　皆にも感謝しています！　真希』

細かく連ねられたはがきの文字は、その内容と同様に明るく躍って見えた。十日ほど前に旅立って以来、電話の一本もかかってこなかったから、まさかと思いながらもあれこれと気を揉《も》んでいた菊子は、ようやく届いた娘からの便りを読んで、思わずほっと胸を撫《な》で下ろした。

――ヤッホー、ねえ。

何とも呑気《のんき》な書き出しではないか。こちらの気も知らないで。だが、娘なりに菊子たちの気持ちを推し量って、わざと元気な文面の便りを寄越したのかも知れない。そんな風に考えると、明るい文面もかえっていじらしく感じられた。

――それにしても、沖縄とは。

絵はがきを裏返して、萄子は改めて、沖縄の風景写真を眺めた。あくまでも青い空に入道雲が湧《わ》き上がっている。水平線に向かって延びる大地は突端に向かうにつれ狭まり、先端には小さな灯台が見えていた。断崖《だんがい》を緑色の草が覆《おお》い、目の覚めるような明るいブルーの海が、その断崖に白波を打ちつけながら迫っている。萄子は、その風景を隅々まで食い入るように眺めた。

娘の離婚話が決着して、これでようやく自分の気持ちも穏やかさを取り戻すと思っていた。なのに、これはどういう運命の皮肉なのだろう。真希は友人と連れだって沖縄に旅立ち、こんな絵はがきまで送ってきた。無論、彼女は萄子が沖縄に行ったことがあることさえ知らないのだ。

ずい分長い間、萄子は娘からの絵はがきに見入っていた。耳の底に潮騒《しおさい》が聞こえる気がする。湿気を含んだ熱い風、土の匂《にお》い、サトウキビ畑のそよぎ、それらに混ざって、灰色のコンクリートや人々の歓声、都電の走る音までが、砕け散ったガラスの欠片《かけら》のように頭の中で渦巻いた。今度こそ本物の目眩に襲われた気がして、萄子はきつく目を閉じた。

第一章　東京砂漠

1

その年ほど暑く、渇いていて、やかましく、慌《あわ》ただしく、不安定で、それまでのすべてが壊された一年は戦後なかったのではないかと思う。昭和三十九年は、萄子《とうこ》にとってそんな年だった。

その年は新年から、秋に開催される東京オリンピックのために、日本中が異様なまでの熱気に満ちていた。富士山の上空には自衛隊の飛行機が五輪のマークを描いたし、商店や銀行が配るカレンダーにもオリンピックにあやかったものが多く見られ、デパートのウィンドウ、新聞広告、至る所に五つの輪が散らばっていた。この機会にテレビを買いませんか、カメラはどうです、記念コインも出されますよと、四方八方から懸命に消費者の購買意欲をあおり立てる。

東京は街中の至る所が掘り返され、砂埃《すなぼこり》が舞い、轟音《ごうおん》がとどろいた。それまでの道路といえば、せいぜい土を固めた上にセメントを敷くのがやっとだったのに、方々に灰色の柱が立ち、道路は地面を離れて空中を突っ切るようになった。鉄道の線路もあちこちで高架線化され始めて、街には全体に日陰が増えた。一方では、モグラのように地下を走る地下鉄工事も着々と進んでいた。どこへ行くにも、工事現場を通らずに済むことがない生活を、だが、誰も文句は言わなかった。仕方がない。オリンピックに間に合わせなきゃならないんだから。世界一の新幹線だって通るんだから。

四月からはNETテレビで『木島則夫《のりお》モーニングショー』が始まり、その初日には誘拐《ゆうかい》事件発生から一年が経過した村越吉展《むらこしよしのぶ》ちゃんの母親が出演して、萄子の母などはテレビに釘付《くぎづ》けになったと言った。

「だって、気の毒じゃない？　まだきっとどこかで生きてるって信じていらっしゃるのよ、当たり前だわねえ、諦《あきら》めきれるはずがないわねえ」

ケネディ大統領暗殺が報じられたのは、前年の十一月のことだった。史上初の衛星テレビ中継の最初に飛び込んできたニュースの衝撃と、そんな遠くで起きた事件を現地とほぼ同時に知ることが出来る驚きに、それまでテレビに対して多少懐疑的だった大人までが、テレビの重要性を悟り、テレビの報じる「今」に注意を払うようになっていた。

今、どこで何が起きているか。今、誰が何をしているか。テレビだけでなく、電話の普及も手伝って、主婦以外、誰もいないような日中の家からも、人の話し声が聞こえてくるようになった。

すべては、時代がもう誰にも止められない勢いを持って、どこかへ向かって少しずつねじれながら突き進んでいる印象を与えた。世の中は「今」だけを追いかけながら、轟音を立てて闇《やみ》を切り開く。乗り遅れては大変だ。だから、良し悪《あ》しなど判断する前に、とにかくしがみつけ。手に入れられるものは何でも手に入れろ。そういう風潮だった。萄子もまた、それが当たり前だと信じていたし、豊かになった戦後の生活を十分に満喫していた。

終戦の年に五歳だった萄子は、おぼろげながら、一面の焼け野原に建つバラックばかりの東京を覚えている。夏が終わるまでは栃木の親類の家に身を寄せていたのが、九月の末に母と二人で戻ってきていたから、その光景は秋の東京だったのかも知れない。とにかく、やたらと広々とした場所に、ぽつり、ぽつりと掘立て小屋が並び、遠くのビルや一列に並ぶ電柱だけが見えて、全体に黒と茶色ばかりの風景だった。だが、空はあくまでも広く、青く、心地良い風が吹き抜けていたような気がする。それに、赤トンボが飛んでいた。

当時、父はまだ復員しておらず、生死も分からない状態だった。母は毎日もんぺ姿だった。やがて、集団疎開《そかい》していた四歳上の兄が帰ってきた。久しぶりに三人が揃《そろ》ったときの嬉《うれ》しさだけは、幼心にも覚えている。兄は痩《や》せて、目をきょろきょろとさせていた。

「とにかく、これでもう肩身の狭い思いをしなくてもいいんだから。どんなことをしてでも、三人で、お父様を待ちましょうね」

小さな家には、蔔子たち以外にも見知らぬ人たちが住んでいた。壁板がむき出しのままの三畳間で、丸い小さな卓袱台《ちゃぶだい》を囲みながら、母は繰り返し言っていた。疎開先でずい分辛《つら》い目に遭ったと聞いたのは、もっと後になってからのことだ。当時の蔔子は、山も川もない町場に戻って、見える風景はバラックばかり、しかも、寄りかかっただけで棘《とげ》が刺さりそうな壁に囲まれた生活が、何とも窮屈でたまらなかった。

母は、兄を学校に送り出した後は蔔子一人を残して、毎日のようにどこかへ出かけていき、家族三人の食料を調達して、疲れた顔で帰ってきた。蔔子が、一人での留守番はつまらないとか、お腹《なか》が空《す》いた、キャラメルが食べたいなどと文句を言っても、母の答えはいつも決まっていた。

「何を言ってるの、上野の駅にはトコちゃんより小さいのに、お家も家族もなくて、お腹を空かせている独りぼっちの子どもがたくさんいるのよ。我慢なさい」

最後の「我慢なさい」を、あの頃の母は一体、一日に何回くらい口にしていたことだろうか。時には頭からＤＤＴを散布されて真っ白になり、時には母と一緒に配給の列に並びながら、蔔子は戦後の混乱期を過ごした。父が帰ってきたのは翌年、極東軍事裁判が始まる直前の、四月末のことだ。

ある日、見覚えのない男の人が家にやってきた。髭《ひげ》もじゃで汚い軍服を着て、その人は大きな低い声で玄関先で遊んでいた蔔子を呼んだ。見知らぬ人に「蔔子かい」と呼ばれて、蔔子は怖くなって家に飛び込んだ。薄暗く、ひんやりした玄関の上がり框《かまち》から、外の明るい陽射《ひざ》しの中に立つその男の人を眺めたときの光景と、身を隠すように回り込み、手をついた母の背中が、急に大きく震え出したことを、蔔子は今でも鮮明に覚えている。あの時が、蔔子の家族にとっては本当の意味での終戦だった。

父が帰ってきてから、蔔子たちの生活は少しずつ安定し、貧しい食卓にも笑い声が溢《あふ》れるようになった。最初のうち、蔔子は家に大きな男の人がいる生活というものにどうも馴染《なじ》めず、父が大きないびきをかいて寝ている姿などを見ると、絵本で見た鬼のようだなどと思ったりしたものだが、やがて父の存在にも慣れ、何よりも食生活が向上し始めたことが嬉しかった。だが、父は常に忙しく、早朝から出かけていっては夜更《よふ》けまで帰らないことも珍しくなかった。蔔子が小学校に上がって間もなく、父は戦争中のつてを利用して小さな貿易会社を始めた。

それから、萄子たちの家族は世間の復興と足並みを揃えるように豊かになっていった。萄子が九歳になった昭和二十四年には弟も生まれて家はさらに賑《にぎ》やかさを増し、二十八年、家族はそれまで暮らしていた新宿区諏訪《すわ》町から渋谷区富ケ谷に引っ越した。家も敷地も広くなって、父は同じ敷地内に会社の倉庫兼事務所を構えた。萄子は、新しい自分の部屋に、是非ともベッドと赤いシェードのついたスタンドを置きたいとせがんだ。アメリカ映画で見るような、そんな部屋にしたかったのだ。

短大を卒業して一年くらいはぶらぶらしていたが、一度はBG生活も経験したいからと父に頼んで、丸の内にある小さな商社に就職したのは昭和三十六年のことだ。そして、その会社を三十九年六月、今度はOLという呼び名に変わって退社しようとしていた。前の年にNHKが以前から物議をかもしていたBGという呼称を放送禁止と定めたからだ。

「トコちゃん、お式はいつなの？」

昼休みに屋上で昼食をとっていると、親しい仕事仲間が駆け寄ってきた。梅雨入り前の心地良い風が、どこかで地面を掘り起こしている工事の音を運んでくるが、さすがにここまでは土埃は飛んでこなかった。

「十一月なの」

「じゃあ、オリンピックの後ね」

「ねえねえ、お相手は？ どんな方？」

他の女子社員も集まってきて、それにつられて男子社員までが近づいてきた。萄子の周囲にはちょっとした人だかりが出来た。課長が萄子の退社を皆に発表したのは今朝のことだ。

「公務員、よ」

「あら、公務員？」

「へえ、意外。堅実な方を選んだのねえ。なあに、区役所？ 市役所？」

「警察官」

「警察官？ お巡りさん？ へえ！」

彼らの素直な反応に、萄子は微《かす》かに微笑《ほほえ》んだ。確かに、萄子だって意外な気がしているのだ。自分だって、いつかは結婚するだろうとは思っていたが、まさかその相手が警察官で、それも刑事だなんて、考えたこともなかった。

「ねえ、お式はどこで？」

「麹町《こうじまち》のね、東條《とうじょう》会館」

「それで？　ねえ、洋装？　和装？」

「一応、最初はウェディングドレスのつもりなんだけど、これから縫うから」

萄子の答えに、娘たちだけでなく、男子社員までが歓声に近い声を上げた。萄子は思わず頬が赤くなるのを感じた。口にしてしまってから、果たして本当に縫えるものだろうかという不安が頭をもたげてくる。だが、そのつもりにはなっているのだ。レースだって、父に無理を言って調達してもらった。

「自分で縫うのかあ。いいなあ、洋裁が得意なの」

男子社員の一人が、少し眩《まぶ》しそうな表情で言った。それは、母の希望でもある。萄子は、短大で被服を習っていたし、今も洋裁教室に通っていた。戦後の大変だったときに、家族を支えたのは母の洋裁の腕だった。だから、とにかくほんの少しでも良いから手に職をつけておくべきだ、いざという時のために、手内職程度でも出来るようになっていなければならないというのが、母の口癖だった。

「あ、いいこと考えた」

女子社員の一人がぽん、と手を叩いた。

「だったら、ねえ、私が結婚するとき、そのドレス、貸してくれない？　格安で」

何と答えたら良いのかと、ぽかんとしている間に、先ほどとは違う男子社員が、

「おいおい」と口を開く。

「そんな予定があるの？」

「あら、おあいにくさま、私だって捨てたものじゃないのよ」

「それよりも、あなた、サイズを考えた方がいいわ。今のままじゃあ、ちょっと無理かも」

ちゃっかり屋の女子社員が「失礼ねえ」と頰を膨らませたところで、昼休みは終わりになった。明るい陽射しが一杯に溢れている屋上から、萄子たちは小走りに社屋に入った。途端に、ひんやりと冷たい空気が全身を包み込み、目の前が暗くなる。

「でも、警察官の奥さんなんて、大変じゃない？」

隣を歩いていた友人が、少し心配そうな表情で話しかけてきた。

「危険なこととか、ないのかしら」

「少しはあるかも知れないけど——でも、しょうがないわ。そういう人を選んじゃったんだもの」

「ご両親が、よく許して下さったわねえ。お給料だって安いんじゃないの？　大丈夫？　苦労知らずの社長令嬢が、そんな生活」

必要以上に心配してくれる友人の言葉に、萄子は思わず微笑んだ。確かに、両親、中でも父を説得するまでには、それなりの努力を要した。だが結局は、萄子の幸福のためならばと、父も折れたのだ。今、萄子たちの未来に障害と呼べるようなものは、何一つとして立ちはだかってはいなかった。今は十一月がひたすら待ち遠しい。それだけだった。

萄子が奥田勝《おくだまさる》と知り合ったのは、後から思うと本当に運命としか言い様がない。昨年の春先に、たまたま近所で強盗事件が立て続けに起きたということで、聞き込みに回ってきたのが、当時、萄子の家のある地域を管轄《かんかつ》している警察署にいた彼だったのだ。

その日は母もどこかに出かけていて、どういうわけか萄子だけが家にいた。チャイムの音に応対に出た萄子は、玄関先に現れた男の二人連れを見たとき、最初は少なからず不安を覚えた。彼らには、父や兄、会社で会う男性たちとは異なる、ある種異様なほどの迫力があったし、何よりも、その射るような眼差しが印象的だった。中でも、長身の若い方の男を見たときには、一瞬、幼い頃の記憶が蘇《よみがえ》ったほどだ。あの、陽だまりの中に立っていた髭もじゃの復員兵、つまり父を見たときと同じような、不思議な動揺が胸の中に広がったのを覚えている。

だが、年輩の刑事に続いて「奥田です」と名乗った彼は、別段、かつての父のように髭を生やしているわけでも、だらしない服装だったわけでもない。ただ、初めて会った気がしなかった。怖いはず、明らかに自分とは別世界の存在のはずなのに、その一方では、どこか胸に迫るような懐《なつ》かしさを感じた。初対面なのに、「会いたかった」と感じる、そんな気持ちは初めてだった。

「じゃあ、お宅さんは、普段は勤めに出ていて、平日の昼間は家にはいないと。そういうことですね」

話をするのは、主に韮山《にらやま》という年輩刑事の方だった。地味で堅苦しいスーツを着ている韮山は、小柄ではあるが、がっちりした体格で、特に、その手帳を持つ手を見たときに、萄子は彼もまた様々なことをしてきた人なのだろうと感じた。父と同年代に見える刑事の手は、肉体労働者のように、ずんぐりとした太い指を持ち、分厚く、無骨に見えた。

「すると、ええ、普段は、どなたが？」

「母だけです。ただ、父か兄が出たり入ったりすることは少なくありません。仕事の関係で、こちらにも色々な物が置いてあるので」

萄子の兄は大学を卒業して、父の会社を手伝っていた。年内には結婚も決まっていて、新居はもう少し京王線寄りの、初台に構えることになっていた。一時は、会社の事務所から倉庫まで兼ねていたこの家は、弟の成長に従って増築もしたし、ガレージも造ったために手狭になって、父の会社は、現在は信濃町《しなのまち》の貸しビルへ引っ越していた。それでも細々《こまごま》としたものは、相変わらずガレージの上に造った倉庫にある。

「じゃあ、まったく無人になることは、あまりない、ということですか」

韮山の質問に丁寧に頷《うなず》きながら、どうしても気持ちの方は隣の若い刑事にそれようとする。それが自分でも不思議だった。にこりともせずに自分を見ている、その眼差しが何故《なぜ》か熱く感じられた。

次に勝に会ったのは、それからしばらくした、ある火曜日のことだった。活花教室の帰りだったから、恐らく夜の八時近かったと思う。小田急線の代々木八幡《はちまん》の駅を下りて、家に向かって歩き始めたところで、ふいに大きな人影が、ぬうっと現れた。萄子は、ほとんど息が止まるかと思うほどに驚いて、その人を見上げた。太い眉《まゆ》の下の切れ長の目、面長で頬骨が張り、口元は意志の強さを示すように大きい。

「いつも、こんなに遅いんですか」

それが、勝が初めて口にした言葉だった。それから彼は、急に慌《あわ》てた様子になって、「ああ、怪しい者じゃありません」と続けた。だが萄子は、瞬時に彼が誰だかくらい、承知していた。どういうわけかあの日以来、何かというと思い出していた顔だったからだ。きっと、どこかでまた会えそうな、そんな気がしていた。

「刑事さん、ですよね」

勝は意外そうな表情で小さく頷いた。萄子は、何だか急に笑い出したいような不思議な気分になりながら、片手で抱えていた生花の束を見せた。

「今日は、お稽古《けいこ》があったから」

「でも、確か先週は水曜日だったんじゃないですか」

「水曜日は、洋裁教室です。あと、土曜日にお料理を習っているけど、これはそんなに遅くならないわ」

萄子の答えに、勝はさらに驚いた表情になった。そして、真顔からは想像もつかないほど人なつこそうな顔で笑いながら「忙しいんですね」と言った。その口調は、いかにも屈託のないものだったが、何故だか萄子の癇《かん》に障った。第一、水曜日のことまで知っているなんて。

「どうせ、暇だって仰《おつしや》りたいんでしょう?」

初対面に等しい相手に、何を突っかかっているのだろう。ああ、案の定、若い刑事は気まずそうに口を噤《つぐ》んでしまった。ひょっとしたら、自分だって今日という日を待っていたのではないか。だから、あんなに何度も思い出していたのではないか。それなのに、可愛《かわい》げのないことを言ってしまう。悪気はないのに、つい、相手を困らせたり、言い負かしたりしたくなる。さっきまでボールのように弾みかけていた気持ちが、瞬《また》く間に萎《しぼ》んでいく。もうじき自己嫌悪《けんお》の嵐《あらし》が吹き荒れることだろう。いつも、そうなのだ。いつでも萄子は、自分で自分の気持ちをぺしゃんこに押しつぶして、後になって一人で膝《ひざ》を抱えて泣くようなことになる。

——どうして、こんな性格なのかしら。

ごめん下さい、と会釈《えしゃく》して歩き始め、夜の闇《やみ》に向かって、ついため息をついたときだった。背後から「ちょっと」という声が追いかけてきた。

「送っていきますよ」

「結構です、近いですから」

「じゃあ、送っていかせて下さい」

立ち止まって振り返ると、奥田勝は意外なほどに神妙な表情で「頼みますよ」と続けた。

「待ってたんですから」

それが勝との日々の始まりだった。勝は何の前触れもなく、駅前で萄子を待っているときがあった。だが、曜日などは決まっていない。今日は会えるのではないかと思っても、何日でも現れない日もあった。もう、期待するのはやめようと思っていると、闇の中から、ぬうっと現れる。そして、「送らせて下さい」と言う。

菊子の家は、代々木八幡の駅からは歩いて五分ほどしか、かからない。その短い道のりを、勝はいつも、ほとんど何も喋《しゃべ》らずに歩いた。そして、菊子の家に着くと、「じゃあ」と帰っていく。ただ、それだけのことだった。一体、何を考えているのか、どういうつもりなのかと菊子は訝《いぶか》しく思い、少しばかり好意を抱かれていると思ったのは、馬鹿馬鹿《ばかばか》しい勘違いだったのかも知れないとまで考えるようになった。

そんなある日、駅を下りると雨が降り始めていたことがある。傘を持っていなかった菊子は、仕方がないから家まで走ることにした。バッグを頭にかざし、いざ走り出そうとしたときに、頭の上から何かをばさりとかけられた。見上げると、勝だった。自分の上着を菊子にかけたのだ。

「だったら、あなたも」

菊子は勝を見上げて言った。勝は少し躊躇《ためら》うような表情を見せていたが、菊子がいつまでも彼を見上げたまま動かないのを見てとると、一大決心をしたように、菊子にかけた上着を取り上げ、改めて自分も菊子と並んで、頭から上着を被《かぶ》った。長身の彼と並ぶと、菊子はほとんど彼の脇《わき》の下に納まるような形になってしまう。外界から閉ざされたような気分で、全身を勝の匂《にお》いに包まれて、萄子は彼と歩調を合わせて歩き始めた。

あの時ほど時計を止めてしまいたいと思ったことはない。たった五分という時が愛《いと》しくて、切なくて、足もとで跳ねる雨のしぶきも、容赦なく降り続ける雨の音も、何もかもが萄子の中に染《し》み込んでくるようだった。そして、もうすぐ家が見えてくる、門灯が視界に入るというところまで来て、埃《ほこり》っぽい匂いの勝の上着に隠れ、耳元でぱらぱらという雨の音を聞きながら、萄子は初めて、勝の唇を受けた。勝の唇は、氷のように冷たく、ずい分硬く感じられた。

「——何も、言ってくれなかったくせに」

自分の唇に残った不思議な感触を味わいながら、上着の中で萄子は囁《ささや》いた。目を開けることさえ出来なかった。

「急に、こんなことして」

「あれこれ考えてはきてたんだ。だけどいつも、何も言えなくなったから——」

「だから？」

「態度で示した」

萄子は、ゆっくりと目を開けた。すっかり雨水を吸って、裏地まで濡《ぬ》れ始めている上着を支えている勝は、ちょうどバンザイをしているような格好だから、何をすることも出来ない。萄子は、さっと片手を振り上げた。そして一瞬、驚いた顔になった彼の頰を柔らかく、そっと撫《な》でた。その日から、萄子は勝を、はっきりと恋人として受け容《い》れた。

勝は仕事について詳しい話をしない。萄子も、自分から細かく聞こうとしたことはなかった。ただ分かったことは、とにかく刑事の仕事というものは、勤務時間などあってないようなものだということだ。勝との出会いは、萄子にとっては生まれて初めての幸福をもたらし、驚きや喜びや感動を与えてくれたが、その一方では、辛《つら》い忍耐や、不安、心配、動揺といったものも与えた。

何しろ、せっかく会う約束をしていても、三回に一回、いや二回に一回はひどく待たされるか、またはそのまま待ち惚《ぼう》けを食わされる。やっと会えて映画館などに入っても、今度は居眠りをされる。普通の恋人同士のように、休日に一日中ずっと二人で過ごせることなど滅多にない。最初のうち、萄子はそのことで何度となく文句を言い、泣き、勝を責めた。惨《みじ》めな気持ちを味わい、やり場のない苛立《いらだ》ちを募らせた。

「いい加減にしたら？　所詮《しょせん》、トコとなんか合わないんだったら。結局は別世界の人なのよ」

短大時代からの親友の美津子《みつこ》に言われたことも、一度や二度ではない。

「第一、いくら仕事だって、出来ない約束ならしない方がいいのよ。それくらい言ってやりなさいよ」

既に見合いで結婚が決まっていた美津子は、「結婚は釣り合い」というのが信条らしく、ため息ばかりつく萄子に、いつもそう言った。別れてしまえ。ふってやれ。第一、刑事なんて安月給に決まっている。生活で苦労するなんて、真っ平ではないか。最初は、それらの言葉に慰められ、「そうよね」と頷いていられるのに、美津子があまりにも調子に乗り始めると、今度はだんだん腹が立ってくる。

「本人だって辛いのよ。ああいう仕事なんだもの、いつ、何が起こるか分からないんだから」

自分の大切な人を悪く言われるのはたまらなかった。愚痴を言うつもりが、いつの間にか萄子は勝を擁護する側に回り、彼がこう言った、ああ言った、こんなことをしてくれたと、結局は美津子に呆《あき》れられるほど、のろけるような話をするのに懸命になってしまうのが常だった。そして、その都度、彼と別れるつもりなど露ほどもないこと、それどころか、生涯、彼と共にいたい、過ごしたいと、かなり真剣に考え始めていることを感じなければならなかった。

逢《あ》えば、この上もなく心が安らぎ、楽しくて、嬉《うれ》しくて、幸福な気持ちになれるのだ。勝という男は、相変わらず口下手なままで、ぶっきらぼうで、何を考えているのか分からないようなところがあったけれど、選んで口にする言葉には常に誠意が溢《あふ》れていたし、率直で、新鮮だった。時たま見せる笑顔や、戸惑った表情などの一つ一つが愛しくて、萄子は、彼のわずかな変化でも見逃したくなかった。

「結局、好きなのね。ああ、いいなあ、恋愛って」

美津子につまらなそうな顔で言われるとき、萄子は自分が幸福であることを感じた。この幸福を、どうしても成就《じょうじゅ》させたかった。

だが、勝との結婚を両親に認めてもらうまでには、それなりの時間がかかった。萄子の両親は決して結婚を急がせたり、知り合いに見合いを頼んで歩くような真似《まね》はしなかったけれど、それでも所帯を持つなら、それなりの釣り合いのとれた家の息子をと望んでいた。

「刑事なんて。人の周りを嗅《か》ぎ回って歩くような商売じゃないか」

当初、父は吐き捨てるように言い、勝と会おうともしてくれなかった。役人なんて、とんでもない。中でも刑事など以《もっ》ての外だ。母は、そんな父を懸命に取りなしてくれたが、やはり警察官という仕事は危険が多すぎるのではないかと心配した。

「お前って本当に変わってるよなあ。何で、よりによってデカなんだ？」

兄の正一郎《しよういちろう》も、呆れたような表情で言った。

「俺がいいヤツを紹介してやるって、いつも言ってるじゃないか」

「嫌よ。お兄ちゃんの友だちなんて、薄っぺらでひ弱な連中ばっかりじゃない。そうじゃなかったら、とっぽいかキザか。私は彼がいいの。彼じゃなきゃ、嫌なの」

「そんなヤツばっかりじゃないだろう。なあ、考えてもみろよ、デカだぜ。給料だって安いだろうし、３Ｃなんて、きっと夢のまた夢だ」

カラーテレビ、カー、クーラーの３Ｃは、確かに新しい家庭を持つときの夢だった。だが、その程度なら嫁入り道具として両親に揃《そろ》えてもらえば良いのだと、萄子なりに計算もしている。第一、３Ｃが揃っていたからといって、好きでもない相手と結婚することなど、出来るはずがない。萄子は、勝とでなければ結婚などしたくはなかった。

家族の中で孤立しそうな萄子を唯一《ゆいいつ》応援してくれたのが、九歳下の弟だった。父の復員後に生まれた彰文《あきふみ》は、この頃すっかりテレビっ子になって、もう中学生だというのに、もっと小さな子の観《み》るような『ひょっこりひょうたん島』や『鉄人28号』などを夢中になって観ている。そうかと思えば『七人の刑事』なども観ていて、その影響もあってか、勝の存在が分かったとき、まず口にしたのが「格好いい」だった。

「刑事が身内になるなんて、すごいよ。僕、学校で自慢しようっと」

無邪気な喜び方に、これには母も苦笑せざるを得ない様子だったが、父の方はしかめ面《つら》を和らげようとはしなかった。何とか勝に会ってもらうまでの二カ月、さらに、ようやく結婚を認めてもらうまでの一カ月半という間は、萄子が生まれて初めて味わう、重苦しく気まずい月日だった。最終的に、父は言った。

「あいつが駄目だっていうんじゃない。むしろ、萄子があういう男についていかれるか、そっちの方が気がかりだから、反対してるんだ」

その言葉は意外だった。だが同時に、萄子の負けん気を刺激するものでもあった。勝が駄目だというのでないのなら、あとは萄子次第ということではないか。だから、その時に萄子は、何があっても弱音は吐かない、愚痴は言わない、最後まで添い遂げると誓った。結局、父は「言い出したら聞かない奴《やつ》だ」と苦虫を嚙《か》みつぶしたような顔で呟《つぶや》いた。

萄子が会社を辞める四日前の六月十六日、新潟で強い地震があった。二十六名の死者が出た地震のニュース映像を、萄子は怯《おび》えながら眺めた。製油所のマンモスタンクが火災を起こし、もうもうと黒煙が立ち上る中を、着の身着のままで避難する人々の姿は、戦時中のものとあまり変わらなく見える。ようやく平和になったのに、生活だって落ち着いた頃なのに、こんな形で突然それまでの生活を奪われる人たちがいることを、萄子は久しぶりに感じた。

「焼け野原って、こんな感じだった？」

戦後生まれの彰文が、興味津々《しんしん》の表情で言った。以前は、夕食の時はテレビは消すことになっていたのだが、末っ子に甘い母たちのお陰で、いつの間にか、皆でテレビを観ながら食事をするのが当たり前になってしまっている。萄子たちは揃って首を振り、東京の焼け野原は、こんなものではなかったと口々に当時のことを語った。

「被災者の方には気の毒だけれど、これが東京じゃなくて助かったわねえ」

母がため息混じりに口を開いた。

「ただでさえ、あちこち掘り返して大きな建物や何かが増えてきてるんだもの。今、東京がやられたら被害だって想像できないくらいだろうし、とてもじゃないけどオリンピックどころじゃないわ」

「萄子だって結婚どころじゃなくなるところだったかも知れんな」

父もビールを飲みながら呟いた。仕事が生き甲斐《がい》のような父は、以前は夕食を共にすることなどあまりなかったのだが、去年、兄が結婚して別に所帯を持った頃から、週のうち半分ほどは早く帰宅するようになった。

「どうして？ 今、地震が起きたって、お式は十一月じゃない」

もしや、またもや妙な理屈をつけて結婚に難色を示すのではないかと、半ば警戒しながら萄子が尋ねると、父は、勝のような職業は、世の中が不安定になれば、その時は自分の生活などすべて犠牲にしてでも、与えられた任務に励まなければならないもののはずだと言った。

「だって、刑事に地震の後始末が出来るわけじゃないじゃない？ 消防士なら大変かも知れないけど」

「何、呑気《のんき》なことを言ってるんだ。世の中の治安維持に努めるのが警察官の仕事なんだ。地震でも何でも、世の中が不安定になれば、警察の仕事は増えるに決まってる。今、東京が関東大震災と同じくらいの地震に見舞われたら、復興にどれだけの時間がかかるか、分かったものじゃないんだぞ。路頭に迷う人が増えれば犯罪も増える。そうなれば恐らく、休む暇さえなくなるだろう」

「ああ——そんなものかしら」

何となくつまらない気持ちになって、萄子は食卓に目を落とした。父の、「まったく」というため息混じりの声が聞こえたが、やはり警察官というのは、ずい分個人の生活を犠牲にするものなのだと、改めて思う。それを考えると、貧乏くじを引いてしまったような気になった。今さら仕方のないことだし、考え直すつもりもないのだが、一人で放っておかれるのは、やはり嫌だと思った。

このところ、東京は夏になると毎年のように水不足に悩まされている。萄子がいよいよ退社するという六月二十日は、だが朝から雨が降っていた。記念すべき日が雨なのは少しばかり憂鬱《ゆううつ》ではあったけれど、母などは喜んだ。

「結婚式じゃないのよ。ただ会社を辞めてくるだけのことじゃないの。それに、ちゃんと梅雨らしい梅雨になってくれなきゃ、また困るもの」

だが、雨は午後には上がってしまった。ちょうど土曜日だったから、本当なら午後から料理教室に行くはずの日だったが、その日は、萄子のために会社の人たちが送別会を開いてくれることになっていた。

「お幸せにね！」

「たまには遊びに来てね」

職場の仲間から花束と記念の時計を贈られて、萄子は皆の拍手に包まれた。以前、自分が結婚するときには萄子が縫うウェディングドレスを貸して欲しいと言っていたOLは、しつこいくらいに「約束ね」を繰り返していた。特に会社が好きだったわけではない、仕事が楽しかったわけでもないのに、なぜだか涙がこみ上げて、萄子はハンカチで目元を押さえ、声を詰まらせながら皆に挨拶《あいさつ》をした。ああ、これでいよいよ妻になるための本格的準備が始まる。四カ月あまりをかけて、勝との新生活に備えるのだという期待と不安が、初めて実感となってこみ上げてきた。

2

家族の説得もさることながら、勝本人との関係についても、何もすべてが順調に運んだというわけではない。小さないさかいは数えきれなかったし、もうおしまいかと思うようなこともあった。たとえば、萄子の退職前のことだ。

春から開催されていた『ミロのビーナス展』に、ようやく勝と二人で行くことが出来たのは、最終日の前々日の火曜日だった。勝がその日しか休めないと言うから、萄子は会社を休んでしまった。最後に駆け込みでミロのビーナスを観《み》ておきたいという人たちで、上野の国立西洋美術館は大変な混雑だった。

「これじゃあ、人を見に来てるのかビーナスを観に来てるのか、分からないな」

元来、人混みが好きではないらしい勝は、長い行列を見ただけでうんざりした表情になったが、それでも萄子の方は、こうして平日の昼間、正々堂々と二人で行動出来ることが嬉しくてならなかった。何しろ、勝の仕事は日曜だから休みというわけでもないし、こうでもしなければ、滅多なことでは昼間に逢うことなどかなわなかったのだ。

「でも、一目《ひとめ》でもいいから観ておきたかったのよ」

前からも後ろからも人に押されながら、それでも萄子は笑いながら言った。萄子が笑いかければ、勝は必ず一瞬戸惑った表情になり、ちらりと周囲の様子を窺《うかが》ったりしてから、曖昧《あいまい》に笑い返してくるのだ。何を気にして笑顔一つ容易に作れないのか萄子には不思議だったが、そんなときのぎこちない笑顔が、萄子は大好きだった。

ミロのビーナスを観て、五月晴れの上野を歩き、都電で浅草に出て、寄席《よせ》にでも行こうというのが、その日の勝の提案だった。萄子は落語になど大して興味はなかったし、どうせ観るなら銀座か日比谷で映画を観る方が良いと思ったのだが、ミロのビーナスにつき合ったのだから、今度は自分の趣味につき合ってくれと言われてしまえば仕方がない。それに、とにかく二人でいられるのなら、萄子は何でも良かった。

「前に、こっちの署にいたことがあるんだ」

都電から見える街並みを眺めながら、勝は懐《なつ》かしそうに呟いた。萄子は「そうなの？」と彼の横顔を見上げた。一年あまりの交際の間に、萄子だってずい分彼のことを知ったつもりだ。だが、それでもまだまだ知らないことはたくさんある。

「戦災孤児で、上野で育って、そのままヤクザになったような連中もいたし、そういう奴を兄貴分に持って、使いっ走りみたいなことをしてる奴もいたな。同じ東京でも、萄子の家がある辺りとじゃあ、まるで違う」

萄子よりも五歳年上の勝は、福島県郡山《こおりやま》の出身だった。父親は郵便局に勤めていたというが、勝が大学四年生の時に他界している。現在は、少しばかりの田畑を母親が守り、暮らしを支えているのは県庁に勤めている兄だった。萄子はこれまでに一度だけ、両親と共に勝の実家を訪ねて、勝の母親と兄夫婦に会ったことがある。彼らは一様に腰が低く、素朴で、堅実な印象を与えた。中でも、萄子の母よりよほど老《ふ》けて見える彼の母は、萄子を見て「こんなに垢抜《あかぬ》けた都会のお嬢さん」が息子の嫁になってくれるのかと目を丸くし、勝のことは「真《ま》っ直《す》ぐなだけが取り柄の田舎育ちですから」と表現して、しつこいくらいに「よろしく」と頭を下げ続けていた。

「こっちにいたときは、今よりもっと忙しかったなあ。とにかく、休む暇なんかありゃあしなかった」

「じゃあ、その頃に知り合ってても、今みたいにはなれなかったかしら」

萄子が言うと、勝は「多分ね」と頷《うなず》いた。

「何しろ、朝っぱらから酔いつぶれてその辺で寝てるような奴が珍しくないんだ。喧《けん》嘩《か》だろう、置き引き、ひったくり、スリ、食い逃げ、行き倒れ、火事に泥棒、ありとあらゆることが起きたから。ほとんど毎日、駆けずり回ってた」

「その頃から、もう刑事さんだったの？」

「ここが、刑事の始まりだったんだ」

萄子は、勝にだって二十九歳になる現在まで、一度や二度の女性にまつわる過去があって不思議はないはずだと考えていた。機会があれば、そんな話も探ってみたいと思っていた。今が、そのチャンスかも知れない。

「じゃあ、結婚なんて考えたこと、なかった？」

「まあ、先輩が心配して、世話を焼こうとしてくれたことは何回かあったけどね。韮山さん、覚えてるだろう？　あの人なんか、つい最近までそうだった」

「つい最近まで？　韮山さん、どんな人を紹介しようとしていらしたの」

萄子は、興味半分、不安な気持ち半分で勝を見た。彼は一人でくすりと笑い、韮山という刑事の顔を覚えているかと、萄子に聞き返してきた。

「そう、はっきりとじゃないけど、覚えてるわ」

無骨な手をした小柄な刑事を思い浮かべながら、萄子は小さく頷いた。陽に焼けていて、何となくカニを連想させるような、平べったくて頬骨の張り出した顔だったように記憶している。そして、離れ気味の小さな目は、いかにも抜け目のなさそうな印象を与えた。

「ニラさんにはさ、娘がいるんだよな。二十五の」

「私よりも一つ上ね」

「その娘がね、のぶちゃん、のぶ子っていうんだけど。もう、親父《おやじ》にそっくりなんだ。彼女を、どうかって」

言いながら、勝は一人で笑っている。カニにそっくりな娘を想像して、萄子も一緒に笑いたい気分になった。だが、見ようによっては愛嬌《あいきょう》があって可愛《かわい》らしいのかも知れない。第一、自分の知らない娘を「のぶちゃん」と呼ぶことに、萄子は小さなこだわりを抱いた。

「笑っちゃうよな。仕事でニラさんと顔つき合わせてて、家に帰っても同じ顔が待ってるなんてさ」

勝は、もう声を出して笑っていた。その屈託のない笑顔を見ていれば、彼に後ろめたいところなど何一つとしてないことが分かる。それでも、萄子は不安だった。カニに似ていようがサルに似ていようが、はたまた臼《うす》に似ていたとしても、世の中の、どんな娘の話だって聞きたくない。それが本音なのだ。

都電を降りる頃には、萄子はすっかり気分が沈み始めていた。だが、勝はまるで気づかない様子ですたすたと歩いていってしまう。仲見世辺りを歩き、浅草寺にお参りをして、寄席に入ってからも、萄子はずっとふさぎ込んでいた。落語など、聴く気にもなれない。

「やっぱり、面白くなかった？」

ようやく萄子の変化に気づいたらしく、勝が心配そうな表情になったのは、寄席から出て、さて夕食はどこで食べよう、和食が良いか、洋食が良いかなどという相談が始まった後だった。普段なら、どこへ行きたい、何を食べたいとはっきり言うはずの萄子が素っ気なく「べつに何でも」と答えたところで初めて、彼は萄子の顔を覗《のぞ》き込んできた。

「映画の方が、よかったかな」

「――そんなことも、ないわ」

「じゃあ、何だよ、急に元気がなくなって。また、いつもの癖か？」

勝の言う「いつもの癖」とは、萄子が気分屋であることを指している。何かの拍子に機嫌が変わる、天気屋だと、勝はいつもそう言うのだ。だが萄子自身はお天気屋のつもりなどなかった。ただ、こと勝に関してだけ、そのひと言ひと言に大きく動揺したり傷ついたり、または感動したりするのだ。

「俺が、何かしたか？　萄子の気に障《さわ》るようなことでも、言ったかな」

勝は、わずかに眉《まゆ》をひそめながら萄子の顔を覗き込んでくる。ここで黙《だん》まりを決め込むと、やがて彼の方が怒り出すということも、最近は分かってきている。少しくらい拗《す》ねるのならば相手もしてくれるのだが、どうも勝は面倒臭がりの様子だった。あまりに長く萄子が機嫌を直さないと、「じゃあ、いい」と、逆にぷいと横を向いてしまうのだ。

「言えよ。俺が、何をした？」

上目遣いに見ると、勝は早くも太い眉を寄せ始めていた。その下の、切れ長の目が真っ直ぐに自分を見据えている。こんな時、萄子はいつも感じる。恋人同士だから良いようなものの、自分が何かの容疑者だったり、少しでも後ろ暗いことがあったら、この目で見据えられてはたまったものではないだろう。

何回か促されて、萄子はようやく一つ深呼吸をした。

「――韮山さんのお嬢さんと、仲がいいの？」

「ニラさんの？　のぶちゃん？　どうして」

「だって。勝さんが他の女の人のこと、『ちゃん』づけで呼ぶのなんて、初めて聞いたから」

勝は、まるで悪びれる様子もなく、「そうかな」と言い、いともあっさりと自分とのぶ子とのつき合いについて語った。知り合ったのは、現在の警察署に移って韮山とコンビを組んでからのことだから、そろそろ二年半になろうとしていること、のぶ子は韮山の一人娘で、高校を卒業してからバスガイドをしていること、何回かお見合いをしているらしいが、未だに話がまとまらないこと、などなど。

「ニラさんの奥さん、身体《からだ》が弱いらしくてね、年がら年中、入院したり寝込んだりしてるらしい。だから一人娘ののぶちゃんが、ニラさんの世話や家のことなんかも全部やってるんだな。俺なんかがニラさんの家に行っても、世話を焼くのはいつものぶちゃんの役目でさ、夜中までぐずぐず酒飲んでる俺らの相手をしてくれてる」

内心では、健気《けなげ》な娘だと思った。だが口をついて出た言葉は、またもやそんな印象とは正反対の、「だから、お仲良しにもなるわけね」という嫌味になってしまった。勝は、今度は少し鼻白んだ表情になって、「何だよ、それ」と言った。

「韮山さんは、そりゃあ信頼している後輩の勝さんが、孝行娘をもらってくれれば、こんなに安心なことはないと思ってるわけでしょう？　勝さんだって、そういう人を奥さんにもらったら、自分の仕事だって理解してくれてるんだし、安心よね。つまり、何もかも丸くおさまるっていうことなんじゃないの」

喧嘩を売っている。自分でそれが分かった。せっかく、珍しく一日中一緒に過ごせる日だったのに。ずっと楽しく、笑いながら夜を迎えられると思ったのに。萄子は、自分が嫉妬《しっと》しているのを感じていた。自分よりも以前から勝を知っており、勝との時間を持ってきたのぶ子という女性が、無条件で嫌いになった。

その日以来、萄子の中には常に、韮山の娘の存在が引っかかるようになった。忘れよう、気にするような相手ではないと思いつつ、つい何かの折に、勝に向って嫌味たらしい言葉が出てしまう。萄子は、自分の嫉妬深さを生まれて初めて思い知り、そんな自分が嫌になり、その一方では、何を言っても意に介さない様子の勝の無神経さや、常日頃から感じていた彼の強烈な仲間意識にまで腹が立って、すっかり混乱した。来月には会社だって辞めるというのに。今さら引き返せないのに。いや、そんなに動揺する必要など最初からありはしないのに、と、考えれば考えるほど、途中から、自分が何に不安を抱き、何がこんなにも嫌なのか、それすらも分からなくなった。ただ、勝と会うたびに何かというと、つっかかってしまうのだ。その結果、もう会社を辞めてしまったある日、ついに勝を本気で怒らせて、「馬鹿野郎《ばかやろう》」とまで言われてしまった。

「どうせ、そうです。どうせ馬鹿野郎ですっ」

泣きながら言って、一人で歩き始めてしまった。悔しくて、腹が立って、惨《みじ》めで、どうすることも出来ないくらいだった。背後から、「勝手にしろっ」という怒鳴り声が聞こえた。ひょっとすると追いかけてきてくれるのではないか、せめて家まで送り届けてくれるのではないかと思ったのに、その晩に限っては、それは虚《むな》しい願いだった。

――こんなことで、うまくやっていかれるの。どうして分かってくれないの。

一体、何が自分をここまで取り乱させたのかも分からなくなっていた。人目を気にしながら、電車の中でも、代々木八幡の駅を下りてからも、幾度となくハンカチで目元と鼻を押さえ、深呼吸を繰り返して、やっとの思いで家に帰り着くと、母が慌《あわ》てた表情で玄関を開けてくれた。

「ひばりちゃんが、離婚したんですって」

「――ひばり、ちゃん？」

萄子は、泣き腫《は》らした顔を見られまいと、俯《うつむ》きがちに靴を脱いだ。だが、「美空ひばりよ」と答える母は、そっちの話題で夢中になっているらしく、萄子よりも先にパタパタと居間へ戻っていってしまう。肩透かしを食わされたような、何となくほっとした気分で、萄子は取りあえず二階の自室へ戻った。

今をときめく美空ひばりが、マイトガイの小林旭《あきら》と結婚したのは、ついこの間のことだったはずだ。いかにもお似合いのカップル、華麗な夫婦の誕生だと思ったのに、それでも別れてしまったというのだろうか。そんなことが、あるのだろうか。

――夫婦なんて、分からないわ。賭《か》けみたい。

三面鏡を覗き込み、すっかり化粧も取れて瞼《まぶた》の腫れている自分の顔を確かめながら、萄子は深々とため息をついた。自分の方が悪かったと分かっている。どうして、こんなに気になるのか不思議なくらいだ。だが、フィアンセの前で、他の女性を「のぶちゃん」などと呼ぶのは、最初から、勝が無神経だったのではないかとも思うのだ。そんな彼の無神経さに、これからずっと耐えていかなければならないのだろうか。だが、勝だって萄子の、この嫉妬深さやお天気屋の部分に、これからずっと耐えていかなければならないとも言える。

――お互いさま、か。

こんな賭けも面白いかも知れない。相手が勝なら、不足はない。鏡の中の萄子が弱々しく微笑《ほほえ》んだ。何が何でも引き返すつもりはない。第一、そんなカニに似ているような娘に、負けてたまるかという思いがあった。

勝は、翌日には電話で詫《わ》びを入れてきた。仕事の合間に出先からかけているらしく、受話器の向こうからはチン、チンという踏切の音が聞こえていた。

「本当に、萄子が心配するようなこと、何もないんだから、な？」

萄子は、もうそれだけで幸福になった。何よりも、彼がすぐに折れてきてくれたことが嬉《うれ》しかった。意地の張り合いになってしまったら、萄子だって負けてはいない。容易に折れることなど出来なくなるうちに、関係がこじれてしまうことが何より不安だったのだ。

「のぶ――彼女は本当に、ニラさんの娘っていうだけだ。女として見たことなんか、一度もないんだから」

「だったら、もう会わない？」

気持ちに余裕が生まれてくると、また少し意地悪の虫が騒ぎ出す。

「そういうわけには――。なるべく、そうするけど」

電話越しに聞く勝の声は、向き合って話をしているときよりもなお、正直に彼の心情を伝えてくるように思われた。彼が心の底から困り果てていること、恐らく昨夜だって、あれこれと悩んでいたに違いないことが、萄子には痛いほど分かった。

「ニラさんだって、俺らが一緒になったら、今度は萄子の手料理で飲みたいなんて言ってるし、これまでは俺が独り者だから、気を遣ってくれてたんだ。俺が落ち着けば、向こうの家に行くことも減るさ」

あの、色黒のカニのような韮山が、この先足繁《あししげ》く、萄子と勝との新居に通ってくる生活というものを想像して、萄子は何となく不思議な気分になった。嫌だというのではない。むしろ日頃の勝の話を聞いていれば、無骨で曲者《くせもの》ではあっても、韮山という刑事は人情味豊かで、それなりに頼り甲斐《がい》のある人だという気がする。だが、それでも骨の髄まで刑事らしい人と、どこまで打ち解けたつき合いが出来るようになるかと思うと、いささか不安にならざるを得ないのだ。何しろ、これまで萄子の周囲にいた、たとえば家にやってくる、父の知人や取引相手の人々などとは、恐らく話題一つとっても、料理の好みも違うだろうと思わせるほど、要するに雰囲気そのものからして違っていた。

「第一、前にも言ったと思うけど、のぶちゃんのことは、ニラさんが勝手にあれこれ考えていたことで、のぶちゃん本人は何も知らないに決まってるんだ」

「そうなの？」

「決まってるじゃないか」

そのひと言で、菊子はようやく安心することが出来た。それなら今回は許してつかわそうと、わざと偉そうに言ってみた。受話器の向こうで、勝は「やれやれ、だ」と、それでも安心した声を出した。

「ああ、それからこれは電話で言うような話じゃないけど、今度から喧嘩《けんか》はさ、出来るだけ次の日に持ち越さないで欲しいんだ」

勝は、急に改まった静かな声で言った。

「一度、外に出たら、何が起こるか分からないのが俺らの仕事だから」

彼のひと言は、菊子の胸に強く響いた。不愉快な気分を引きずって仕事をしていては、集中力を欠いて思わぬところで失敗をする可能性がある。また、お互いに気まずいままで別れて、出先で何か起こったら、どちらの気持ちにもしこりが残る。だからこそ喧嘩は極力避けたいし、たとえ喧嘩しても、その日のうちに仲直りしてしまいたい。勝はそう言った。

「俺が君に頼みたいのは、それだけなんだ。それ以外は全部、君の思った通りにしてくれていい。俺は、今のままの君で十分だから」

昨日とは異なる味の涙がこみ上げてきそうだった。菊子は、出来る限り落ち着いた、穏やかな声で「分かったわ」と答えた。この人を苦しめたくない、大切にしたいと、心から思った。

　やがて七月に入って、秋に開通する新幹線は『ひかり』と『こだま』になることが発表された。蚊取り線香に加えて電気式の蚊取り器が出来たそうだと報じられる頃、萄子はいよいよウェディングドレスの型紙を作り始めた。勝も仕事の合間を縫って足繁く萄子の家を訪ねるようになり、その都度、萄子の両親を交えて披露宴の招待状の内容や宛先《あてさき》を考えたり、スピーチを誰に頼むかを決めたりし始めた。新婚旅行先は宮崎の日南にした。

「お願いだから、その間だけは何がなんでも、きっちり休んでね」

　萄子はくどいほどに念を押し、勝も「任せておけ」と請け合った。その他にも、新居も探さなければならず、新婚家庭に必要な家具類なども揃《そろ》えなければならない。分かってはいたつもりだが、それでも会社を辞めてしまえば旧友に会ったり、のんびり出来ると考えていた萄子は、意外な忙しさに何度も面食らわなければならなかった。

　その上、この夏はことに暑かった。梅雨とはいっても雨らしい雨は滅多に降らず、ついに七月二十一日、東京都のうち十七区に三十五パーセントの給水制限がなされた。昼は五時間、夜は七時間の断水が敢行され、家にはよその家庭と同様、風呂《ふろ》から洗濯機や洗面器、鍋《なべ》という鍋、器という器にまで、すべてに水がはられた。

八月、米軍が北ベトナムのトンキン湾岸にある基地を爆撃したというニュースが流れた。かつて日本を焼き尽くした爆弾が、今再びアジアの小国に降り注ぐのかと、誰もが暗澹《あんたん》たる思いに駆られた。

「あっという間にやられるに決まってるよ。何せ、アメリカは物量作戦で来るんだから」

ニュースの度に報じられる米軍と北ベトナムの動きに、皆が似たような感想を抱いた。そして同じ頃、東京の水がめである小河内《おごうち》ダムがついに干上がって、東京都は第四次給水制限に突入した。「東京砂漠」という言葉が生まれ、四十五パーセントという異常なまでの給水制限に、新聞やテレビは毎日のように行政の無策を追及し、政治家の愚かさを怒った。ひたすら暑く、堪え忍ぶしかない夏だった。

八月十七日、俳優の佐田啓二が幼い二人の子を残して交通事故死した。翌週には、今度は俳優の高島忠夫の五カ月になる長男が、お手伝いの少女に殺害された。仕事を辞めて以来、母と一緒に『モーニングショー』を観《み》る癖のついた萄子は、すべては暑さのせいではないかと話し合った。

「本当に、このままじゃたまらないわね」

「お花だって、お料理教室だって、この分じゃいつ再開されるか分からないしね」

実際、水不足は野菜や生花などの値段を高騰《こうとう》させていたし、水を使うような習い事は、自然に自粛を余儀なくされていた。降るかと思っても降らない、たまに降っても霧雨程度という夏だった。さすがに苛々《いらいら》する人が増えるのか、普段はあまり仕事の話をしない勝まで、近頃は喧嘩が多いとため息と共に言うことがあった。

「怒って暴れて汗かけば、それだけ自分が気持ち悪くなるっていうのにな」

水が飲めないからと言って、代わりに昼間からビールを飲む人間がいる、水不足を恨めと言って、暴利とも思えるくらいに値上げをする飲食店や床屋がいる、皆が暑さに参り、水を求めて干上がりかけているという話は、ひたすら自分たちの新生活に備えるためにだけ行動し、あとは自宅で過ごしている萄子に、テレビの報道以上に生々しく、この世の中の様々な人たちのことを思わせた。

「何だか、勝さんの話を聞いてると、刑事の仕事って人の汚いところばっかり見なきゃならないみたいね。嫌にならない？」

扇風機の風にあおられて、氷の浮いたソーダ水を飲みながら、ある日、萄子は思わず尋ねてみたことがある。楽しい話を、まず聞かない。嬉しかった話がほとんどない。ほんの時たまでも仕事の話を聞く度に、萄子のそんな印象は強まるばかりだ。何故《なぜ》、そんな仕事に懸命になるのか、自分だって汗だくになりながら、真っ黒に陽焼けして歩き回らなければならないのかが分からなくなる。だが勝は、少しばかり淋《さび》しそうな、それでも穏やかに見える顔で微笑んだ。

「誰かがやらなきゃならないことじゃないか」

「そうだけど——」

「でも、だからこそ私生活の部分では、純粋で、綺麗《きれい》なものに触れていたいと思うのかな」

その声はしみじみと深く聞こえた。勝は、じっとこちらを見つめていた。その目は、恐らく萄子には想像もつかないほど、たくさんの人、たくさんの物、たくさんの場面を見ているのだろう。その上でなお、勝の瞳《ひとみ》は絶望もせず、諦《あきら》めもせず、真《ま》っ直《す》ぐに前を見つめている。その力強さ、ひたむきさが、萄子には誇らしかった。何があっても、この瞳を曇らせてはいけないとも思った。

——どれほど喧嘩しても。

暑い夏は、そのまま九月になだれ込もうとしていた。

3

　警視庁初台警察署の韮山幸助《こうすけ》は、このところ面白くない日々を送っていた。理由は色々ある。いつまでも雨が降らないから、いよいよオリンピックに向けて突貫工事の続いている都内は、どこへ行っても埃《ほこり》だらけだ。あまりの暑さに、仕事の合間に喉《のど》の渇きを癒《いや》したいと思ったところで、どこの水道も「断水中」の札がぶら下がっていて、いくら捻《ひね》っても一滴の水も落ちてはこない。

「ああ、ちくしょう、ラクダにでもなりてえな。一度がぶがぶ水を飲んだら、当分は何もいらないっていう具合によ」

「駅の売店で何か買ってきましょうか」

　皺《しわ》くちゃのハンカチを取り出して首の汗を拭《ぬぐ》っていると、隣から奥田が呑気《のんき》な声を出す。いや、野郎だってこの暑さに参っているのは、その顔を見れば分かるのだ。だが、最近の若い連中は、何かというとコーラだジュースだと、金のかかることを言う。韮山はまず、それが気に入らなかった。その上、いつもコンビを組んでいる若い奥田は、本人にはそのつもりなどないに違いないが、結婚が決まってからというもの、どうも浮かれた雰囲気があって、着るものなども妙にこざっぱりしてきやがった。それもまた、韮山には面白くなかった。

「甘ったるいものを飲んだら、余計に後から喉が渇く。俺は、水が飲みてえんだよ」

ぶっきらぼうと仏頂面《ぶっちょうづら》は生まれつきだ。少しくらい機嫌が良くても悪くても、人に見破られる心配はなかった。だから、一度でも韮山に馴染《なじ》んだ相手は、今度は逆に、韮山がどれほど不機嫌でも、涼しい顔をするようになる。そんなことには、とうに慣れっこになっていたつもりなのに、このところの韮山は、それすらも面白くないのだ。

「飲みたかったら、てめえの分だけ買ってこいや」

吐き捨てるように言うと、奥田は「はい」と素直に頷《うなず》いて、いそいそと駅の売店に向かい、ついでに赤電話の受話器を取り上げている。この野郎、飲み物だけ買ってくれば良いじゃねえかと思う。野郎が途中から電話を入れる先など分かり切っている。あの、お上品で控えめなお嬢様だ。

それにしても、奥田があいう娘を女房にしたがるとは思わなかった。『ひびき』を口にくわえながら、韮山は背中を丸めて受話器に向かっている若い刑事を、しげしげと眺めていた。てっきり、のぶ子と一緒になってくれるものと思っていた。いや、そうなって欲しいと願っていたのだ。

のぶ子。韮山がこのところ面白くない一番の原因が、一人娘のことだった。いつまでも嫁にも行かず、口うるさいところばかりが女房に似てきて、韮山がいくらさり気なく奥田はどうだ、結婚する気はないのかと尋ねても知らん顔をしていたくせに、野郎の婚約を知った途端に、泣き出しやがった。

どうして、奥田さんにつき合ってる人がいることを言ってくれなかったの。私、向こうから言ってきてくれるのを待ってたのに。のぶ子は激しく泣きながら、そう言って韮山を責め立てた。そんなことを言われたって、好きな素振りさえ見せなかったではないかと、韮山はすっかり面食らった。

韮山は、藤島蓟子をよく覚えている。スピッツでも飼っていそうな洋風の瀟洒《しょうしゃ》な家に暮らし、物腰も口調もおっとりしていて、どこから見ても世間知らずに見えた娘は、ある意味ではのぶ子と対照的な印象を与えた。ああいう娘に惹《ひ》かれる野郎が、うちの娘に惚《ほ》れるはずがないということも十分に納得出来た。奥田はさっぱりした良い男だし、のぶ子に対しても兄のように振る舞っていたが、何度家に呼んでも、それ以上にのぶ子を意識する様子がなかった。そのことも、野郎が蓟子とつき合っていると聞いて頷けた。

「大体、お父さんが悪いんだから！　奥田さんにその気があるみたいなことを言うから、私だって、つい期待しちゃうんじゃないのっ」

「そう、言うなよ。お前にそのつもりがなさそうだから、向こうだってよそ見したんだろうよ」

「何よっ。人を馬鹿《ばか》にして！」

親父《おやじ》がてめえの娘を馬鹿にするはずがないではないか。だが、いつもころころとよく笑う娘が、ぼろぼろと涙を流しながら泣く様を見ていて、韮山は何だか自分が一番悪いことをしたような気分にさせられ、同時に娘が哀れでならなくなった。親父に似て不器量なのが災いしてか、それとも、子どもの頃から病弱な母親に代わって家のことを切り盛りしているうちに、しっかりしすぎてしまったためか、未《いま》だに片づかない娘が切なかった。気性の荒いところはあるが、決して悪い娘ではないのだ。きっと、いい女房になれる娘なのだ。

それが、このところ韮山を面白くなくさせている、一番の原因だ。

「すんません、ちょっと用事を思い出したもんで」

やっと電話を切った奥田が、晴れ晴れとした表情で駆け戻ってきた。いらないと言ったはずなのに、韮山の分までコーヒー牛乳を買って、野郎は「おごりますよ」などと言う。きっと、何か良い話だったのだろう。普段は感情を表に出さない奥田でも、ふっと気が楽になったらしい様子などは、いつも傍にいれば自然に分かる。

「お嬢さんは、何だって」

コーヒー牛乳の冷たい瓶を握りしめながら、韮山はちらりと奥田を見上げた。若い刑事は、ばれたか、とでも言うような表情になって、だが、何も答えはしなかった。

それでも、満ち足りたその表情が、韮山にはやはり面白くなかった。

勿論《もちろん》、奥田には何の責任もないことだし、自分たち父娘《おやこ》がこんな思いで日々を過ごしていることなど、野郎が知るはずもないのだが、それでも韮山は、奥田を恨めしく感じていた。その屈託のなさ、快活さまでが不愉快だった。

八月も下旬になって、水源地付近に雨が降ったことから、干からびていた東京も、ようやく少しずつ潤《うるお》いを取り戻し始めた。九月に入ると、『ホテル・ニューオータニ』『東京プリンスホテル』が相次いで完成し、いよいよ日本中、世界中からの客を受け容《い》れる態勢が整い始め、一方の聖火の方も、七日に那覇《なは》、九日には鹿児島に到着して、人々の手から手へと受け継がれながら、日本列島を北上し始めた。何かの大きな波が、ひたひたと東京に向かって押し寄せ始めている。そして、人々は等しくオリンピックを待ち望み、心を躍らせ、戦後初めてと言って良い興奮を宿し始めていた。

そんな気分の前祝いのように、読売ジャイアンツの王貞治《さだはる》が大洋戦で五十三号アーチを放ち、ホームラン日本新記録を達成した。前年に南海の野村克也《かつや》がうち立てた五十二本というホームラン記録を、一試合に二本の本塁打で、いともあっさりと抜いてしまったのだ。

「こりゃあ今年のワンちゃんは、やるな。まだまだ打つぞ」

元来が熱狂的な巨人ファンを自認している韮山も、この時ばかりはと、憂鬱《ゆううつ》が消し飛んだ気分になって、ふらりと立ち寄った居酒屋で、他の客に混ざりながら一人密《ひそ》かに祝杯を上げた。本当なら奥田を誘っても良かったのだが、たまに仕事が早く終われば、今の奥田は少しでも婚約者の顔を見たいに決まっている。それに韮山の方だって、あの野郎と向き合っていたら、常に喉元まで出かかっている台詞《せりふ》を、酔いに任せて口にしてしまうおそれがあった。

——何で、うちののぶ子じゃ駄目だったんだ？

そんなことを聞いたって、への足しにもなりはしないことくらい十分に心得ている。心得てはいるが、聞いてみたくなる。自分自身を納得させ、そして、相変わらず不機嫌でふさぎ込んだままののぶ子を、あっさりと諦めさせる言葉が欲しい。

——だからって、どうなるもんでもねえ。

結局、うちののぶ子のことなど、奥田は眼中にもなかったということだ。気立てが良くて、料理の腕もまあまあで、健康で明るくて贅沢《ぜいたく》を言わなくて、親父の目から見れば、なかなか良い女房になると思うのに、一体、何がいけなかったのか。やはり、器量が悪いせいだろうか。

せっかく祝杯を上げているつもりなのに、気がつけば考えが逆戻りしてしまっていた。居酒屋の片隅に置かれたラジオからは、西郷輝彦の歌が流れてくる。格好が良い、二枚目だと、のぶ子が騒いでいたから覚えている。この頃、やたらとうるさい音楽が増えてきた。エレキだ何だと、電気を使ったような楽器は、韮山は大嫌いだった。やはり、この頃の歌い手では都はるみが良い。『アンコ椿《つばき》は恋の花』だ。歌が三波春夫の『東京五輪音頭《おんど》』に変わった。オリンピックか。来週から、韮山たちも特別警戒に招集される。賑《にぎ》やかで結構だが、面倒な話だった。

昨年の暮れに三選を果たし、安定した支持を得ていたはずの池田首相が入院したというニュースが流れたのは、オリンピック開会式のちょうど一カ月前のことだった。同じ頃に、警視庁はオリンピック開催に伴う最高警備本部を設置し、特別警戒期間に入り、韮山たちも吸い上げられることになった。つまり、交通の円滑化を始めとして、雑踏事故防止や犯罪の予防などを目的とした警備部隊に、応援要員として招集されるのである。十五日間に及ぶ大会期間中はもちろんのこと、その一カ月前の段階から、この晴れやかな祭典を何としてでも成功裏に終わらせる必要があるという強い思いは、のべ二十八万三千名あまりの警察官から、睡眠時間と自由を奪うことになった。

特に、日頃から韮山たちが勤務している渋谷区は、各種の競技場を始めとして、代々木にオリンピック選手村が出来ていることもあり、日本のみならず世界中の人々が集まる、最重要拠点となっている。清潔で安全な都市としての東京、平和を祈り、豊かに復興を遂げた日本を全世界へ知らしめるために、一方では言葉や肌の色だけでなく、宗教も価値観も異なる外国人たちが、この国で無用な波風を立てることなく無事に帰路についてくれるために、警察官は誰よりも緊張した日々を過ごさなければならないと訓授された。その中で、私服の韮山たちは、組織的なダフ屋や、スリの取り締まり、盗難、脅迫、暴行事件などへの警戒を強めることになっている。

「明日から当分、三日に一回が泊まりになる」

いよいよ特別警戒が始まるという前日の晩、韮山は珍しく妻とのぶ子との三人で食卓を囲みながら口を開いた。開け放った窓からは、幾分凌《しの》ぎやすくなった風が柔らかく吹き込んで、秋の虫の音を運んでくる。蚊取り線香の匂《にお》いが、風向きによって鼻先をかすめた。もうすぐ風鈴も外さなければいけないだろう。とにかくオリンピックが終わってくれるまでは、こうして浴衣《ゆかた》に着替え、風呂《ふろ》上がりにゆっくりと晩酌するような晩も、また当分お預けだ。

「着替えは、どうなさる？」

「少し持っていく。一日中、外になるから」

「オリンピックが終わるまで？」

「まあ、そうだろう」

妻の寿々江《すずえ》は、このところ体調も安定していて顔色も良くなってきた。三日に一度の泊まりということは、三日に一度は夜勤明けで昼過ぎには帰宅するということでもある。寿々江は少し考える顔をしていたが、ふっと小さくため息をついた。

「じゃあ、お昼の支度も、少し面倒になるわね」

「面倒ってこと、ねえだろう」

「だって、誰もいなけりゃ、私なんかお冷やごはんにおみそ汁でもかけて、済ませられるもの。いつもそうなのよ。でも、お父さんが帰ってくるんだったら、そういうわけにはいかないでしょう」

そんな食生活だから、一度体調を崩すと、なかなか体力が戻らないのだ。だが、何を言ったところで聞く女房ではなかった。まあ取りあえず、何を食っていようと、せめて今年はこのまま夏の疲れも出ずにいてくれれば、それで良い。のぶ子が意気消沈している上に、寿々江まで寝込んだ日には、家は陰気くさくてたまらなくなるだろう。

「のぶ子の方は、どうなんだ」

「どうって、何が」

面白くもなさそうな顔で、彼女はちらりとこちらを見る。最近では、泣いたり怒ったりはしなくなったが、代わりに妙にふてぶてしい態度をとることが増えた。韮山は、そんな仏頂面でバスガイドなど務まるものかと思うのだが、下手に口に出して言ったら、「どうせブスよ！」などと言い返されるから、黙っている。

「仕事だ。観光客が増えれば、忙しくなるんじゃねえのか」

オリンピックを観《み》るついでに東京見物しようという人間が増えることは、前々から予想されている。いくら海外旅行が自由化されたとはいえ、東京さえ知らない日本人だってまだ山ほどいるのだ。この機会にオリンピックを観て、ついでに東京見物をして帰ろうという人たちで、東京は余計にごった返すに違いない。

「さすがに車庫は全部、空っぽになるっていう話。調子の悪いのは今のうちに整備して、型の古いのも何もかも、全部駆り出すつもりらしいわね。上の方じゃ、もう、バスっていう名前がついてたら、何でもいいとまで言ってるらしいもの」

のぶ子はあまり気乗りのしない声で答えた。

「でも、私たちは関係ないんじゃない？　身体《からだ》は一つしかないんだもの、出来ることなんて決まってるし、お決まりのコースを毎日、毎日、回るだけ」

「休みは」

「多少は、減るのかな。別に、いいわよ。休みだからって、特に遊びに行くところなんか、あるわけでもないんだから」

のぶ子の言葉は、半ば投げやりにも聞こえた。つい、言葉に詰まっていると寿々江が「それにしても」と口を開いた。

「お父さんにしても、のぶ子にしても、うちはよそ様が休むときに限って忙しくなる仕事ばっかりね」

別段、嫌味のつもりで言ったわけでもないのだろうが、その言葉も韮山には重く響いた。だが、世間が休日の度に留守番をさせる生活も、もうそう長く続くわけではない。今年で五十四になった韮山は、来年には定年を迎える。そうなれば毎日毎日、嫌というほど家にいることになる。

「お父さん、百円銀貨の予約、ちゃんとしてくれてるんでしょうね」

のぶ子が思い出したように言った。オリンピック記念ということで、このところ立て続けに切手やコインが出されている。本当は忘れていたのだが、また怒られてはかなわないから、韮山は「ああ」と頷いた。

特別警戒が始まる頃、銀座辺りで流行《はや》っていた「みゆき族」が一斉に補導された。風俗を乱し、やがて社会問題を引き起こしかねない芽は、この機会に全部つみ取ってしまえというのが、上の考えらしかった。韮山たちも、日頃の六部制から三部制の勤務体制に変わり、慌《あわ》ただしく日々を過ごすようになった。

「曜日の感覚も何もかも、消し飛びますね。頭がくらくらしてきますよ」

共に応援要員として招集された奥田は、言葉ほどには疲れた様子も見せずに笑っている。こちらは、さすがに年齢には勝てず、早くもまるで毎晩徹夜をしているような、嫌な疲れ方をし始めているというのに。韮山は、奥田の若さを心の底から羨《うらや》ましいと思った。自分が彼と同じくらいの年齢の時には、日本は戦争の真っ最中で、戦前から警察官だった韮山も、召集されて二年ほど大陸の方へ行っていた。まったく、一番ひどい時代だった。

「そんなこと言いながら、仕事が終われば羽でも生えてそうな勢いで帰っていくじゃねえかよ。女に会いたくて会いたくて、しょうがねえんだろう」

つい嫌味が出た。だが奥田は別段、不快にも感じないらしく、やはり笑っている。野郎、早くも新婚ボケかと言いたくなるような、穏やかな笑顔だと思った。

考えてみれば、奥田という男は、以前はそう滅多に笑うような奴《やつ》ではなかった。若いくせに気難しいところもあるし、頑固で一徹な部分もあり、常にしかめ面《つら》に見えるらしい韮山とは良いコンビだと、周囲から言われたこともあるくらいだ。それが、この頃は時折、まるで子どもっぽく見える笑みを浮かべることが増えてきた。男のくせにニヤニヤするなと説教するほどの回数でもなく、意味もなく笑うわけではない。ただ、何かの時に、ふっと表情を和らげるのだ。それこそが、萄子という婚約者の影響に違いなかった。心がほぐれている、肩肘《かたひじ》を張ってきた部分が消えてきている、それが、韮山にはよく分かった。

のぶ子は、諦《あきら》めるべきだ。無論、もう婚約も整っているのだから当然の話だが、この奥田が、ここまで幸福そうに見えるのなら、確かに野郎は良い相手を選んだのに違いない。韮山だって、心から祝福してやりたい気持ちに変わりはなかった。

「まあ、しばらくは我慢してもらえ。何しろオリンピックが終わらない限りは、そうゆっくりと会えないだろうが。それさえ済んじまやあ、あとはほれ、パンパカパーンだろう」

結婚式の音楽のつもりで歌うと、奥田はまた頰を緩めて、大丈夫ですと答えた。

十月一日、東海道新幹線が開業した。『ひかり』は四時間、『こだま』は五時間で東京と大阪を結ぶ。夢の超特急が、ついに日本列島を疾走し始め、翌々日には日本武道館も開館して、東京はいやが上にもオリンピック一色に包まれ始めた。

東京オリンピックの開会式は、一番高いチケットが八千円で、とうに完売していたが、それがダフ屋の手にかかると、二万にも三万にもなっていた。それでも飛ぶように売れるらしいという情報を得て、韮山は思わずため息をついた。確かに日本は変わり始めている。豊かになり始めている。

「向こうの家族も、行くそうですよ。そのために新しいカメラを買ったり、双眼鏡を買ったり、大騒ぎしてるそうです。何しろ、末っ子の弟が、まだ中学生ですから、楽しみにしてるらしくて」

ある日、奥田がそんな話をした。無論、安いチケットなら五百円まであるのだし、小さな子どものいる家なら、是非ともオリンピックを観に連れていってやりたいという気持ちは、韮山だって理解出来る。だが、野郎の婚約者の家は一家六人で、すべて特等席を取っているという話だった。

「六人で行くっていったら、四万八千円かよ、おい」

韮山は思わず目をむいた。韮山の月給と大して変わらない金額ではないか。八千円という額でさえ、冬物のジャカードコートが二枚は買えようという金額なのだ。その六倍の値段を、いくら歴史に残るオリンピックとはいえ、ぽんと支払う人間が、こんな身近にいるとは思わなかった。あんなものはテレビで観れば十分、その方が大きく、はっきりと見えるくらいだと考えていた韮山には信じられない話だ。そういう金銭感覚の家で育った娘と所帯を持つ、奥田の将来が、ふと思いやられた。

「お前、大丈夫か?」

「何がですか」

「そんなところのお嬢さんを女房にしてさ。こっちが汗水たらして稼いできた給料を、一日で使われちまうんじゃねえんだろうな」

奥田は「まさか」と笑った。野郎の言葉を借りれば、萄子という娘は、確かにわがままで気まぐれな部分はあるが、芯《しん》の強い性格だし、それほど派手でも、見栄《みえ》っ張りでもないという。与えられた環境の中で、きちんと生活を組み立てられる、そういう娘だそうだ。だが、そんなものは結婚前には分からないものだ。のぶ子なら、親父の自分が保証してやれるが、見た目に惑わされて選んだ娘など、中身がどうだか分かったものではない。

「それに俺、言ってありますから。俺みたいなタイプは出世も出来ないだろうし、きっと一生、巡査のまんまだぞって」

これ以上あれこれ聞かされては、うんざりしてきそうだ。韮山は、顔の前で蠅《はえ》を追うように手を振り、もうよせと合図した。この二年半あまりのつき合いの間に、韮山の性格をよく把握しているらしい奥田は、素直に口を閉じ、それから「ああ」と何かを思い出した顔になった。

「前に相談した、伸二《しんじ》って奴のこと、覚えてますか」

「どこの伸二だ」

「ほら、俺が前にいた管内で知り合ったっていう、チンピラの」

そういえば、そんな名前を聞いた覚えがある。根は悪い奴ではないのだが、意志が弱く、奇妙な仲間意識に縛られて、何とかいう兄貴分に引きずられかけている少年を更生させたい、そんな相談を、確かこれまでに何度か受けたことがある。だが、その都度、韮山はあまり面倒なことには首を突っ込むなと言ったはずだ。

虎穴《こけつ》に入らずんばというたとえもあれば、魚心あれば水心などとも言われ、特にヤクザや組絡《がら》みの事件に関しては、連中とある程度のつき合いをして、それなりの関係を築かなければならないのは、韮山たちにとっては常識でもある。だが、韮山自身は、たとえ相手がヤクザなどと無縁でも、あまり外の世界の連中と関わりを持ちたいとは思っていなかった。必要最低限に確保している、「檀家《だんか》」と呼ばれるある種の情報屋とでさえ、最近は疎遠《そえん》になっているくらいだ。

所詮《しょせん》、ものの見方の異なる連中とつき合ったところで、そう腹を割った話など出来るものでもないし、そういう連中が万に一つも問題を起こしたりすれば、厄介な思いをしなければならなくなるのは刑事である韮山の方だ。第一、下手に弱みでも見せれば、相手はすぐにつけ込んでくるに決まっている。その警戒心は、どれほど好ましく感じられる相手に対してでも、捨てることは出来なかった。つまり韮山は、人間関係に貸し借りを作ることも、相手を信じることも嫌いだった。

「何だ、まだつき合ってるのか」

「つき合うっていうほどでもないですけど」

だが、奥田という男はそういう点では韮山とは考え方を異にしているらしかった。萄子のような娘と婚約することからも分かるように、野郎は常に、外の世界に目を向けたがる。単に仕事と割り切って物事を処理する方が楽なのに、人間そのものに目が向いてしまうらしかった。二年か三年に一度ずつ転勤してしまえば、前の署で関わった一般市民のことなど、さっさと忘れてしまうものなのに、奥田という奴は、火事で焼け出された家族がどうの、息子に先立たれた婆《ばあ》さんがどうのと、そんな連中とのつき合いを未《いま》だに続けている様子だ。そして、彼らから妙な相談を受けては、そんな連中のために奔走する。

「その伸二が、どうした」

「何か、また厄介なことになってるらしくて。あの時は、一度きれいさっぱり足を洗ったようなこと言ってたんですが、最初に俺が聞いてた話より複雑というか、その兄貴分っていうのが、かなり面倒な野郎なもんですから」

奥田は、わずかに眉根《まゆね》を寄せ、深刻そうにため息をついた。馬鹿《ばか》じゃねえのか。赤の他人の、それも場末のチンピラのために、どうしてため息までつかなけりゃならんのだと、韮山はそれだけで馬鹿馬鹿しくなる。だが、奥田はそういう奴だった。

4

十月七日の夕方、勝がやってきた。階下から母に呼ばれて、萄子は喜び勇んで階段を駆け下りた。

「何だよ、すごい音だな」

ちょうど実家に立ち寄っていたらしい兄が、にやにやと笑いながら、階段の下から顔を出す。萄子は、そんな兄の正一郎をきゅっと睨《にら》んだ後で、とび切りの笑顔を作って勝を迎えた。

「いらっしゃい。今夜あたり、連絡があればと思ってたのよ。あのね——」

せっかく勝に話しかけているのに、やはり背後から兄の「おいおい、何だよ」という声が被《かぶ》さってくる。

「そう、あからさまに態度を変えること、ないじゃないか。フィアンセだけに、いい顔するなよ。こっちだってお客様なんだぞ」

その言葉に、萄子は驚いて振り返った。さっきは気づかなかったが、確かに兄の背後には、はにかんだような笑みを浮かべて、俯《うつむ》きがちに立っている人がいた。

「あら、柏木《かしわぎ》さん」

萄子は思わず小首を傾《かし》げて彼の顔を覗《のぞ》き込んだ。

「ごめんなさい、気がつかなくて。いらっしゃい。お久しぶり」

柏木淳《あつし》は、ゆっくりと顔を上げ、「やあ」と答える。この、兄の大学時代の後輩は、以前は週に二、三度は顔を出していた。学生時代の兄はワンダーフォーゲルに凝っていて、山の仲間を集めては、年がら年中、家で計画を練ったり、宴会をしたりしていた。その集まりに、常に加わっていたのだ。

「結婚、するんだってね」

久しぶりに会う柏木は、萄子が近況を尋ねるより先に、口を開いた。萄子ははにかみながらも笑顔になって、勝を振り返った。

「来月なの。ねえ？」

何となく手持ち無沙汰《ぶさた》な様子で立っていた勝が、硬い表情のままで頷《うなず》いた。萄子が双方を紹介する間も、彼はもちろん柏木までが、居心地の悪そうな、ぎこちない態度を崩さない。萄子は、思わず笑いそうになってしまった。本当に不器用な人たちだ。もう少し大人になれば良いのに、これでは腕白坊主《ぼうず》が、親に叱《しか》られながら喧嘩《けんか》の仲直りをさせられているような雰囲気ではないか。

「今日はどうなさったの？」

「ああ、ちょっと先輩に借りたいものがあって。こっちに置きっぱなしになってるっていうんで」

柏木の答えに、萄子はまた兄を軽く睨む真似《まね》をした。

「本当に、お兄ちゃんにも困ったものね。せっかく結婚して新居があるっていうのに、まだこの家を物置代わりにしてるんだから」

「何、言ってるんだ。お前だって、欲張って嫁入り道具を揃《そろ》えてると、知らないからな」

兄は小意地の悪そうな表情でふん、と鼻を鳴らした。

「本当に憎らしい兄貴だわ」

やっと応接間に落ち着いて、勝と二人だけになると、萄子は口を尖《とが》らせて見せた。

勝は苦笑混じりに「いいじゃないか」と答える。

「兄さんだって、君が可愛《かわい》くて仕方がないんだろう」

「そんなこと、ないわ。小さい頃から、ずっと意地悪されっぱなしだったのよ。兄が学童疎開《そかい》でいなくなってる間、どれだけ嬉《うれ》しかったことか」

萄子は、まだ怒った顔を見せていたが、はっと我に返って、「ねえ！」と身を乗り出した。

「あんな兄貴のことなんか、どうでもいいんだったわ。あのね、今日、ついに完成したの！」

「何が？」

「ウェディングドレス！」

勝は一瞬、顎《あご》を引き、軽く目をしばたたいている。萄子は、白いレースでカバーをしてあるソファーの上で、ほとんど身体《からだ》を弾ませそうな勢いになっていた。

「我ながら、すごくうまく出来たのよ。ねえ、見たい？　見てみる？」

「――あるの」

「もちろん！　今、私の部屋にかけてあるわ」

だが勝は少し考える顔をした後で、「まだ、いいよ」と答えた。その浮かない表情を見て、萄子は心がぺしゃりとつぶれそうな気分になった。どうして「いいよ」などと言えるのだろう。何のため、誰のためのドレスだと思っているのだと、怒りがこみ上げてきそうになる。その時に、勝は今日初めての笑顔を見せて、「照れ臭いしさ」と言った。

「それに、楽しみは後にとっておいた方がいいだろう？　先に見ちゃうと、当日の感動が薄れるかも知れない」

萄子は、そんな勝の顔を覗き込み、くすくすと笑ってしまった。あの純白のドレスを着て勝の隣に立つ日まで、あと一カ月半になった。本当は、オリンピックが終わったらすぐにでも式を挙げたかったのだが、休日で大安にあたる日が、十一月一日の日曜日の次は、二十三日の勤労感謝の日しかなく、結局、一日は予約が取れなくて、二十三日になったのだ。

「それまで、我慢出来る？」

悪戯《いたずら》っぽい気持ちで尋ねると、勝はまた奇妙に顔を歪《ゆが》めて「何がだよ」と言った。不器用の上に恥ずかしがり屋で、そのくせ頑固。確かに、普通のサラリーマンには、こんなゴチゴチした印象の人は少ないかも知れない。父の知人だって、兄の周囲にいる人たちだって、もう少し如才なく、柔らかい物腰を身につけているものだ。だが、だからこそ惹《ひ》かれた。

「勝さん、お食事まだでしょう？　お腹《なか》、空《す》いてるんじゃない？」

母が顔を出した。即座に「死ぬほど、空いてます」と答える勝を見て、萄子はつい に声を出して笑ってしまった。こういう率直な部分が、やはり大好きだった。

その晩の食事は、兄や柏木も加わって、賑《にぎ》やかなものになった。中でも、今年で中学三年になった弟の彰文は、この五月までＴＢＳで放映していた『七人の刑事』の影響か、勝の仕事にひどく関心を寄せていて、会う度に彼を質問攻めにする。警察手帳を見せてくれとか、手錠を持ち歩いているのかとか、凶悪犯は一目《ひとめ》見て分かるのかとか、時折は萄子さえ聞けないようなことまで聞くから、萄子は時々、勝が気を悪くするのではないかと冷や冷やする。だが勝は、義理の弟になる彰文を可愛いと思ってくれているらしく、いつも誠実に、丁寧に答えてくれていた。

「ねえねえ、それで？　ダフ屋って、どうしてダフ屋って分かるのさ」

「どうしてって。そりゃあ、内偵をするしね」

「ナイテイ？　ナイテイって、何」

「予《あらかじ》め時間をかけて、注意してるんだ」

彼が何か答える度に、食卓からは「へえ」「ふうん」とため息のようなものが洩《も》れ

る。初対面の柏木は目を白黒させているし、当初はあれほど二人の結婚に反対してい
た父までが、興味津々《しんしん》の表情で「なるほどなあ」などと、相づちを打っていた。

「ねえ、じゃあさ――」

「喋《しゃべ》ってばかりいないで、お食べなさい」

母が促しても、彰文は食べ物を口に詰め込んで、まだ何か聞きたそうにしている。

末っ子で、甘やかされて育った彰文には、小さい頃に病気がちだったこともあって、
どこかひ弱で少し淋《さび》しげな雰囲気がつきまとっていた。そんな弟が瞳《ひとみ》を輝かせている
のを見るのは、萄子だけでなく、兄や両親も嬉しいのに違いなかった。

「いい家族だ」

帰り際《ぎわ》に、玄関先で勝は笑いながら言った。

「俺も、大切にするよ」

萄子は、思わず胸が熱くなるのを感じた。自分も同様に、彼の周囲のすべて、彼が
大切に思うすべてを、彼と同じように慈《いつく》しんでいかなければと思った。

「明日も、会える？　日勤の日でしょう？」

「そうだけど。明日は無理だな。用があるから」

オリンピックへ向けての特別警戒とやらに入ってから、勝の仕事はこれまでとは違

うリズムで動いている様子だった。今日のように、夕方ひょっこりと顔を出すときは、大抵が夜勤明けの場合だ。つまり、彼はあまり眠らずに来てくれていることになる。普段の仕事ならば、夜勤は六日に一度だと聞いていたが、それも事件が起きれば関係なくなるし、また、所属が替わったり転勤になれば分からないという。それが、警察官というものらしかった。

「明後日《あさって》は泊まりだし、その次の日はもうオリンピックの開会式だろう？　しばらく、バタバタするんじゃないかな」

萄子は、小さくため息をついた。ここで文句を言うべきではないと自分に言い聞かせた。

「時間が出来たら電話する。それに、萄子だって開会式は皆で観《み》に行くんだろう？」

「そりゃあ、そうだけど――」

「あとは毎日テレビでオリンピック観戦していれば、退屈しないって」

それもそうだ。仕方がない。勝だってオリンピックを観たいだろうに、その間中、仕事で駆け回るのだから、彼の気持ちも考えるべきだった。

「電話してね」

「出来るだけ」

「それじゃあ駄目。きっと。絶対」

「分かった。おやすみ」

「――おやすみなさい」

　夜の道を、勝は途中で何度も振り返り、手を振って帰っていった。その後ろ姿が、やがて闇《やみ》に溶けるまで、萄子はずっと門の前で見送っていた。

「いいなあ、結婚前っていうのは」

　家に戻ると、兄がまた冷やかした。萄子は「何よ」とすぐに言い返した。

「自分だって、新婚じゃない」

「もう、新婚とは言わないだろう。一年以上たつんだから」

「だけど、もうすぐパパになるんだもの。いいじゃない？」

　義姉は先月おめでたが分かった。予定日は来年の五月だという。今日も一応は電話で呼んだのだが、つわりが始まっていて気分が悪いということだった。

「こうやって、家族って変わっていくんですねえ」

　食事が済んだ後、今度は兄と二人で酒を飲み始めた柏木が、妙に感慨深げな表情で呟《つぶや》いた。

「僕が初めてこの家にお邪魔した頃は、トコちゃんは高校生で、彰文くんなんて、まだ小学生だったのに」

「皆、変わっていくさ。お前は、どうなんだよ。誰かいい人、見つかったのか」

兄に急に尋ねられて、柏木は赤く染まった顔のまま、「駄目です」などと答えていた。萄子は、大学を出た後も、こうして続いている兄の交友関係を好ましく感じながら、自分は部屋に戻った。

ドレッサーの脇《わき》には、今日縫い上がったばかりの白いウェディングドレスが掛けてある。シミ一つない、そのドレスを眺めながら、萄子はベッドに腰掛けて、深々とため息をついた。このドレスの向こうに、果たしてどんな未来が待ち受けているのかと思う。どんな日々を積み重ねて、妻と呼ばれることにも慣れ、やがて母親になっていくのだろう。結婚してからどれくらいたてば、藤島萄子ではなく、奥田萄子になりきれるものだろうか。

――でも、ずっと一緒にいられれば。

勝とさえ一緒なら、何とかなる。それを信じるべきだった。その夜、萄子はいつまでも飽きることなく、純白のドレスを眺めていた。

十月八日は朝からどんよりと曇り空が広がっていたが、午後にはついに雨が降り始めた。気温も下がって肌寒く感じられるようになり、萄子は、こんな雨の日に、勝はどうしていることだろうかと考えて過ごした。

「ぼんやりしてて、いいの？　まだまだ、しなきゃならないことが色々とあるでしょう。オリンピックが始まったら、どうせテレビに釘《くぎ》づけになるのよ」

母に促されて、やっと少しだけ荷物の整理をしたけれど、陰気な雨がしとしとと降っている日に、衣類など広げたくないし、かといって出かけるのも億劫《おっくう》だ。

「クッキーでも焼こうかしら」

退屈というのではないが、かといって何もすることがないとき、萄子は菓子を焼く。粉をふるったり、溶かしたバターと合わせたりしている間は、何も考えずにいられるからだ。それに、勝と探し歩いて一緒に選んだ新居は小さなアパートで、台所も狭いから、とてもではないが天火など置くことは出来ない。こうしてのんびりと菓子を焼けるのも、実家にいる間のことに違いなかった。

「天気予報だと、明日も雨だって。オリンピック、大丈夫かな」

学校から帰ってきた彰文が、台所に入ってきて心配そうに言う。台所の窓からも、裏庭の木に降り注ぐ雨の音と冷たい湿気が入り込んできた。ひんやりとした静けさが、辺り全体に漂っている。

「明日まで降れば、明後日は大丈夫でしょう」

幹線道路に近いせいもあって、こうして家にいても、どこかから工事の音が聞こえてくるという日々が、もうずい分続いていたというのに、いつの間にかすべてが終わった様子だった。今はもう、まるで東京中が、明後日に迫った世紀の祭典に向けて、息をひそめているような感じがする。さんざん舞い上がった土埃《つちぼこり》も、労働者たちの汗も、この雨が最後にすべて、洗い流してしまうのだろう。

「今日は、もう誰も来ないのかな」

冷蔵庫から牛乳を取り出しながら、彰文はつまらなそうに呟いた。確かに、昨日は賑やかだった。久しぶりに兄妹《きょうだい》三人が揃《そろ》って、その上、柏木も勝もいた。萄子が嫁いでしまったら、この家は彰文と両親だけになってしまう。いつもこんな静けさに包まれるようになるのかと思うと、申し訳ない気持ちになる。

「本当、静かね」

「嵐《あらし》の前の静けさ、かな」

クッキーの焼き上がりを待ちわびているらしい弟をちらりと見て、萄子は小さく微笑《ほほえ》んだ。来年には高校生になるのに、まだ幼い面影を残している弟にも、嫁ぐ日の前までには、きちんと両親のことを頼み、これからはしっかりしなければいけないと、言い聞かせておかなければならない。

何だか、急に憂鬱《ゆううつ》になってきた。昨日までは、来月が待ち遠しくて、早くドレスが着たくてたまらなかったのに、得も言われぬ不安が、渦巻き始めていた。何故《なぜ》だろう、幸せになろうとしているのに。自分が選んだ人と、ようやく共に歩めるようになるのに。自分で自分が分からなかった。

雨は翌日まで降り続いたが、午後にはどうやらやんで、天気は急速に回復に向かった。だが、萄子の気持ちは、さらに憂鬱になり始めていた。

「お嫁入り前は、皆そうなるものよ」

最初に萄子の表情が曇っていることに気づいたのは、母だった。萄子は切なくなって、ほとんどすがるような気持ちで穏やかな表情の母を見た。

「誰だって、不安に違いないんだもの。これまでの生活と、まるで違う毎日が始まるんですものね」

母の言うことは、よく理解出来ているつもりだった。それなら、早く結婚してしまえばかえって落ち着くということだ。勝と向き合い、彼と一緒に新しい日々を紡《つむ》ぎ始めれば、気持ちは落ち着くのに違いない。だが萄子は、この憂鬱は、そんなことでは拭《ぬぐ》えないような気がしてならなかった。胸騒ぎがしてならない。どういうわけか、一昨日の勝の後ろ姿ばかりが思い出されるのだ。何度も振り返り、手を振りながら、闇の中へ消えていった彼の背中が、幻のように思われる。

——何か、あったのかしら。

まさか。何かあったのなら、連絡が入るはずだ。勝が結婚を控えていることは職場の人たちだって知っているのだし、第一、日頃から彼とコンビを組んでいる韮山などは、この家さえ知っている。万に一つも、この家の連絡先が分からなかったとしても、本当に何かあったのなら、彼の実家からでも連絡は来るだろう。

「ちょうどいい時期にオリンピックだったかも知れないわね。気が紛れるわ」

母はなだめる表情で言ってくれた。それでも、萄子は満足に答えるつもりにさえなれなかった。この憂鬱、この不安を拭い去ってくれるのは、勝しかいない。

——電話をちょうだい。せめて、声を聞かせて。

今夜、彼は夜勤のはずだった。そして、明日は開会式だ。当分は忙しいと彼自身も言っていたではないか。日頃から外を歩き回っているのだから、連絡はつきにくい。それだけに、可能な限りまめに連絡をするからというのが、勝の口癖だったし、事実、そうしてくれてきた。それが、昨夜に続いて今夜まで連絡がない。胸が苦しい。息が止まりそうだ。

「やった！　明日は天気だってさ」

テレビの天気予報を見ていた彰文が、はしゃいだ声を上げたときだった。電話のベルが鳴り響いた。萄子は、飛び上がるようにして玄関に走った。

「——もしもし」

かすれた低い声が聞こえてきた。萄子は、心臓が固まりそうなのを感じながら、受話器を耳に押し当てた。

「もしもし？　藤島でございます」

「——萄子」

「勝さん？　勝さんなの？」

まるで別人のように聞こえる声が「ああ」と答える。

「どうしたの？　声が変よ。もしもし？」

「萄子——ごめん。もう、会えない」

受話器を持ったまま、萄子は全身の血が凍りついたように感じた。

「何、言ってるの——もしもし、本当に勝さん？」

必死で受話器を握りしめ、大きな声で呼びかけた。少しの沈黙の後、受話器の向こうから、大きなため息らしいものが聞こえてきた。

「ねえ、もしもし！　何か言ってよ！」

「――ごめんな」

「ごめんじゃ分からないわ。何、言ってるの、ねえ！　聞こえる？」

自分の声が震えているのが分かった。声だけではない。足もとから膝《ひざ》、膝から全身へと、震えが広がっていく。頭の芯《しん》が痺《しび》れて、何も考えられなくなりそうだ。

「もしもし！」

もう、完全な悲鳴になっていた。母と彰文とが、不安そうな顔でこちらを見ている。蓟子は、いつの間にか涙を流しながら「もしもし」と呼び続けた。

「何があったの！　どうしたのっ」

「――蓟子」

「聞こえるわ。聞こえるから、ねえ！」

「――忘れた方が、いい」

何を、馬鹿《ばか》なことを言っているのだ。何を忘れろというのだ。混乱している。相手の言うことが分からない。蓟子は、すっかり取り乱しそうになっていた。

「俺のことは、忘れてくれて、いい」

「何、言ってるのよ。ねえ、勝さん、今どこ？　ねえ、もしもし、もしもし！」

それからはどれほど呼び続けても、勝は何も答えなかった。そして、電話は切れた。

萄子は、受話器を握りしめたまま、呆然《ぼうぜん》とその場に立ち尽くしていた。

「トコちゃん？　勝さんからなの？」

母が怯《おび》えたような表情で近づいてくる。それは認識することが出来た。だが、景色が歪《ゆが》んで、実感が湧《わ》かない。今、自分は何を聞いたのだろうか。勝は何を言ったのだろう。忘れていい？　何を？　誰のことを忘れても良いというのだろうか。

「トコちゃん、ちょっと！」

何かの力が加わって、萄子の手から受話器をもぎ取った。ぼんやりと振り返ると、彰文が受話器を自分の耳に当てている。そして弟は「切れてる」と呟いた。萄子は、青ざめた顔を強張《こわば》らせている弟を見つめ、それから改めて母を見た。何が何だか、まるで分からない。一体、今の電話は誰からだったのだろうか。何か悪質な嫌がらせではないのだろうか。

「勝さん、何て？　ねえ、しっかりなさい」

母に身体《からだ》を揺すられても、萄子は、ただぐらぐらと揺れる視界を感じるばかりだった。心のどこかで「これだった」という声がする。そう、これだったのだ。これが、胸騒ぎの原因だった。憂鬱の原因だった。

母の悲鳴が聞こえたのと、萄子の視界が大きく揺らいだのとがほとんど同時だった。

崩れ落ちた膝に、鈍い痛みが走った。

十月十日、東京地方は雲一つない快晴に恵まれた。早朝から花火の音が響き、空を舞うヘリコプターの音が空気を震わす。第十八回オリンピック東京大会が、まさに始まろうとしていた。

本当ならば自分自身も国立競技場のどこかで、歓声と共にこの歴史的シーンをじかに眺めているはずだった。だが萄子は、その場面を居間のテレビで、両親と共に眺めている。眺めてはいるが、それはまるで無意味で空疎《くうそ》な、ただの動く絵でしかない。とにかく、一人で自室にこもり続けることを父が許さなかったから、居間にいるというだけのことだ。本当は、一家揃って観《み》に行くはずの開会式には、彰文と兄だけが行っている。両親は萄子を放っておけないと言ったし、兄嫁もつわりがひどいということで、結局、余ってしまった四枚は、兄の友人たちに回されたらしい。

「何かあれば連絡が入る。本人が電話してきたんなら、無事であることは間違いないんだから」

父は昨夜から幾度となく同じ言葉を口にして、腕組みをしながらテレビを観ている。母も同様に、「そうね」と繰り返していた。テレビから、トランペットの音が聞こえてきた。空々しく乾いた響きが、がらんどうの胸に響いた。萄子は、勝からの電話を受けたときの混乱からは抜け出していたものの、それ以降は、まるで自分の魂が肉体から離れてしまったような感覚のまま、ただぼんやりとしていた。最初、ほんの少し溢《あふ》れたはずの涙さえ、胸のどこかに引っかかり、かたまりになっている。

何が何だか、まるで分からないままなのだ。昨夜、八時近くになって帰宅した父が、取りあえずは普段、勝の勤務している警察署に電話をしてくれたが、特別任務についているから連絡は取りにくいだろうと言われ、それでも緊急の用事だからと食い下がって、方々に電話を回してもらった。しかし結局、勝の居場所は摑《つか》めなかった。とにかく開会式直前で、誰も彼もが寝ずに働いている、落ち着いたら必ず連絡をさせますと言う電話口の相手に、さすがの父も、それ以上のことは言えなかったらしい。

「それにしても、間《ま》が悪いな。こんな日に限って、一体、何があったっていうんだ」

父は、舌打ちとため息を繰り返しては、時々、押し殺した声で呟《つぶや》く。

「トコちゃん、あなた本当に昨日の電話、ちゃんと覚えてるの? 勝さん、何を忘れるって言ったの」

「忘れる、じゃない。『忘れていい』って、言ったのよ。自分のことは、忘れていいからって」

口にするときだけ、胸の奥の涙が震える。それでも、こみ上げてはこなかった。ただ、昨日の勝らしくない声と、最後に見た後ろ姿ばかりが、何度も何度も繰り返して思い出されるばかりだ。テレビの中で聖火台に火が点《とも》った。だが、萄子の家の白黒テレビでは、それは氷のように冷たい揺らぎにしか見えなかった。

5

一昨日《おととい》まで降り続いていた雨が、まだ道路のあちこちに水たまりを残していた。車から降りるなり、その水たまりの一つに足を突っ込み、韮山は、靴底から即座に泥水が染《し》み込んでくるのを感じた。

目の前には巨大な古い倉庫がそびえ立っている。その黒ずんだ木造の建物と、隣のコンクリートの建物との隙間《すきま》から、空中を横切る高架線のようなものが重なって見えた。恐らく高速道路と、先月開業したばかりの東京モノレールに違いなかった。つまり東京湾が、もうすぐそこということだ。そこは品川埠頭《ふとう》から少し南に下った倉庫街だった。

濡《ぬ》れた靴下の不快感を振り払うように、韮山は大股《おおまた》で歩いた。現場保存ロープの外側に立つ制服警察官に手帳を見せてロープをくぐる。韮山に声をかけてくる相手はいなかった。どうやら、かつて共に仕事をした顔見知りは混ざっていないらしい。倉庫に足を踏み入れるなり、ひんやりと冷たく、湿気を含んだ空気が全身を包んだ。

「お電話いただきました、初台署の韮山ですが」

自分と同年代の、頭のはげ上がった男に声をかける。白手袋をした男は、本庁捜査一課の玉木《たまき》と名乗り、深い皺《しわ》に囲まれた目でじっと韮山を見ると、すいと目を逸《そ》らして、小さく頭を下げた。

「ご苦労さま、です」

韮山も、思わず懐《ふところ》から捜査用の白手袋を取り出した。そうすることが当たり前だと思ったからだ。相手が誰であれ、とにかく現場保存は慎重に行わなければならない。

「どうも、お待たせいたしましてすみません。勝手を申します」

足早に歩き出す玉木と並んで、韮山は前方の人だかりに声をかけた。既に鑑識が到着していて、コンクリートを打っただけの床には、ところどころにチョークで印がつけられ、表示板が置かれている。屈《かが》み込んでいた数人の男が、ゆっくりと腰を伸ばした。すると、彼らの向こうに、薄茶色の毛布のかたまりが現れた。

「本当に、いいんですか。少しお待ちいただければ、ちゃんと運びますから――」

隣から玉木が遠慮がちに話しかけてくる。だが韮山は、大きく息を吸い込んで、首を横に振った。

「これでも、刑事の端くれです。現場を、まず見てみんことには落ち着きませんですからな」

かなり注意深く、落ち着いて話したつもりだったが、声がかすれていた。韮山は大股で毛布に近づいた。距離が縮まるにつれ、ホトケさん特有の匂《にお》いが強くなる。それに何よりも、毛布の下から見えているどす黒い血だまりだ。絶望が、全身から力を奪っていきそうだった。だが、韮山は生唾《なまつば》を飲み下し、毛布の傍に屈み込んだ。ほとんど祈るような気持ちで、そっと毛布を持ち上げる。

「――のぶ子」

まさしく変わり果てた、娘の姿だった。

韮山は、見違えるほど鬱血《うっけつ》した顔を苦痛に歪めたまま冷たくなっている娘を、しばらくの間黙って見つめ続けた。これほど鬱血していても、顔面の数カ所に、明らかに殴られたような痣《あざ》がついているのがはっきりと分かる。口の端から流れ出た血が、頬にこびりついていた。唯一《ゆいいつ》、自慢にしていたはずの黒い豊かな髪さえ、すっかり乱れて四方に散っている。顔面の鬱血は、間違いなく絞殺《こうさつ》の結果だ。その証拠に、のぶ子の首筋には、醜い暗紫色の索条痕《さくじょうこん》が認められた。

一見して、もう取り返しのつかないところまで来てしまっていることが分かった。何をどう足搔《あが》こうと、どう手を尽くそうと、二度と元通りになれないところまで、この娘はいってしまっている。とりたてて変わったところもなく、ごく当たり前に「行ってきます」と出かけていった娘の、これが三日ぶりの姿だとは――。

韮山の腹の底から、煮えたぎるような怒りがこみ上げてきた。この、大馬鹿野郎めが。三日も帰ってこないと思ったら、こんなことになりやがって。冗談じゃねえ、殺されたらしいだって？　お前が？　一体、どうしちまったっていうんだよ、ええ？　どうして連絡を寄越さなかった、どうして助けを呼ばなかったんだよ、どこの誰が、お前をこんな目に――。

「のぶ子――父さんだぞ、おい」

頭の片隅では、同業者の視線が集中していることくらい十分に承知していた。これまでの刑事生活で韮山自身、こうしてホトケに取りすがる身内の姿は、数え切れないくらいに眺めてきている。そう、韮山たちにとっては、決して珍しい光景などではないのだ。取り乱したり、慌《あわ》てたりする場面ではない。それは分かっていた。それでも、普段、使っている脳味噌《のうみそ》とはまるで違う場所が勝手にギシギシと軋《きし》みを上げて、どうしてものぶ子を起こさなければ、揺り起こして、目を覚まさせてやらなければという気になる。この、馬鹿野郎めが。親父《おやじ》に恥かかせるんじゃねえよ、なあ、おい。母さんだって心配してる。また、寝込みそうになってるんだぞ。

「のぶ子って、おい——のぶ子——」

肩に、ずしりと重いものを感じた。同時に、「間違い、ないんですね」という玉木の声がする。違います、見間違いです、こんなの、うちの娘じゃありませんよと言えたら、どれほど良いだろう。第一、韮山自身、まるで信じるつもりになどなっていない。それなのに、韮山は自分の口が「間違い、ありません」と動くのを感じた。

「うちの——娘です」

「お気の毒です」

視界の片隅に玉木の姿が入ってきた。彼が、改めて合掌しているらしいのも分かる。だが韮山は、とてもそんなことをするつもりにはなれなかった。そんな、ホトケにするようなこと、しないで下さいよ。こいつぁホトケなんかじゃない、うちの馬鹿娘です、寝ているだけなんですからと言いたかった。

「詳しい死因はこれからですが、全身にかなりの傷痕《きずあと》が見られます。ええ、擦り傷、切り傷、それから殴られたような形跡、です。服装の乱れも相当なもので、かなり抵抗した形跡はあるんですが、ええ——」

恐らく暴行を受けているだろうという言葉を、韮山は遠くに聞いた。そんなところだろうということは、長年の経験から感じていた。単なる物盗《ものと》り目的や、または恨みによる犯行の場合なら、ホシは出来るだけ手っ取り早く、相手をしとめようと思うものだ。ここまで殴り、抵抗する余裕を与え、その上、顔全体が鬱血するような首の絞め方をするには、生かしておきながら苦しめたいという目的がなければならない。人間の首というものは、一気に絞めれば同時に頸動脈《けいどうみゃく》もふさがるから、顔面が鬱血するようなことはない。首吊《くびつ》り死体が好《よ》い例だ。

怖かったろうなあ。なあ。辛《つら》かったなあ、のぶ子。痛かったか、うん？　大きな声で、助けを呼んだか？　ごめんなあ、父さんには、聞こえなかったよ――。

認めたくないのに、娘の死を認めてしまっている。その娘に、韮山は語りかけていた。それでも、のぶ子の下半身まで毛布を取り払って見る勇気は、とてもなかった。

「暴行」というひと言だけが、大きな渦になって韮山も呑《の》み込もうとする。

「ああ、それから、ですね。この人物に、心当たりはありますか」

ほとんど何も考えられそうにない韮山の目の前に、黒い定期券入れが差し出された。やっとの思いで玉木の手許《てもと》に視線を移し、目の焦点を合わせて定期券を見つめた瞬間、韮山は、その定期券入れをひったくっていた。「代々木⇔玉電若林」とスタンプで印字された定期券の下には、奥田勝の文字が見えた。

「遺留品、ですか。これが、ここに？」

「他にも何点か見つかっていますが。氏名の入っているものは、現在のところは、これだけです。心当たりのある名前ですか」

韮山は、思わず地面に膝《ひざ》をつきそうになりながら、定期券を見つめ続けていた。何だって、こんなところでこの名前を見なければならないのかが、もう一つぴんとこない。まさかと思う。だが、動かぬ証拠であることは間違いがない。

「うちの――若い刑事です。今はオリンピックで駆り出されてますが、普段は同じ署で私と組んでいます」

玉木は眉間《みけん》に深い皺を寄せ、「うちの者？」と深刻な表情になった。

「お嬢さんと面識は」

韮山に出来ることは、小さく頷《うなず》くことだけだった。即座に玉木が誰かを呼んでいる。

奥田の所在を確かめろ、身柄確保、初台署経由で分かるはずだ。無線？　ああ、やめておけ。ブンヤに嗅《か》ぎつけられたら面倒だ。電話だよ、電話。極秘で動け。いいな。

――のぶ子。お前、奥田に会ったのか？

どうして――。玉木がてきぱきと指示を与える声を聞きながら、韮山は、ぼんやりとのぶ子を見つめていた。

片隅にコンテナらしいものが数個積まれているだけの、あとはやたらとだだっ広く薄暗い倉庫内から一歩外に出て、韮山はまた水たまりに片足を突っ込んでしまった。さっきとは逆の右足が、今度はいやらしい冷たさを吸い上げる。毎日毎日、外ばかり歩き回っているせいで、靴の消耗ほど激しいものはない。そうやって、自分は一体何足の靴を履きつぶしてきたことだろうか。そして、疲れ果てた重い足を引きずるように家に帰ると、昔は幼かったのぶ子がすぐに飛びついてきた。三つ編みのお下げ髪を肩の上で跳ね上げながら、「お帰りなさいっ」と張りのある声を上げて、ぺしゃんこの顔を嬉《うれ》しそうに輝かせて——。

韮山は、ぼんやりと水たまりを見下ろした。昨日、今日と晴れているせいで、水はずい分少なくなっているのに違いない。その証拠に、水たまりの縁には、生乾きの黒い土が、滑らかに光っていた。

——ほら、チョコレート。お上がんなさい。いただきます。むしゃむしゃむしゃ。

のぶ子は、一人遊びが得意だった。母親が病弱なせいもあって、寝込んでいることが多かったから、その母の傍を離れまいと、狭い庭で一人で遊んでいることも珍しくなかった。戦争が終わったばかりで、甘いものなど滅多に手に入らなかった時代、水たまりに残った土をチョコレートに見立てて、のぶ子は本当に食べたそうな顔で、ままごとをしていたものだ。

本当なのだろうか。今、見た光景のすべてが、悪い夢ではないのだろうか。水たまりに片足を突っ込んだまま、韮山はぼんやりと考えていた。俺の娘は、これから嫁入りしなけりゃならんはずだった。良い相手を見つけて、白無垢《しろむく》を着て――。そう、白い着物を着るときは、のぶ子が人生のうちで一番幸福な瞬間でなければならないはずだった。

「大丈夫、ですか」

すぐ耳元で声が聞こえた。我に返って顔を上げると、いかにも痛ましげな玉木の顔があった。

「全力を挙げて、捜査にあたります。娘さんの仇《かたき》は、必ずとりますから。今、とにかく奥田刑事の居場所を確認してもらっています」

「あの――」

自分が何を言おうとしているのか、自分でも分からなかった。だが韮山は、すっかり混乱してしまっている頭の中から、何とか一本だけでも、何かの糸口を手繰り寄せたい気分だった。

「自分も、捜査にあたるわけに、いかんでしょうか」

玉木の顔が、また痛ましげに歪《ゆが》められる。

「それは――とにかく今は、ホトケさんをきちんと供養《くよう》して差し上げることを考えた方がいいでしょう」

「供養なんか、出来ますか！　あんな目に遭わされて、ホシもパクれないうちから、供養なんか！　のぶ子が、うちの娘が、浮かばれると思いますかっ！」

思わず玉木の背広を摑《つか》みながら、韮山は叫んでいた。

自分でも分かっていた。これは八つ当たりだ。犯罪に直面した被害者や遺族は、往々にして傍にいる誰にでも怒りの感情をぶつけ、憎しみの対象にさえしようとする。普段はなだめ役に回り、または憎まれ役に甘んじている自分が、まさか同業者の襟首を摑もうとは、韮山自身、今の今まで考えたこともなかった。

「お気持ちは、分かります」

玉木は、日頃の韮山と同じように慌てた様子も見せず、極めて冷静な表情で、ゆっくりと呟《つぶや》いた。韮山は、ようやく彼から手を離して、うなだれるように頭を下げた。

「とにかくこっちは機捜が動いていますから、一度、署に戻りましょう。それとも、解剖に立ち会われますか」

韮山は激しくかぶりを振った。のぶ子が、冷たい台の上にのせられて全身を裸にされ、身体《からだ》の隅々まで観察される光景など、見られるはずがない。それに、女房に連絡をしなければならなかった。だが寿々江は、この現実を受け止められるだろうか。ただでさえ、今朝はひどい顔色をしていた。のぶ子がこんなことになったと知ったら、下手をすると寿々江までが、どうにかなってしまうかも知れない。

「家で——母親が、心配しておりまして」

口の中ががらがらに渇いている。またもや声がかすれていた。

「お宅は、電話を引かれてますか」

「引いて、おります。ですが——とても電話で言えることでは——あまり丈夫でないものですから」

唯一の救いといえば、今の光景を寿々江が見ずに済んだことと、今の段階ではまだ、寿々江はのぶ子の死など疑いさえ、してはいないということだ。韮山は、のぶ子が小さな時から、常に連絡先として自分がいる警察署の電話番号を教え込んであった。母親に何かあった場合、すぐに連絡出来るようにという配慮からだったが、その習慣が今でも続いていて、そのお陰で、まず最初に韮山に連絡が来た。ハンドバッグのポケットに「緊急連絡先」として初台署の電話番号と韮山の名前を書いたメモが入っていなければ、今頃、韮山よりも先に寿々江がのぶ子の死を報《しら》されていたことになる。

「では、いったん、お宅へ戻られますか」

「いや――ですから私は」

「お分かりでしょう。捜査に加わるのは、難しいと思いますが」

頭では理解していた。第一、被害者の遺族などが捜査活動に加わっていたら、他の捜査員だって迷惑だ。それでも、はい分かりましたと簡単に引き下がるつもりになどなれるはずもない。

「では、せめて説明していただけませんか。現場の状況と遺留品のこと、第一発見者のことも――それから奥田刑事と連絡がとれるまで」

ほとんどすがりつく思いで、韮山は玉木を見た。

昨日から始まったオリンピックのせいもあって、日曜日の今日、街は普段以上に賑《にぎ》わっていた。年々、増加の一途をたどっている自家用車のお陰で、道路も混雑している。街中の至る所で色とりどりの万国旗がはためき、「祝！　第十八回オリンピック東京大会」の横断幕も見ることが出来るはずだ。だが、それらの光景のすべては、まるで遠い世界の出来事のようにしか感じられなかった。韮山は、ただウーウーと唸《うな》り続けているパトカーのサイレンの音だけに包まれて、まだ真新しい印象の首都高速道路を走り抜けていた。

「――建物が、増えたなあ」

つい独り言が出た。すかさず隣から玉木の「まったくですな」という答えが返ってくる。

「もう、戦後の面影なんか、どこにも残ってやせんでしょうな。あんなに一面の焼け野原だったなんて、そのうち誰も、思い出しもしなくなるでしょう」

玉木を振り返ることなく、ただ車窓の風景を眺めながら、韮山は小さく頷いていた。

「見違えるようだ、本当に」

何を呑気《のんき》なことを話しているのだろうかと思う。だが、あまりにも気持ちが現実から離れてしまっていて、世間話でもするより他にないような気分なのだ。これから、改めて目の当《ま》たりにしなければならない現実、実際にのぶ子の身に起こったすべてのこと、寿々江の反応、それらのすべてから、今は一瞬でも解き放たれていたかった。

――のぶ子。なあ、今頃ひょっこり家に帰っていてくれねえか。ぺろっと舌でも出して、「ごめんね」とか言ってくれねえかな。

起こり得ない夢だ。だが、韮山はひたすら、娘の無断外泊に怒る寿々江や、必死で言い訳をするのぶ子の顔を想像していた。ついでに、「この、馬鹿《ばか》娘がっ」と怒鳴る自分まで思い描いたとき、初めて目頭が熱くなった。

万年巡査として、韮山もずい分数多くの警察署に横滑りしてきたが、北品川警察署へ来たのは初めてだった。それでも警察署の建物など、どこも似たようなものだ。一歩足を踏み入れると、書類のインクと埃《ほこり》と人の脂《あぶら》が混ざったような、どことなくかび臭い匂《にお》いが鼻をつき、ひんやりとした冷気が漂っている。パトカーから降りた韮山は、玉木らと連れだって、黙って署内に入った。

「デカ部屋、覗《のぞ》いていかれますか。奥田刑事の居場所も、もう分かってる頃かも知れません」

階段に足をかけながら玉木が振り返る。韮山ははっきり頷いた。そして自分に言い聞かせる。刑事の顔に戻るべきだ。被害者の顔、遺族の顔など、見せるべきではない。

薄暗い階段を上り終えた時、がらがらっと引き戸を開ける音がして、続いて数人の若い男が駆け出してきた。彼らの一人は玉木の姿を認めると、隣の韮山を一瞥《いちべつ》した後で「奥田勝は姿を消しています」と囁《ささや》いた。

まだ昼前だった。だが、北品川署の廊下は左右に黒っぽい引き戸が並んでいるばかりで、外の明るく澄んだ秋の陽射《ひざ》しなど、射し込んでくる隙間《すきま》さえない。

「取りあえず、初台署と方面本部へ行ってきます」

「分かったことがあったら、すぐに電話だ。無線は使うな。何があってもブンヤに嗅ぎつけられるなよ」

玉木が鋭い口調で囁いた。彼らは小さく頷くと、韮山たちとすれ違いに階段を駆け下りていった。これほどまでの緊張感というものは、日頃の刑事生活では、そうそう感じられるものではない。

「――奥田に、何があったっていうんだ」

再び歩き始めながら、韮山は奥田の顔を思い浮かべていた。ことに最近よく見せるようになった気負いのない笑顔が、妙に生々しく蘇《よみがえ》る。奴《やつ》は、輝かしい未来を信じていたはずだ。来月には良家から嫁さんをもらって、陰で泣いている娘がいることになど気づくはずもなく、幸せ一杯の新婚家庭を築くはずだった。そんな野郎が、どうして今さら、品川なんぞでのぶ子と会う必要があったのだろう。何の用があったのだ。どういうことだ。会ったのか、本当に、いや、会ったのでなければ、現場に定期入れの残るはずがない。何故《なぜ》だ。何故――。

前を歩いていた玉木が、磨《す》りガラスのはめ込まれた引き戸の一つを開けた。湿っぽい木の床には、外から持ち込まれた土埃や砂利がたまり、ところどころに煙草《たばこ》の吸い殻が押しつぶされている。初台署の刑事部屋よりもなお、掃除が行き届いていないようだ。

「ああ、玉木部長」

部屋の奥から声がして、玉木はその方向へ大股《おおまた》で歩いていく。ずんぐりとした背中と、海坊主《うみぼうず》のような禿頭《はげあたま》が進む方向を、韮山はじっと見つめた。彼の向かう先には、乱雑に書類などの積み上げられている机の群から離れて、きれいに片づけられた机が独立して置かれている。その向こうにいる制服姿の男が、やはり玉木の背後にいる韮山に気づいた。

「初台署の韮山刑事です。倉庫で発見されたホトケさんのお父上でも、あります」

韮山は、自分より二、三歳は若いらしい制服の上司に、「ご面倒をおかけいたしまして」と頭を下げた。頭上から、「いや、いや」という声が降ってくる。

「何て言ったらいいのか――まあ、我々も全力を尽くして、早期解決に向かうつもりだから。検視の結果と、さっき連絡のあった奥田刑事か、彼の消息次第では、今日中にも特別捜査本部を設置してね」

「奥田は――」

韮山は改めて背筋を伸ばし、名前も知らない刑事課長と玉木とを交互に見た。

「結婚を控えておるんです。オリンピックが終わったら、来月には婚礼の予定になっております。その日を、心待ちにしておったはずなんです」

そんな男が、のぶ子を殺すはずがない。せめて、それだけでも信じたかった。韮山は、心の中で呟いていた。頼む。今すぐ出てきて、潔白を証明してくれ。そうでないのなら、お前も死んでいてくれ。

6

勝とコンビを組んでいるはずの韮山刑事が、萄子の家の玄関先に現れたのは、十月十一日の午後五時を回った頃だった。日増しに夕暮れが早くなる季節に、秋風をまとって玄関先に立っている初老の刑事を見たとき、萄子は反射的に背筋を悪寒《おかん》が駆け上がるのを感じた。以前、聞き込みに回ってきたときと、彼のまとっている雰囲気はまるで違っていた。

「折り入って、お聞きしたいことがございまして」

韮山は、彼と似たような年格好の刑事と共に、萄子を見据えた。来客を取り次いだ母は、今度は父を連れて再び玄関に現れた。萄子は、両親と刑事に挟まれる格好になり、彼らを交互に見た。胸が痛い。息が止まりそうだ。

「そこでは何ですから、お上がりになりませんか」

母が静かに声をかける。だが刑事は「いや」と小さく片手を上げた。

「今日のところは、急いでおりますんで」

「だが、玄関先で伺うような、話ですか」

今度は父が言う。すると韮山ではない方の刑事が、くるりと振り返って開け放ったままになっていた扉を閉めた。取りあえず隣近所の目からだけでも遮断しておこうということらしい。一畳分ほどの三和土《たたき》に立ったまま、男は改めて手帳を取り出している。空気の流れが完全に止まった。そんな気がした。

「奥田から、何か連絡はありませんでしたかね」

韮山が、以前聞いたのと同じ口調で切り出してきた。勝の話では、北関東の出身だという刑事には、少し訛《なま》りがある。ずうずう弁というほどではないが、かといって標準語とも異なる発音で、イントネーションも違うようだ。萄子は昨年、初めてこの刑事と向き合ったときのことを鮮明に思い出していた。隣には、無言のままの若い刑事がいた。少し怖い雰囲気の、それでいて妙に懐《なつ》かしさを覚える、あれが勝に初めて会ったときだった。

「あの——勝さんに、何かあったんでしょうか」

板の間に膝《ひざ》をついたまま、思い切って刑事を見上げた。記憶していた通りの、平べったいカニのような顔の中から、二つの小さな目がじっと萄子を見据えている。

「どうして、そう思うんです」

ワイシャツから見える韮山の首筋に数本の筋が浮き上がり、皮膚のたるみがわずかに緊張して見えた。何か、鬼気迫る雰囲気が漂っている。萄子は、勝があれほど信頼を寄せている刑事を、自分も心から信じたい、好きになりたいと思った。だが彼は以前にも増して、萄子だけでなく、世間のすべての人間に疑念を抱いているような表情を崩そうとはしなかった。

「勝さんから連絡って——どういう意味ですか」

萄子の質問に、韮山は面倒臭そうに眉《まゆ》をひそめた。

「まず、こちらの質問にお答え願えませんかね、お嬢さん」

何とも底意地の悪い、こちらの神経を逆撫《さかな》でするような物言いだ。萄子は小さく苛《いら》立《だ》ち、だが、いずれにせよ逆らえる相手ではないと結論を下した。相手はこうして何十年も、ありとあらゆる人間に様々なことを質問して歩いてきた刑事だ。萄子が主導権など握れるはずがない。

「どうです。何か連絡は？」

「——あの、一度、あったきりです。おかしな電話が」

「おかしな電話。いつです」

「一昨日《おととい》の夜」

「一昨日と申しますと、九日ですな。九日の夜、何時頃でしょうかね」

「七時少し前、でしょうか」

時間のことなど、どうでも良いではないかと思った。勝のことが心配なのなら、どうして電話の内容を尋ねてくれないのだ。これでは取り調べのようだ。それでも韮山は、今度はどうして七時前と覚えているのかと聞いてくる。萄子は、弟がテレビの天気予報を見ていたからだと答えた。

「オリンピックの開会式を楽しみにしておりましたから。それで、はっきり七時のニュースが始まる前だったと覚えています」

いつの間にか、両手が握り拳《こぶし》になっていた。自分の手の甲を見下ろしたついでに、視界に韮山の足もとが飛び込んできた。毎日、母が掃除している玄関に立っている刑事の靴は、泥で汚れていた。

「それで、どうおかしかったんですか。その電話は」

やっと待っていた質問が浴びせかけられた。だが、いざ言葉にしようとすると、喉《のど》元《もと》に何かのかたまりがつかえるように感じる。あの時の混乱が蘇ってきて、またもや萄子を苦しめる。それに、どれほど親しい相手でも、こんな個人的な話をしてしまって良いものか、勝が職場に恥を振りまく結果になりはしないか、そんな思いが頭をよぎった。萄子は、自分がどう答えれば、もっとも勝のためになるかを考えようとした。だが、韮山はそれを見て取った様子だった。

「ありのまま、教えてもらえませんかね。どんな電話だったか」

「でも——これは、個人的なことかも知れませんし。仕事先の方に、お聞かせするような内容かどうか」

「いいんです。何でもいいですから、話して下さい」

萄子は、改めて刑事を見上げた。小さな黒い瞳《ひとみ》が、じっとこちらを見据えている。唇の形にメリハリのない、ただ厚くて大きな口元は、カニというよりもナマズに近いだろうか。その口元が、左右にきつく引き結ばれていた。

「——勝さんに、何かあったんでしょうか」

たまらなくなって、萄子は改めてこちらから問い直した。韮山の小さな目の奥に、一瞬、何か分からないものが揺らめいた。その時、隣にいた刑事が小さく咳払《せきばら》いをした後、「実は」と口を開いた。

「我々の方でも、奥田刑事を探しておりまして。この数日、行方が分からないままなんです」

「行方が？」

「いつからですっ」

萄子の背後から、同時に両親の声が響いた。萄子は、ほとんど絶望的な気分になって、板の間に尻《しり》をついてしまった。やっぱり。あの電話は、冗談ではなかった。夢ではなかったということだ。

「その、いつからというのがもう一つはっきりしないものですから、今、懸命に足取りを追っております。そこで、許嫁《いいなずけ》のこちら様でしたら、何かご存じではないかと思ったわけなんですが」

「萄子さん、でしたな」

また韮山が口を開く。萄子は小さく「はい」と答え、仕方なく刑事を見上げた。

「電話の内容を、教えて下さい」

「――もう、会えないって、言われました。自分のことは、忘れてくれって」

改めて口にした言葉が、重く全身に広がった。多分、悪い夢でも見ているのだと思いたかった。だが、こうして言葉にしてみると、これは明らかに現実に起こっていることなのだということが、実感として迫ってくる。

「自分のことは忘れてくれと。奥田は、そう言ったんですか」

韮山が、身を乗り出してきて萄子の顔を覗き込む。萄子は、陽焼けして、深い皺《しわ》の刻まれた、その顔を見つめ返した。ずい分、疲れた顔をしている。それに、よく見れば目も充血しているようだ。汗と脂《あぶら》と苦悩とが、滲《にじ》み出している。萄子はその顔を間近に見つめて、初めて味方を得た気分になった。この人だけが、萄子の苦しみ、萄子の不安、萄子の悲しみを本当の意味で理解してくれるのではないかと、そんな気がした。それから萄子は、たまっていたすべてを吐き出すように、ひと思いに話し始めた。

勝は、声の様子がおかしかった。喧嘩《けんか》をしたわけでもなく、前々日の晩にはこの家で夕食を共にして、手を振って帰っていったのに、急に機嫌を悪くする理由など思い当たらない。あんなにも突然、自分のことは忘れてくれと、そんなことを言うはずがないのだ。

「一昨日、父が取りあえず初台署の方に電話をしてくれたんですが、今はオリンピックの特別警戒で、別の任務についているとかいう話で、結局、居場所が分からなくて。ですから私、昨日も今日も、ずっと待っていたんです。とにかく連絡が取れないことには、どうすることも出来ませんから」

韮山は相づち一つ打たずに、黙ってこちらを見据えている。隣にいる刑事の方が、代わりに小さく頷《うなず》きながらメモを取っていた。

「どうやって、どなたにご相談すればいいのか、よりによってオリンピックと重なりましたし――」

「つまり」

韮山がかすれた声を出した。萄子は慌《あわ》てて口を噤《つぐ》み、刑事を見つめた。

「九日の晩から今日まで、ずっと連絡がない、と。そういうことですな。電話は、どこからかけてると言っていましたか」

萄子は弱々しくかぶりを振った。どこにいるのと聞いた記憶はある。だが勝は、答えなかった。頭の上から、深々としたため息が聞こえてきた。見上げると、韮山ともう一人の刑事が、小さく頷き合っている。

「今後、何か連絡があった際には、すぐにご連絡いただけないでしょうか」

「初台署で、よろしいんですね」

韮山が頷きかけた。それを制するように、もう一人の刑事が「いや」と言った。彼は素早く名刺を取り出して、脇《わき》に何か書き込んでいる。

「その、手書きの方に電話していただきたいんです。『玉木を』と言っていただければ分かるようになっております」

手渡された名刺を見つめて、萄子は首を傾《かし》げた。それは、警視庁刑事部捜査一課という肩書きの刷り込まれた名刺だった。

捜査一課といえば、都内の各警察署を束ねている警視庁に所属している課であることくらいは、勝から教わって萄子も知っている。それも凶悪事件ばかり扱うはずだ。そんなところにいる刑事が、直々に勝を探しているのだろうか。萄子は、新たな胸騒ぎを覚えた。韮山が、勝の行方を探してくれるのなら、理にかなっている。だが、どうして本庁の捜査員までが動くのだろう。

「あの、この電話は——」

「北品川署に引いてある電話です」

「北品川？」

横から手が伸びてきて、父がその名刺を取り上げた。萄子は、本庁の捜査員が、わざわざ北品川で萄子からの連絡を待つというその意味が、もう一つ理解出来ずにいた。何か、話が大きくなりすぎている気がする。勝と品川に、何の関係があるというのだろうか。

「どうして、品川なんですか」

萄子が考えたのと同じ質問を、父がしてくれた。萄子は黙って父と刑事たちを見比べた。名刺を見たお陰で、玉木という名だと分かった刑事は、ちらりと韮山を見て、少し考える顔をしている。

「勝くんに、何かあったんですか。品川と、どういう関係があるんです」

父が、畳みかけるように質問を浴びせかける。韮山の大きい口が、さっきよりも一層きつく結ばれた。視線が宙をさまよっている。萄子の中の不安は、その表情を見ただけで、さらに大きく膨らんだ。

「我々が摑《つか》んでいる——奥田刑事の足取りが、北品川の倉庫で、切れているんです」

「北品川の、倉庫？」

「それも、現場の状況から考えると、恐らくお宅に電話のあったという九日ではなく、前日の八日の夜、あたりだと思われます」

母が、すっと寄り添うように萄子の脇に腰を屈《かが》めてきた。そして、握りしめたままの萄子の手に、自分の乾いた手を重ねてくる。萄子は、母の顔を間近で見、また父たちのやり取りを聞いた。

「それは、どういう足取りなんです。勝くんは、どういう理由でそんな倉庫に行ったんですか」

韮山の、たるんだ皮膚の下の喉仏が、大きく動いたのが見て取れた。彼は、やはり誰のことも見ていなかった。ただ真《ま》っ直《す》ぐ宙を睨《にら》みつけているばかりだ。

「足取りというのは――そこで、奥田刑事の定期券が発見された、ということです。どういう理由かは分からないが、とにかく、その現場にあった」

「現場って――」

母の手を握り返しながら、萄子は必死で二人の男を見上げた。聞きたくない話を聞かされる。聞いてはならない話を聞かされる。心臓が早鐘のように打っている。

「――殺人の、現場です」

玉木という刑事は、いかにも言いにくそうに、だがはっきりと言った。母が息を呑《の》む音が聞こえる。

「その被害者が、韮山刑事の、お嬢さんでした」

一瞬、永遠に続くのではないかと思うような重く、深い沈黙が広がった。今、自分は何を聞いたのだろうか。萄子は、ひたすら宙を睨み続けている韮山の顔を見上げながら、玉木刑事から聞いたばかりの言葉を、自分の中でゆっくりと反芻《はんすう》しなければならなかった。殺人現場。被害者。韮山刑事の、お嬢さん――。

「のぶ子、さん」

思わず呟《つぶや》いた途端、韮山の表情が大きく動いた。食いつきそうな表情で、充血した瞳を精一杯に大きく見開き、のしかかるように萄子を見つめてくる。

「知ってるんですか。うちの、娘を」

まるで地獄の底から聞こえてくるような、絞り出すような声だった。萄子は、やっとの思いで「お名前だけ」と答えた。

「勝さんから、伺ったことがあります」

その途端、充満していた空気が抜けるように、韮山からすっと殺気が退《ひ》いて、彼はまた宙に目を向けてしまった。だが、その手は大きく震えている。萄子は、両手で自分の口元を押さえたまま、声も出なかった。殺された？　のぶ子という人が？　どういうことなんだろう。どうやって、誰に――誰に。

「――何と申し上げたらいいのか」

背後から父の声がした。隣で、母がすすり泣く声を洩《も》らし始めている。韮山は虚《うつ》ろな表情のまま、それでもゆっくりと会釈《えしやく》をしている。顔を上げたときの、脱力し、放心しかかっている表情こそ、愛娘《まなむすめ》を殺害された父親のそれだった。

萄子は、新たに渦巻き始めた数々の疑問のうち、一体どれからぶつければ良いのか分からないまま、勝の口を借りれば、父親にそっくりだという娘のことを思い浮かべようとしていた。

急に死ぬなんていうことが、あるのだろうか。事故でも、病気でもなく、殺されるなんていうことが、普通に生活していて、起こり得ることなのか。

「その現場に、勝くんの定期入れがあったと、そういうことなんですか」

父の声に、はっと我に返った。萄子は、呆然《ぼうぜん》としそうなまま二人の刑事を見比べた。手を震わせている韮山は、まだ宙を睨み続け、玉木の方は深刻そうに眉間《みけん》に皺を寄せている。

「そう、なんですか？　どうして？」

「分かりません。分からないから、調べてる。何故《なぜ》、韮山刑事のお嬢さんが、あんなむごい目に遭わなけりゃならんかったのか、何故、その現場に奥田刑事の定期券が落ちておったのか、何故、奥田刑事が姿を消したのか」

「だが――とにかく生きてることだけは、これではっきりしたわけだ」

韮山は、やはり呻《うめ》くような声で呟いた。萄子は、背筋から駆け上がった悪寒《おかん》が、両頰をかすめていくのを感じた。冗談ではない。今はオリンピックで日本中が浮かれているときではないか。そして、そのオリンピックさえ済んだら、まずは勝が寮から引っ越しをして、新居の環境を整えて、一方の萄子はせっせと荷造りに励んで、そして挙式に向けて本格的な準備に入らなければならない。そんな大切な時に、どうしてこんなことになったのだろう。勝は何故、そんな現場に定期券を残していったというのだろうか。

玉木という刑事が、急に口調を変えて、「いや、お邪魔しました」と言った。

「最後に、お嬢さんにも皆さんにも、是非ともお願いしておきたいんですが、奥田刑事から連絡が入り次第、すぐにこちらに連絡をいただきたい。電話があった場合には、是非とも居場所を聞き出して下さい」

これは全部、夢なのかも知れない。だが、こんなに長く、重苦しい夢があるものだろうか。萄子は、父の「分かりました」という声さえ、遥《はる》か遠くに聞いた。

「それから、明日になれば、新聞記者なんかがうろつき始めるかも知れませんがね、いいですか、何を聞かれても、くれぐれも何も言わんように願いたい」

最後にそれだけ言うと、二人の刑事はきびすを返した。玄関の扉を開けるなり、肌寒い風が吹き込んできた。萄子は、その風に吹かれたまま、身動きも出来ずに玄関先に座り込んでいた。頭の上から父が呼んでいる。母が下駄をつっかけて三和土《たたき》に下り、玄関の鍵《かぎ》を閉めた。

——嘘《うそ》だわ。すごく手の込んだ、冗談だわ。

萄子は、心の中で、ひたすら呟いていた。

そうに決まっている。誰が考えたのかは知らないが、これは悪質な悪戯《いたずら》だ。余興のつもりか本気で嫌がらせをするつもりか知らないが、一体誰が、こんなことを考えついたのだろうか。萄子は、何とかして自分の内から笑い出せる力が湧《わ》いてこないものかと考えていた。もう、ひどいわと笑いたい。いくら何でも許せないわよと、大きな声で笑いながら言ってみたい。

「――冗談よね」

つい口に出して呟き、その声に我に返って、萄子は振り返った。父と母が、黙って立っていた。父は、眉間に深い皺を寄せて、母は両手で口元を覆《おお》って、潤《うる》んだ目でこちらを見ている。

「悪戯よ――悪質な」

だから、気にするものかと思う。とにかく、ここで泣き崩れている場合ではない。床に手をついて腰を上げようとしたとき、玄関の三和土に目がいった。一カ所がわずかに濡《ぬ》れて、泥が残っていた。その泥を目にした途端、たった今までそこに立っていた韮山刑事の顔が思い浮かんだ。娘が殺害されたのだと言っていた。あの表情のどこにも、嘘や冗談など混ざる余地はなかった。第一、自分の娘が殺害されたなどという冗談を言う父親など、世界中探したっているはずがない。

——だったら、本当っていうこと？

萄子は新たに頭が混乱するのを感じた。

「お父さん、誰だったの——」

彰文の声がした。父が動く気配がする。

「とにかく——ここに座っていても仕方がない」

肩に温かい重みが加わった。せっかく腰を浮かせていた萄子は、その重みにさえ耐えきれない気分で、再び座り込んでしまった。

「しっかり、しなさい」

父の声がさらに被《かぶ》さってくる。だが萄子は、虚ろに首を振った。全身の力が抜けてしまったようだ。動こうにも、もう二度と動けないような気がする。このまま、ここで石になってしまいたいと思った。

「萄子っ。立ちなさいっ」

さらに父の声がして、萄子は腕を強く摑《つか》まれた。引っ張られるままに、ようやく立ち上がると、いつの間にか母がもう反対側の腕を持っている。間近に、母の泣き顔があった。父の手がぐいぐいと萄子を引っ張っていく。少し先で、彰文が表情を強張《こわば》らせていた。

「彰文、お兄ちゃんに電話しなさい。すぐに来て欲しいからって」

父の声がする。その途端、萄子は父の手を振りほどいた。

「何でもないわっ！　呼ぶことなんかないっ。何も起きてなんかいないんだから！　何も——」

喉《のど》に熱いものがつかえた。萄子は、思わず自分の喉を押さえながら、視界が歪《ゆが》んでいくのを感じた。悲鳴に近い泣き声が、自分のものだと気づくまでに、ずい分長い時間がかかった。

第二章　風の太郎

1

品川の倉庫でバスガイドの他殺体が発見されたという報道は、ある程度は新聞紙面を賑《にぎ》わしたものの、オリンピックの騒ぎに押され、思ったほどには大きく取り上げられることもなく、さほど詳しい報道はされなかった。それでも紙面に韮山《にらやま》のぶ子の名前と不鮮明な顔写真を見つけたときには、萄子《とうこ》は改めて息苦しさを覚えた。

バスガイドの制服姿なのか、つばのない帽子を被《かぶ》り、微笑《ほほえ》んでいる女性の顔は、確かに韮山刑事に似ていると思う。どのくらいの背格好で、どんな声の持ち主かも分からないが、愛嬌《あいきよう》一杯に振る舞う姿が目に浮かぶようにも思った。記事によれば、のぶ子の直接の死因は首を絞められたことによる窒息死だが、全身至る所に殴られたような痕《あと》があり、さらに性的暴力も受けているという。

〈——目撃者などを探す一方、現場で発見された遺留品が、のぶ子さんの顔見知りの男性のものであり、さらに、その男性が現在行方をくらましていることから、捜査当

局は現在、全力を挙げて男性の行方を追っている〉

新聞の文字が一つ一つ、大きく迫ってくるようだ。萄子は何度も唾《つば》を飲み下し、呼吸を整えながら、それでもなお記事から目を離すことが出来なかった。韮山のぶ子の顔が頭に焼きつく。顔見知りの男性。行方。全力を挙げて——それらの言葉が頭の中で渦巻いた。

「読まない方がいいわ」

横から声がして、目の前の文字がさっと流れた。振り返ると、苦痛をこらえるような表情の母が、萄子の手から引き抜いた新聞を手早く畳んでいる。ばさばさと乾いた音。母の白い手。折り畳まれていく新聞の中で、だがのぶ子の顔だけが浮かんでいる気がする。

「読まない方がいいのよ。何かあれば、警察から連絡が来るでしょうから」

萄子は何を答えることも出来ないまま、一つため息をつき、今度はリビングの窓から庭を眺めた。昨日はあんなに良い天気だったのに、今日はもう曇ってしまっている。芝生の上には、父がしまい忘れたらしいゴルフボールが白くぽつぽつと見えた。

何が何だか分からないまま、時間ばかりが過ぎていく。今にも電話が鳴るのではないか、新しい情報がもたらされるのではないかと思うのに、状況は何一つ変わらないまま、時計の針だけが、まるで人を小馬鹿《こばか》にしたように、妙にゆっくり、規則正しく動いていた。

「お紅茶でも飲む？」

「いらない」

「牛乳、温めましょうか」

「欲しくない」

本当は、一人で部屋にこもりたかった。だが昨夜、思わず駆け込んだ自分の部屋で、鴨居《かもい》からかけられたままのウェディングドレスを見たとき、萄子はほとんど悲鳴を上げそうになってしまった。現実を突きつけてくるような白いドレスを見るのが怖くて、そのまま部屋に入れなくなった。

家には奇妙な緊張感が漂っていた。誰もが萄子を気遣い、一方で神経を尖《とが》らせている。両親も、彰文《あきふみ》も、このところは一日に一度は顔を出すようにしているらしい兄も、誰も彼もが、この降って湧《わ》いたような出来事に、一様に衝撃を受け、言葉を失っていることは、萄子も十分に承知していた。刑事の来訪を受けた日の夜、萄子は生まれて初めて、兄のあんな顔を見た。「どういうことなんだよっ！」と大声を上げ、力まかせに居間の壁を殴りつけたときの兄の顔は、紙のように蒼白《そうはく》になっており、唇は震えていた。

——どういうこと。

その言葉は、そのまま萄子の思いでもある。横になっても眠れるわけでもなく、明るくなったからといって気持ちが新たになるはずもなくて、萄子はただ毎日、「どういうこと」と心の中で呟《つぶや》き続けて過ごしていた。週が明けてからは、父も彰文も毎朝普段通りに出かけていくが、それだけでも萄子には不思議な出来事に感じられてならなかった。「普段通り」ということが、どういうことなのか、もう分からなくなっていたのだ。

「とにかく勝《まさる》さんの居場所が摑《つか》めないことには、どうすることも出来ないわ。気をしっかり持って、ね」

母は、一日に何度か同じ言葉を繰り返した。

「今は勝さんを信じて待つしかないでしょう。今のトコちゃんに出来ることは、きちんと食べて、きちんと寝ること。出来るだけ普段通りに過ごすことなのよ」

そんな母の言葉は、萄子にはひどく薄情なものに聞こえた。こんな時に、ぱくぱくと食べて、ぐうぐう寝ろというのは、あまりに無神経ではないか。どこかで勝が困っているのだ。彼の身に何かが起きた。今、こうしている間だって、勝は萄子に連絡することも出来ないまま、必死で救いを求めているのに違いない。それなのに、何が普段通りなのだと思う。だが、では何をすれば良いのかと聞かれれば、何も思いつきはしなかった。萄子はただ苛立《いらだ》ちを募らせ、心の中で「どういうことなの」という言葉ばかり繰り返していた。

家には、何も知らない近所の人が、いつもと変わらない笑顔で回覧板を持ってきたり、御用聞きが顔を出したり、前からつき合いのある自動車販売店の営業部員が新しい車のカタログを持ってきたりする。千葉から来ているという野菜売りのおばさんが、大きなカゴを背負って「水を一杯もらえませんか」と立ち寄ることもあれば、デパートから荷物が届くこともあった。母が買い物に出ているときなどは、仕方なく萄子が応対に出た。彼らの話題は、やはり一番にオリンピックのことだった。まるで、今の日本でオリンピックを観《み》ていない人などいるはずがないとでもいうように、彼らは等しく表情を輝かせ、重量挙げのフェザー級で、三宅義信が世界新記録を出して金メダルに輝いた話をしたり、外国人選手の大きさに驚いたりした。

萄子は、もはやオリンピックになど何の興味も持てはしなかった。夜ごと、眠れないままに朝を迎え、食欲も湧かず、一日の仕事といえば、新聞を読み、テレビのニュースを観て、あとは電話を待つだけという毎日を繰り返すばかりだ。ただ呼吸するだけでも、ひどい苦痛を伴う気がする。オリンピックも既に一週間目を迎え、一体あとどれくらい、こんな日々を過ごさなければならないのかと思っていた矢先、再び玉木が現れた。今度は韮山とではなく、若い刑事と連れだってやってきた玉木は、萄子から正式な参考人調書を取りたいので、自分たちの車で北品川署まで来て欲しいのだと言った。

「帰りもきちんと、ご自宅まで送りますから」

警察署に行けば、何か新しい情報を得られるかも知れない、または勝の同僚から、力強い言葉を聞ける可能性もある。萄子は即座に「分かりました」と答えた。すると、母が慌《あわ》てて自分もつき添いたいと言い出す。だが、それは萄子が断った。口では「普段通りに」と言いながら、この数日のうちに、すっかり面やつれして見える母に、これ以上の負担はかけたくなかったし、第一、自分はもう子どもではない。

「大丈夫よ。それに、これは私の問題なんだから」

母は眉《まゆ》をひそめたまま心配そうにしていたが、それでも萄子が「ね？」と言うと、ため息混じりに小さく頷《うなず》いた。久しぶりの外出が警察とは。萄子は、手早く身支度を整えながら、まさか自分がそんな場所に、しかも刑事に連れられていく日が来ようとは思わなかったと、情けない気持ちになり始めていた。確かに勝は刑事だし、これからは一生、警察組織とは無縁でなくなるとは思っていた。だが、それでも萄子にとって、やはり警察は未知の世界でしかなく、自分から足を向けるような場所だとも思えなかった。

「韮山のぶ子さんね、昨日、葬儀でした」

若い刑事がハンドルを握って、車が走り出すと、萄子の隣に座った玉木がまず口を開いた。一瞬、新聞記事で見たのぶ子の顔写真を思い浮かべながら、萄子は「そうですか」と答えた。他に何と言ったら良いのかが分からない。初めて勝からのぶ子という人の話を聞かされたときの印象が蘇《よみがえ》る。ただ「のぶちゃん」という呼び名を聞いただけで、萄子はもう、その娘が嫌いになった。確か上野にミロのビーナスを観に行った日だった。そして、結局は勝と大喧嘩《おおげんか》まですることになった。それほどまでにのぶ子にこだわる自分が不思議でもあった。あれは、ほんの数カ月前のことだ。それが、今は遥《はる》か昔のことのように思えてならない。まさか、こんなことになるとは思わなかった。意味もなく嫌ったりした自分がいけなかったのだろうか。だから勝まで、行方が分からなくなったのだろうか。つい涙がこみ上げてきそうになり、それを懸命にこらえていると、隣から「それにしてもねえ」という、呻《うめ》くような玉木の声が聞こえた。

「たまらないです、まったく。ただでさえ、こういう事件は憂鬱《ゆううつ》なものだが、今回は特にね。我々の身内から被害者が出て、その被疑者まで身内っていうのは」

車は高速道路を疾走していた。信号も横断歩道もない有料道路は、時に緩やかにカーブして、まるで遊園地の乗り物で遊んでいるような錯覚に陥らせる。眼下には、日々新しく生まれ変わりつつある東京の街が広がっていた。その風景から目を離し、萄子は首《こうべ》を巡らせて、玉木刑事を見つめた。

「被疑者って――どういうことですか」

玉木は、はげ上がった頭を指先で掻《か》き、口元を歪《ゆが》めてため息をつく。

「まあ、署に着いてからゆっくりお話ししますが、周囲の状況から考えても、今のところ、奥田刑事がクロである可能性が、高いということです」

ごとん、ごとん、と高速道路の継ぎ目が振動となって伝わってくる。その振動が、萄子にこれが現実なのだと告げていた。これが現実。勝がクロ――つまり、韮山のぶ子を殺したという、それも現実。

「そんなはず、ありません」

思わず呟いていた。すかさず、隣から「ほう」という声がする。

「どうして、そう思うんです」

萄子は懸命に微笑みを浮かべようとしながら、改めて玉木を見つめた。

「当たり前じゃないですか。理由がないわ」

「ない、ですか」

「ありません。だって勝さんは、韮山さんをとても慕っていたんです。その韮山さんのお嬢さんを、どうして殺す理由があるんです。のぶ子さんのことだって『のぶちゃん』て呼んで、打ち解けている様子でしたし」

「お嬢さん、一つ教えてあげましょうか。殺人事件なんていうのはね、そうそう見知らぬ者同士の間で起こることじゃあ、ないんです。大概の場合は、顔見知りがね、やるんですよ」

萄子は唇を嚙《か》みしめた。何としても、言い負かされるわけにはいかない。ここで勝が殺人犯だなどと、あっさり認めるわけにはいかないと思った。

「第一——第一、彼はそんなことをするような人じゃありません。誰に聞いていただいたっていいわ。勝さんがどうして警察官になったと思っていらっしゃるんですか。曲がったことが嫌いで、人の役に立ちたいから、誰よりも正義感が強いからじゃないですか」

玉木は、ふんふんと頷きながら萄子の話を聞いている。だが、その表情がまるで変わらないのを見て、萄子は絶望的な苛立ちを覚えた。この男は、萄子の話など何の足しにもならないと決めてかかっているのだ。どうせ勝の婚約者だから、ひいき目なことしか言わないと、最初からそう思い込んでいるのに違いない。

「韮山さんが、一番よくご存じだと思います」

「まあねえ、それは、そうです。ですがねえ、そんなはずがないというだけでは駄目なんですよ。何しろ、証拠がある。それをどう説明するかなんです」

そう言われてしまえば、萄子に返せる言葉はなかった。萄子自身、どうして勝の定期入れが殺人現場などにあったのか、まるで合点《がてん》がいかないのだ。それより何より、勝が居所をくらましていること自体が、まるで理解出来ずにいる。その疑問に答えられるのは勝しかいない。

「あなたも勿論《もちろん》でしょうが、韮山さんだって、いや、あの人こそ、大変なショックを受けてるんですよ」

玉木に言われて、萄子は韮山の顔を思い浮かべた。さっき、玉木は昨日がのぶ子の葬儀だったと言っていた。昨日は午前中から雨が降っていた。そんな日に、娘の野辺送りをしなければならなかった刑事は、今頃、どんな思いでいることだろう。韮山は、勝のことだって可愛《かわい》がっていたはずなのだ。その後輩が、自分の愛娘《まなむすめ》を殺害したかも知れないという事実を、彼はどう受け止めていることだろう。

「──韮山さんだって、お信じにならないわ」

それだけ言うのが精一杯だった。玉木は、何も答えなかった。

生まれて初めて足を踏み入れた警察署の、机と椅子《いす》以外は何もない狭い部屋に通された、萄子は改めて刑事の質問を受けた。これまでの勝との関係や、婚約に至るまでの経緯、最後に会ったときの様子、最後に電話を受けた際の印象などを事細かに聞かれて、萄子は時には言葉に詰まりそうになり、時には涙ぐみそうになりながら、だが、見知らぬ警察官に、これまでの勝との歴史を語ったことで、ますます確信を深めることになった。

──あの人が、そんなことをするはずがない。

そうだ。勝は不器用で一本気で、そして誰よりも正義感が強い。気難しいところはあるが、正直で、優しくて、萄子だけでなく、萄子の家族全員も大切にすると言ってくれた人ではないか。報われることの少ない、徒労に終わることの多い仕事でも、誰かがやらなければならないのだからと、刑事の仕事に誇りを持っていた。そんな彼が、人を殺《あや》めるはずがない。

「それじゃあ、奥田刑事の交友関係については、いかがです。たとえば韮山のぶ子さんとのことについて、何かお聞きになったことはありますか」

ええ、と頷きながら、一瞬、萄子は暗闇《くらやみ》に光明を見出《みいだ》した気分になった。

「韮山さんは、のぶ子さんのお相手に勝さんはどうかと、お考えになっていらした時期があったそうです」

それまでまるで表情を変えなかった玉木が、初めて「ほう」と眉を動かした。婿《むこ》にしたいと願うほどに韮山が勝を信頼し、買っていたと分かれば、当然のことながら容疑者などという立場からは解放されるはずだと、萄子は意気込んだ。

「何でも、韮山さんの奥様はお身体《からだ》が弱いとかで、勝さんがご自宅に伺ったりしても、のぶ子さんがお相手をなさることが多かったとも聞きました。勝さんはのぶ子さんを『のぶちゃん』って呼んでいましたし、妹みたいな感覚だって言っていたこともあります」

玉木は、いかにも興味深げな様子で、心持ち眉根を寄せたまま何度も頷く。そしてしばらく考える顔をした後、「だが」と口を開いた。

「奥田刑事は、あなたと婚約した、と。つまり、のぶ子さんはふられた、ということですかな」

萄子は驚いて刑事を見つめた。

「ふるとか、ふられるとか、そういうことではないはずです。ただ、韮山さんが、そうお考えになっていらした、ということのはずです」

「だが、父親がそういうつもりになるっていうことは、娘の様子を見ていて、何となく感じるものがあったからなんじゃないですかね」

「それは——聞いていません」

まあ、そうだろうな、とやはり何か考えている表情の玉木に言われて、萄子は一瞬見えたはずの光明も失い、再び混乱しそうになっていた。こんな話になるはずではないのだ。ただ、勝に対しては韮山も全幅の信頼を寄せているということを言いたいだけだった。

「実はですねえ」

玉木は、禿頭《はげあたま》を掻きながら、小さく舌打ちをして、これは言いたくはなかったのだが、と前置きをした上で、のぶ子の遺体から検出された男性の体液は、勝と同じ血液型だったのだと言った。萄子は一瞬、ぽかんとした後で、思わず笑いそうになった。

「同じ血液型の人くらい、いくらでもいるじゃないですか。それに、どうして勝さんが、のぶ子さんにそんなことをしなきゃいけないんですか」

「しないという確信が、おありですか」

「もちろんです！」

私というものがありながらと言いそうになったとき、それまでずっと黙っていた方の刑事がにやりと笑った。

「だけど、まだ結婚前だったんでしょう。あなた、奴《やつ》を不自由させていなかったわけですか。そっちの方では、もう夫婦だったわけですかね」

萄子は、一瞬のうちに頬が染まるのを感じた。何という失礼なことを言う男なのだろう。こんな屈辱的なことを言われるために、わざわざ警察署まで連れられてきたのだろうか。思わず涙ぐみそうになったときに、玉木が「おい」と相方をいさめた。

「失礼しました。だがね、我々も必死なんです。手に入る情報なら、どんなに細かいものでも、つまらないと思われるものでも欲しいんです」

「――だからって、そんなことまでお答えする必要はないはずです」

玉木は「その通りです」とだけ答え、また禿頭を掻いている。萄子は唇を噛みしめながら、心の中で勝を呼んでいた。勝さん、とんでもないことになってるのよ。どうして出てきてくれないの。どこにいるの。どうして、私をこんな目に遭わせるの――。

「ですがね、こういう想像も出来ませんか。のぶ子さんは、前々から奥田と関係があった。奥田は結婚前に、その関係を清算しなけりゃならんかった。のぶ子さんが勤めていたバス会社の車庫は、あそこからそう遠くない。何とか理由をつけて、のぶ子さんを呼び出して、あの人気《ひとけ》のない倉庫に連れ込んで、ですよ、関係を結んだ後で別れ話を切り出して、結果、のぶ子さんに激しく罵《ののし》られて、結果として殺害に及んだと。そういう可能性だって、ありはしませんかね」

いつの間にか、勝が呼び捨てにされている。それに、そんな考え方は、死者に対する冒瀆《ぼうとく》に違いなかった。

刑事という職業は、そんな考え方をするものなのだろうか。仲間内の事件だ、やりきれないと言いながら、平気で死者を冒瀆するようなことまで口にするのだろうか。

萄子は愕然《がくぜん》となった。

「――ですが――合意の上なら、何も乱暴することなんかないはずですし、もっとしかるべき場所に行けばよろしいんじゃないですか」

口にするのもはばかられるような内容の話だった。いくら自由な世の中になったとはいえ、結婚前の自分が、見知らぬ男性を相手にするような話ではない。だが、「それなんだよな」と唸《うな》る玉木をほとんど睨《にら》みつけるようにしながら、萄子はやはり、これが現実なのだろうかと心の中で繰り返していた。

家に帰り着いたときには、とうに日も暮れていた。萄子は疲れ果てていた。近くまでは車で送られ、重い足を引きずるようにして家に入り、やっとの思いで靴を脱ぐ間、待ちかねたような表情でこちらを見ていた母は、萄子の留守中に初台署の副署長と刑事課長が来たのだと言った。

「勝さん、懲戒解雇処分になるそうよ」

萄子はぼんやりと母の顔を見つめた。やつれた顔の母は、それでも萄子が出かける前とは微妙に異なる表情で、深々とため息をついた。

「服務規程違反っていうだけでも、問題なんだそうよ。もう一週間、無断欠勤が続いているわけだから」

二人の上司は、自分たちの部下が萄子と萄子の家族に多大な迷惑をかけたと、頭を下げていったという。勝は警察手帳を携帯したまま、行方をくらましているのだそうだ。それも規則違反になる。その上、殺人事件の最重要参考人として名前が上がっている以上、たとえ上司でもかばいきれるものではないと、彼らは言っていたと萄子に説明する母は、今やはっきりと怒りの表情を露《あら》わにしていた。

「もう好《い》い加減にして欲しいわ。本当に、何ていう人なの、逃げたままなんて」

吐き捨てるように言う母に対しても、萄子には何を言い返すことも出来なかった。津波のような現実が、後から後から押し寄せる。そして萄子を、まるで見知らぬ世界へ押し流していく。

「――まだ勝さんが犯人だって決まったわけじゃないじゃないのよ」

必死で呟《つぶや》いてみたが、その言葉は頼りなく宙に散って、母にさえ届かないように感じられた。息が詰まりそうだ。もう、何もかも嫌だと投げ出したい気がする。

「だったら、ちゃんと出てきて説明してくれればいいじゃないの。どれだけの人に迷惑をかけてるか、分からない人じゃないでしょうに」

母の表情からは、苛立《いらだ》ちと共に憎悪《ぞうお》に近いものさえ読み取ることが出来た。萄子はますます途方に暮れ、重い足を引きずるように、のろのろと二階への階段を上がった。母に頼んでウェディングドレスを片付けてもらった部屋に入り、ベッドに倒れ込んで、初めて嗚咽《おえつ》が洩《も》れた。

2

勝の衣服と警察手帳が発見されたという連絡を受けたのは翌週だった。東京湾で操業していた漁船の網に、紐《ひも》で縛られたかたまりが引っかかり、開いてみると手帳と衣服だったという。

「それで、勝さんは？　勝さん本人は」

受話器を握りしめて、萄子はすがりつく思いで初台署の刑事課長の声を聞いた。先週、萄子の留守に、勝の懲戒解雇処分を伝えに来たという刑事課長は、来月に迫った萄子たちの結婚披露宴にも招待していた。

「いや、本人の居所は、相変わらず不明のままです」

面識はないが、勝の話では職人気質《かたぎ》の、韮山以上に癖のある男だという刑事課長は、低く押し殺したような声で答えた。

「今の状況では、本人がその衣服を捨てたのか、または第三者によって無理矢理捨てられたのかも分からんです。せめて走り書きした紙切れ一枚でも入っていれば、手がかりになったかも知れんのですが、警察手帳の他は何一つありませんでしたから」

「じゃあ、勝さんは今は――」

「安否は不明と、そう判断しております」

もう、これ以上の何を聞かされても、動揺することなどないと思っていたのに、はっきりと言葉で聞くと、やはり頭がぐらりと揺れる気がする。それは、萄子が一番最初から案じていたことだった。あの、意味の分からない電話を受け取ったときから、萄子の中では「もしや」という思いが広がっていた。もしかすると、あの電話は勝の遺言だったのではないか、死ぬつもりで電話をかけてきたのではないかと、そんな思いが拭《ぬぐ》っても拭いきれなかった。

刑事課長は、また何か新しい情報が入ったら、分かる範囲で伝えるからと言ってくれた。

「それから、これはお尋ねしにくいことではあるんですが、来月の件は、どうされますか」

言うまでもなく、萄子と勝の結婚式のことだ。数日前から、父や母も同じことを口にし始めていた。式場の都合もある、招待客への連絡もあるのだから、早く結論を出すべきだと、両親は口を揃《そろ》えて言っている。萄子がいくら抵抗しても、幼い子が駄々をこねているのと、変わりがなかった。

「――私一人で、出来ることでもございませんから」

仕方なく答えると、先方は「そうですな」と言う。

「まあ――彼が現れて、身の潔白が証明されたとしても、です。一応、職場の人間としては、そういう場に出席させていただくのも、おかしなものだろうと、話しておったんです。処分を受けた人間を祝福するというのは、何とも矛盾しますから」

「――分かります」

そう答えるしかなかった。無論、萄子自身は諦《あきら》めたくないと思っている。式の当日まで待ち続けるつもりでいる。だが、周囲の状況がそれを許さないことも、萄子なりに理解しているつもりだった。ため息と共に電話を切ると、無言でこちらを見つめている母と目が合った。

「——勝さんの、服と警察手帳が見つかったんですって。東京湾から」

母は眉根《まゆね》を寄せ、絶望的な表情になって、やはりため息をついた。

「もう、取り返しがつかないわね。生きていたとしても、自分から警察手帳を手放したんだとしたら、相当な覚悟があってのことだろうし、他人に捨てられたんだとしたら——今頃」

「変なこと、言わないでっ！」

萄子は小走りに自分の部屋に戻ってしまった。あの勝が、まさか死んでなどいるはずがない。そう思いたいのだ。冷たい骸《むくろ》となって海中をさまよっている様子など、考えるだけでおぞましい。

——そうでしょう？　もう、この世にいないなんていうことが、あるはずがないでしょう？

部屋に閉じこもり、萄子は懸命になって勝に話しかけた。こうなったら、世界中の神様でも仏様でも誰にでも構わないから、ひれ伏して祈りたい。お願いだから勝を生かしておいて欲しい。今、萄子が呼吸しているのと同じように、この地上で、きちんと呼吸し、動いていてくれるのでなければ困る。汚名を着せられたまま、どこかで死んでいるなどということが、あって良いはずがないのだ。

考えれば考えるほど、いてもたってもいられなくなる。今日まで二週間あまりを、ただおろおろと途方に暮れて過ごしてきたことさえ、あまりにも知恵のない、また罪深い行為のように思えてきた。萄子は鏡台に向かって髪を梳《と》かし始めた。鏡に映る自分は、頬の肉も落ち、暗い瞳《ひとみ》を揺らして、いかにも不幸せそうに見える。もう二度と、声を出して笑うことなどないように見える。

「トコちゃん、どこに行くの」

階下に下りると、母が不安げな顔のまま言った。

「少し――散歩してくるわ」

「大丈夫なの？　そんな顔色で。第一、雨が降ってきてるのよ」

「雨？　いいわ――気分転換したいの。今日は、マラソンも何もないんでしょう？」

昨日はオリンピックのマラソンが行われて、コースになっている道路は交通が規制されていたために、至る所で渋滞が起きていたと、父から聞かされた。萄子自身はそんな気になれるはずもなかったが、彰文がテレビを観《み》たがることまで止めるつもりはなかったから、家の中からオリンピックの話題が消え失《う》せているわけでもない。エチオピアのアベベが世界最高記録を出し、史上初のオリンピック二連勝を飾ったことくらいは、弟からも聞き、今朝の新聞でも読んで、萄子だって知っていた。

「すぐ帰るから、心配しないで」

普段着のままだから、そう遠くへは行かないことを見て取ったらしく、母は「そう」と頷《うなず》いた。雨の中を、萄子は傘をさして歩き始めた。

ぱらぱらと雨音を聞きながら、萄子は行くあてもなく歩いた。初めて勝の気持ちを知ったときのことが蘇《よみがえ》る。やはり雨が降っていた。彼は萄子の頭上から自分の背広をかけてくれた。そして言葉で何か言う代わりに、冷たい唇を寄せてきた。勝の匂《にお》いに包まれて、萄子は目眩《めまい》さえしそうな幸福感に包まれていた。その同じ道を、こんな思いで歩かなければならない日が来ようとは、考えもしなかった。

——覚えてるでしょう? 喧嘩《けんか》しても、次の日に持ち越すのはやめようって、あなた、そう言ったのよ。何があっても、その日のうちに仲直りしようって。

その彼が、何日も何日も、萄子にこんな思いをさせ続けている。喧嘩したのならともかく、理由も告げないまま、ただ一方的に「忘れろ」とだけ言って、煙のように行方をくらましている。こんな不公平な話は、あるものではない。

明治神宮まで行ってみようと考えていた。ただ祈ることくらいしか出来そうなことがない今、真っ先に思いついたのが、一番近くにある明治神宮だったからだ。このまま雨に降られて歩いていこうか、それともトロリーバスに乗ろうかと考えて、ふと振り返る。少し後ろを、さっと道の脇《わき》に避《よ》けた人影があった。反射的に嫌な感じがして、萄子は訝《いぶか》しく思いながら、また歩き始めた。確か、黒っぽいスーツを着た男だ。だが、こうもり傘のお陰で、顔までは分からなかった。曲がり角に差し掛かったときに、萄子はまた振り返った。やはり同じ人影が、特に萄子との距離を詰めるわけでもなく、傘を揺らした。

――つけられてる？

急に心臓が高鳴ってきた。気のせいかも知れない。だが、見ようによっては刑事のような雰囲気だとも思う。何故《なぜ》、と考えるまでもなかった。萄子は、刑事にマークされているのだ。勝と会うのではないか、連絡を取り合っているのではないかと、彼らは警戒しているのに違いない。そう考えると、無性に腹が立ってきた。どこまで仲間を疑えば気が済むの、大体、勝から連絡があったら、必ず警察に知らせると請け合ったでしょうと、正面から言ってやりたい。

「藤島さん？　藤島、萄子さんですね」

もう少しでトロリーバスの乗り場に着くというときだった。ふいに声をかけられて、心臓が止まりそうになった。恐る恐る振り返ると、意外なことに、そこには黒い傘は差しているものの、明るい色のズボンにジャンパー姿の男がいた。

「――どなた」

答えながら、ちらりと男の背後を窺《うかが》う。さっきのスーツの男は、やはり電柱の陰に見えた。

「『週刊ポイント』っていいます。ちょっとお聞きしたいことがあるんですがね、いいですか」

三十前後に見える、瘦《や》せた男だった。彼は、傘の柄を顎《あご》と肩で挟み込んで、ポケットから名刺入れを取り出し、一枚を抜き取って差し出した。

「奥田勝と、婚約なさってるんですよね」

差し出された名刺を見つめている間に、男はもう話し始めている。『週刊ポイント』の名前くらいは、萄子も知っていた。男の肩書きは記者となっている。萄子は、改めて男を見上げた。視界の隅には、ずっと動かないままの、黒いスーツの男の影も入ってきている。

「週刊誌の方に、お話しすることなんか何もありませんけれど」

「そう言わないで。奥田勝、警察をクビになったそうじゃないですか」

「────」

「と、いうことは、やっぱり奥田はかなりクサいっていうことだと思うんですがね。オリンピックの騒ぎに隠れちゃってますけど、警察官による犯罪っていうことになると、これは社会を揺るがしかねない、大問題ですよ」

「お話しすることはありません」

雨の向こうにトロリーバスが見えてきた。萄子はそれだけ言い残し、足早に歩き始めた。

「あ、乗ります？　だったら僕も乗りますから。どこへ行かれるんですか、お供しますよ」

曇り空を突っ切るバスの架線が、ゆらりと揺れる。バスがスピードを緩める。萄子は、自分の表情が完璧《かんぺき》に強張《こわば》っているのを感じながら、目の前でバスが止まるのを待ち、タラップに足をかけようとしたところで思い止まった。

「乗らないんですか」

車掌が不審そうな表情で言う。萄子は小さく頷いた。目の前で扉が閉まり、バスは再び走り始めてしまった。

「行っちゃいましたよ。ねえ、どこに行くおつもりです。人についてこられちゃあ、困る場所なんですか。ねえ」

こんな男につきまとわれて、参拝など出来るはずがない。家から出てきたのが間違いだったのだ。きびすを返す萄子に、男はなおも「十分、いや、五分でいいですから」などと話しかけてくる。萄子はふいに思いついて「あの」と口を開いた。

「あそこの電柱の陰にいる人も、ずっとついてきてるみたいなんですが」

男は振り返り、それから「ああ」と言った。

「ありゃあ、デカさんでしょう」

やはり、そうか。まさか、刑事だけでなく週刊誌の記者にまでつけ回されるとは思っていなかった。萄子は自分の甘さを思い知り、同時に、改めてことの重大さを実感した。忘れていたわけではない。だが、これが事件に関わるということ、まったく無縁とも言い切れない人一人の生命が奪われるということなのだ。その現実が、警察署で感じた以上に、重く、ことさらに生々しく感じられた。

「あれ、戻るんですか」

男の声を無視して、萄子は来た道を戻り始めた。黒いスーツの人影は、慌《あわ》てたように路地に消えた。だが、きっとどこかから見ているに違いないのだ。もう二度と、のんびりと散歩をすることさえ出来ない、そんな気がした。

雨は翌日の午前中まで降り続いた。朝晩の気温は日増しに下がっていく。昼のニュースでは、北海道の大雪山が大雪に見舞われているということだった。もう冬が来ようとしている。萄子はぼんやりと、早く冬になってしまえば良いと思った。うんと寒くなって、すべてを凍らせ、何もかもを封じ込めてしまえば良い。

「お姉ちゃん、オリンピック観ようよ。今日、女子バレーの決勝なんだ」

部屋にこもったままの萄子に、扉の外から声をかけてきたのは彰文だった。だが萄子は動く気にもなれないまま、「いい」としか答えなかった。それでも九つ違いの弟は、扉をノックし続ける。

「いいったら！ 皆で観ればいいでしょうっ」

思わず感情的な声になった。ノックの音はやんだ。萄子は再び一人に戻り、自分の世界にこもろうとした。

「そうやって、部屋にばっかり閉じこもってたら病気になっちゃうからなっ」

諦めたと思ったのに、最後に彰文の捨て台詞《ぜりふ》が聞こえた。それでも萄子はベッドに倒れ込んだまま、ぼんやりと宙を見つめていた。出来ることなら深い眠りにつきたい。子どもの頃に読んだ眠り姫の童話のように、勝が現れてくれるまで、眠り続けていたかった。

「トコちゃん？　一緒にテレビ、観ない？」

だが、今度は母が扉を叩《たた》きながら声をかけてきた。萄子は頭から毛布を被《かぶ》った。放っておいて。皆、皆、放っておいてと言いたかった。

「ねえ、お父さんもお話があるからって。呼んでいらっしゃるのよ。トコちゃん」

父に呼ばれているなら仕方がなかった。萄子はのろのろと起き上がり、かすれた声で「今行くわ」と答えた。ドレッサーに向かい、頬をさすって髪を梳かす。どうやっても誤魔化しきれないほど、目は落ちくぼみ、頬がこけていた。

「せめて、皆と過ごすくらい出来るだろう？　部屋に閉じこもっていたって、何も状況は変わらないんだ」

居間へ下りていくと、まず父が口が開いた。萄子は返事をする代わりに、黙って自分の席に座った。母と彰文が、心配そうに様子を窺っている。父は難しい顔で、手酌で酒を飲んでいた。

「今日、式場の予約を取り消してきた」

「――――」

「勝手なことをしてと怒るかも知れないが、もしも勝くんが見つかったとしても、何もなかったように式を挙げるというのは、まず無理だ」

「——どうして」

一応は反発して見せなければならない。だが、父の言うことは十分に理解していた。職を失い、信頼を失った勝が、もう一度これまでと同じ生活を取り戻すのは並大抵のことではないはずだ。結局、萄子は「こうなったからには、仕方がない」という父の言葉に、それ以上、何を言い返すことも出来なかった。

その日、日本女子バレーボールは、ソ連を破って金メダルに輝いた。自分と似たような年格好の選手たちが、全身で喜びを表す姿を、萄子は家族に囲まれて眺めていた。彰文は興奮して歓声を上げている。ルールなど分からないはずの母でさえ、涙ぐむほどに感動していた。だが、萄子は苛立《いらだ》っていた。テレビの向こうの彼女たちは今、人生で最良の時を迎えている。この日を生涯忘れることはないだろう。そう思うと、苛立ちを通り越して、怒りさえこみ上げてくる。

——私が、こんな目に遭ってるのに。こんなひどい思いをしてるのに。

それが、いかに理不尽な怒りかということは、萄子だって自覚している。それでも、腹が立ってならなかった。世の中のすべてが憎らしく思えるのだ。笑顔も喜びも優しさも、心地良さと呼べるもの、美しさのすべて、生き生きとした何もかもが、破壊しつくしたいほどに腹立たしい。

「あの、大松っていう監督は、苦労したんだろうな」

父がぽつりと呟いた。

「これだけの人数の、それも小娘みたいな連中を相手にして、ここまで鍛えなきゃならなかったんだから」

その言葉が、意外なことに萄子をほんの少し、楽にした。苦しみ抜いた末に、ようやく今日花開いたのだと考えれば、憎しみも多少は和らぐ。苦しめば苦しむほど、大きく花開くのだと考えて、それを今の自分に当てはめれば、多少の慰めくらいには、なるかも知れなかった。

「萄子、少し忙しくなるぞ」

バレーボールが終わると、父がまた口を開いた。仲人《なこうど》にも挨拶《あいさつ》に行く必要がある。披露宴の招待客にも連絡をしなければならないだろう。さらに、契約を済ませたアパートはどうするか。購入を決めている家具などは、どう処理すれば良いか。

「アパートは――」

萄子は、頼りない気分で父を見た。だが父は、賃貸物件である以上、無駄に家賃だけ払い続ける必要はないはずだと言った。

「一度、全部、白紙に戻した方がいい。下手な形で引きずっていても、意味がない」

父の声には、有無を言わせない響きがあった。だが萄子には、その声は死刑宣告のようにも感じられた。皆に祝福されて会社を辞めて、暑い最中にも汗を拭《ふ》き拭き、方々を歩き回って、ひたすら勝との新生活を夢見てきた日々、少しずつ積み上げてきた幸福への階段が、音を立てて崩れていく。

あのアパートは、確かに手狭で安普請《やすぶしん》ではあったけれど、陽当たりの良い、暮らしやすそうな部屋だった。部屋の隅々まで寸法を測って、どこに何を置こうか、簞笥《たんす》は、テレビは、食器棚はと図面を描き、勝と額を寄せ合って相談したのは、ついこの間のことだ。勝は、学生時代から使っている机と本棚とは、絶対に処分しないと主張した。萄子は、微笑《ほほえ》みながら、だが、子どもでも生まれれば、机の代わりにベビーベッドを置くことになるだろう、などと計算していた。すべて、夢物語だったというのだろうか。二人で、口喧嘩しながらも家具店を歩き回った日々さえも。

「そうやって少しずつ動いて、頭の動きも活発にすることだ。もちろん、お父さんたちも、正一郎も、皆で手伝うから」

返事が出来なかった。萄子ががっくりとうなだれたのを、父は了解の印と受け取ったようだった。

「それから、気が重いが——福島にも一度、連絡をしなけりゃ、ならんだろうな」

それは自分たちが動くから、という父の言葉にも、萄子は素直に頷くことさえ出来なかった。申し訳ないとも、有り難いとも思ったが、すべては「なかったことにする」ための手続きだと思うと、ただただ、やるせないばかりだった。

数日後、勝の母は長男につき添われて、怯《おび》えたような表情で現れた。こちらから出向くと言ったのに、わざわざ福島の郡山《こおりやま》からやってきた彼女は、畳に額をこすりつけるようにして、萄子や萄子の両親に詫《わ》び続けた。少し会わないうちに急に老《ふ》け込んで、身体《からだ》さえ小さくなってしまったように見える。彼ら母子《おやこ》は初台署にも寄って、次男の不始末を詫びてきたのだと言った。

「こんなご迷惑をおかけすることになるなんて——あの子に限ってって、私ら、安心してましたんです」

もうすぐ姑《しゅうとめ》になるはずだった人は、握りしめたハンカチで何度も目元を押さえながら「申し訳ない」を繰り返す。勝は実家にも何の連絡も入れていないということだった。まだ電話の引けていないという彼の実家では、近所の乾物屋に呼び出しを頼んでいるという。だが、郡山にも警視庁の捜査員がやってきて、あれこれと聞き込みをしていったから、その結果、勝の一家は噂《うわさ》の的になり、肩身の狭い思いをしているのだということは、彼の兄が語った。

——何してるのよ。皆にこんな思いをさせて。

萄子の中には新たな怒りがこみ上げてきていた。責任感の強い人ではなかったのか。周囲の皆を大切にすると言った人ではなかったのか。その勝が、どうしてこんな真似《まね》をするのかが、やはり、どうしても分からない。萄子は、両親の視線を感じながら、既に何度か「お義母《かあ》さま」と呼んできた人に、身を乗り出して話しかけた。

「私——諦《あきら》めたわけじゃありませんから。勝さんのこと信じてますし、きっと出てきてくれるって」

だが、勝の母は力なくかぶりを振った。

「これ以上のご迷惑は、もうかけられません。萄子さんには、まだまだ、将来がおありなんですから」

「でも私、勝さんとの将来しか考えていませんから」

「そんな——生きてるか死んでるかも分からないような子を、そこまで言っていただいて」

化粧気もなく、細かい皺《しわ》に覆《おお》われている頬を、新しい涙が濡《ぬ》らす。本当なら来月には、萄子は花嫁衣装を着て、この人に頭を下げるはずだった。同じ涙にくれるのでも、その意味はまったく正反対だったはずだ。

萄子の両親は、二人とも深刻な表情を崩さなかったが、結局、口に出しては何も言わなかった。とにかく、勝からの連絡があり次第、互いに知らせ合おうとだけ約束して、疲れ果てた表情の二人を送り出した。代々木八幡《はちまん》の駅までは、彰文が送っていく役を買って出た。

オリンピックは「メキシコでまた会いましょう」というメッセージを残して終わっていた。その翌日にはかねてから入院中だった池田首相が辞意を表明した。国中が祭りの後のような、ある種の放心状態に陥りつつも、徐々に現実に引き戻され始めている。十月も、もう終わりだった。

――また、会いましょう。

それまで、どうぞお元気でと、萄子は勝の母に向かって心の中で呟《つぶや》いた。きっと、必ず、また会えるようにならなければいけないと思っていた。

3

庭先で、陽を浴びながら洗濯物がはためいている。白い反射がガラス越しに見えて、そのきらめきが冬の訪れを感じさせた。ちりん、ちりんと風鈴が鳴っている。夏からずっと軒先に下がったままなのだ。涼を呼んだその音も、今は弔いの鉦《かね》に聞こえた。

「しまえって言っておいたじゃねえか」

つい口に出して言ってから、はっと我に返った。韮山は、六畳の茶の間を見回した。部屋の奥まで入り始めた陽射《ひざ》しが、茶の間の古い茶簞笥にまで届いている。いつもは寿々江《すずえ》が座っていた場所も、赤茶けた畳が陽を浴びていた。

「――しょうがねえんだから」

繰り返し呟く。それから韮山は、膝頭《ひざがしら》に手を当てて、かけ声と共に立ち上がった。文句を言っても仕方がないのだ。韮山が動かない限り、あの風鈴は雪が降っても鳴り続ける。

寿々江は入院していた。のぶ子の葬儀が済み、二七日《ふたなぬか》が過ぎて、もう涙も涸《か》れ果てたと思った頃に、胸を押さえて倒れてしまった。医者は、以前から弱かった心臓が、さらに衰弱していると言った。心臓だけでなく、あらゆる内臓が衰弱しきっているという。それは、半ば予測していたことだった。ただでさえ病弱な上に、のぶ子に逝《ゆ》かれて、寿々江の身体がもつはずがない。むしろ韮山から見れば、よく耐えた方だ。もしかすると、のぶ子の死を知った時点で、すぐに倒れるか、またはそのまま心臓が止まるのではないかと思っていた。

少しの間に埃《ほこり》っぽい感触になった窓の桟に指をかけ、韮山は外の様子を窺《うかが》ってから、窓を開けた。ブンヤの野郎どもか、またはトップ屋と呼ばれる雑誌記者が張り込みでもしているのではないかと警戒したのだが、垣根の植え込みの向こうに、それらしい人影は見あたらない。こちらを指さしながら、井戸端会議をしていたおかみさん連中の姿も、今はなかった。着物の襟元から入り込む風が、思った以上に冷たく感じられる。もう十一月だった。

風鈴は何年か前に、韮山が東北旅行した際に土産として買ってきたものだ。南部鉄の灰皿と、この風鈴と、それから日本酒に南部煎餅《せんべい》などを提げて、ひどく重たい思いをして帰ってきたことを覚えている。のぶ子は、土産の全部が食べ物かと思ったらしく、勇んで包みを開いて、出てきたのが黒い鉄のかたまりだと知ると、「なあんだ」とあからさまに落胆した表情を見せたものだ。

「だが、これが一番、いい土産だったろう」

小さく呟きながら、軒先に吊《つる》した風鈴に手を伸ばす。古釘《ふるくぎ》に引っかかっていた麻糸を指でつまもうとした途端だった。ぷつりと糸が切れて、風鈴は鈍い音を立てて地面に落ちた。韮山は、しばし呆然《ぼうぜん》と、手を宙に浮かせたまま風鈴を見下ろしていた。急に胸の奥がざわめいてくる。のぶ子は死んだのだ。殺された。その事実が、改めて胸に迫ってきた。

日に何度か、韮山はこういう気分にさせられる。あとの時はのぶ子が死んだことをつい忘れていることの方が多い。娘は普段通り勤めに出ていて、夜になれば帰ってくるような気がしている。部屋には線香の匂《にお》いが立ちこめているし、仏壇の前には納骨前の骨壺《こつつぼ》が置かれてもいるのだが、それらのすべてがのぶ子とは何の関係もないものに思われて仕方がない。だが、何かの拍子に、ふと我に返るのだ。のぶ子は殺された。全身を痛めつけられ、乱暴をされて、あんな場所で。

「——馬鹿野郎《ばかやろう》。涼しくなったら、すぐに引っ込めねえから、こういうことになるんだろうが」

踏み石の上に置きっぱなしになっている寿々江の下駄を突っかけて、韮山は庭に出た。地面に落ちた風鈴を拾い上げ、縁側に置く。ついでに、自分で干した洗濯物のはためく狭い庭を、ぼんやりと眺め回した。どこを見ても、のぶ子のことが思い出される。そこの木戸から、今すぐにでも顔を出しそうな気がしてならない。ほら、お父さん。たまの休みだからってぼんやりしないで、草むしりくらいしたら。下手でもいいから、植木を刈って欲しいのよね。雨戸の滑りが悪いって、お母さんがこぼしてるわよ。それから包丁を研いでくれないかしら。お父さん、上手だから。

——お前は本当に、ちょっとばかり口うるさすぎるんだよ。

だから、若い男に好かれないのだ。世話女房も結構だが、ああもガミガミ言われては、知り合ったときから尻《しり》に敷かれるのが分かっているようなものだ。

「そうだよ。だから——」

つい呟きかけて、韮山は奥田の顔を思い浮かべた。奴《やつ》の警察手帳が見つかったという報《しら》せを受けたのは、もう二週間近くも前のことだ。だが、それきり奥田に関する情報は、まったく入らなくなってしまった。捜査本部では、今も必死で彼の行方を追っている。それは間違いがない。現段階では、奴が最有力の容疑者であることは変わりがないということだ。

実際、現場に定期入れが落ちていたというだけでなく、奥田に関しては不利な条件が揃《そろ》いすぎていた。

のぶ子が帰らなくなったのは十月八日だ。あの日は午後から雨になったが、仕事が終わってからの、のぶ子の足取りを捜査した結果、長身の奥田らしい男と、一つの傘をさして歩いていたという証言が複数得られたという。さらに、のぶ子は会社を出る前に、親しいバスガイド仲間に、今日は人と会う約束があるのだと話していたという証言も得られている。その少し前から、のぶ子は同じバスガイドに、女性の方から男性に恋心を打ち明けるのはみっともない行為だろうかなどと相談していたのだそうだ。その友人は、のぶ子を激励した。当たって砕けろというではないかと。のぶ子は嬉《うれ》しそうに頷《うなず》いていたらしい。捜査本部の玉木からその話を聞かされたとき、韮山は、のぶ子がそこまで思い詰めていたのかと、改めて娘が哀れに思えてならなかった。

一方、捜査本部は奥田についても事件の当日の足取りを捜査していた。当時はオリンピック前の特別警戒中だったが、その日は奥田は日勤にあたっており、午後五時半過ぎには特別警戒本部を出ている。何よりも、その時一緒に署を後にしたのが、他ならぬ韮山だった。つまり、最後に奥田を目撃し、言葉を交わした人間が、韮山ということになる。本当なら一杯やっていかないかと誘いたいところだったが、どうせ例の山の手のお嬢様のところへ飛んでいくのだろうと思って、敢《あ》えて誘わなかった。韮山は、そのことで奴を軽くからかった記憶がある。どうせ、お父様お母様の監視つきなんじゃあ、好きなことは出来ねえなとか何とか、そんな程度のことだ。奥田は確か、

「今日はそんなんじゃないんです」と言っていた。

「ちょっと他に、行くところがあって」

韮山自身は、どうせ照れ隠しの言い訳だと思っていたから気にも留めなかったのだ

が、今にして思えば、あの時の奥田はそう嬉しそうな顔もしていなかったし、浮き立った様子もなかった。むしろ、何か考えているような顔だったかも知れない。あの時に「どうした」と尋ねておけば良かったのだろうか。そうすれば、のぶ子はこんなことにならずに済んだのだろうか。考え出すときりがない。どこに怒りをぶつければ良いか分からなくなって、下手をすれば自分の頭でも殴りつけたくなるくらいだ。

とにかく、奥田の野郎が今回の事件に関わっているらしいことは、ほぼ間違いない。最初のうちは韮山だって、それなりに可愛《かわい》がってきた後輩刑事をかばいたい気持ちも手伝って、定期入れの問題については、こう推理してみた。つまり、奥田がのぶ子と会ったことは間違いないにしても、何かの拍子に奥田が定期入れを忘れていって、それをのぶ子が預かったのではないか。そう考えれば、現場に定期入れが落ちていたくらいで、奥田を容疑者と考えるのは早計にすぎる。だが鑑識の結果、定期入れからのぶ子の指紋は検出されなかった。つまり、のぶ子が預かった可能性はないということだ。

さらに鑑識からは、他の結果も報告されている。即ち、現場に残されていたおびただしい血痕《けっこん》は、のぶ子のものだけでなく、他にも二種類の血液が検出されたこと。つまり、のぶ子の殺害には二人以上の人物が関わっていたという証拠になる。しかも、その二人は何らかの理由によって出血した。それは、のぶ子の激しい抵抗に遭ったためかも知れないし、他の理由によるのかも知れない。とにかく二人のうち一人は、奥田の血液型であるA型と一致している。また、のぶ子の体内に残されていた体液も、やはりA型ということだ。これらを総合して考えれば、のぶ子を犯したのは奥田ということにならざるを得なかった。

目撃証言も浮上していた。のぶ子の遺体が発見された倉庫にほど近い団地の住人が、のぶ子らしい若い娘が、二人連れの男に両脇《りょうわき》を抱えられて歩いているのを見たというものだ。さらに、当日の深夜十一時頃に、男同士が喧嘩《けんか》をしている声を聞いたという話もある。また、深夜零時過ぎ、現場付近から猛スピードで走り去る車を見たという証言もあった。それらの証言の、すべてが事件につながるかどうかは分からないにしても、何かしら一つの筋書きを思い起こさせるだけの資料が揃いつつあるということだった。

――大体、野郎が行方をくらます理由が、分からねえ。自分が無関係なら、出てくりゃあいいんだ。

この疑問は、のぶ子の遺体が発見され、婚約者である藤島萄子を訪ねたときから、片時も韮山の頭から離れることがなかった。奥田が萄子に電話をかけてきたのは、のぶ子が殺された日の翌日だ。丸一日を、野郎はどこでどうやって過ごしたのだろう。事件に関わっているのなら、何故《なぜ》その間に届け出るか、またはせめて韮山に連絡を寄越さなかったのか。だが、奴は消えた。婚約者に、自分のことは忘れろと言い残して。

忌引きが明ける前から、韮山は捜査本部に出向いて、可能な限りの情報を聴き出してきた。本来、部外秘である捜査情報ではあるが、韮山の心情を慮《おもんぱか》った本庁の玉木が、誠意を見せてくれている。だが、日に日に情報が少なくなり、奥田の行方も分からないまま、明らかに捜査が行き詰まりつつある今、韮山は苛立《いらだ》ちばかりを募らせつつあった。

「気持ちはお察ししますけど、ニラさんだって素人《しろうと》じゃないんだ。私らがどういう思いで毎日を過ごしてるか、分かってるはずじゃないですか」

昨日、韮山は玉木にそう言われた。捜査本部は現在、二百人体制で日夜、捜査に励んでいる。ブンヤの夜討ち朝駆けをかわし、靴底をすり減らしながら、のぶ子のために動いてくれていると思えば、確かに有り難い話ではある。だが韮山は、思わず鼻を鳴らした。苛立ちと共に、一体、何を察してくれているのだという怒りが、一気に噴き上げてきた。

「分かってるんだ。私だって人のことは言えやしません。実際、自分が捜査する側にいるときは、確かに本気でホトケを成仏《じょうぶつ》させてやりたい、遺族を安心させてやりたいっていう一心ですから」

「だから、我々は――」

「だけどね、玉木さん。やられた側からすりゃあ、とてもとても、察してもらえるなんてえ、もんじゃないんだ。家族を殺された者の気持ちなんて、当事者じゃなけりゃ、分かりっこないんですよ」

これには、玉木も鼻白んだ表情になった。それでは、どうすれば良いのだと言われそうな気がして、韮山は彼から視線を外し、小さく会釈《えしゃく》をして彼から離れた。いつの間にか、両手で握り拳《こぶし》を作っていた。

出来ることなら韮山自身の手でホシを捕まえ、のぶ子の仇《かたき》をとってやりたい。その思いが、韮山の中では日増しに強くなっていた。どんな方法をとってでも、のぶ子を殺した犯人に復讐《ふくしゅう》したい。それが、たとえあの奥田であったとしても。刑事としてではなく、のぶ子の親父《おやじ》として。

――そうだろう？　お前だって、今のままじゃあ、とっても浮かばれるどころじゃねえよなあ。

たまたま今日は休みだから、存分にのぶ子に語りかけることが出来たが、このところの韮山は、勤務中でも、ついそんな思いにとらわれるようになっていた。ケチなこそ泥など追いかけている場合ではない、今こうしている間にも、のぶ子を殺《や》った野郎は、のうのうと生きているのだと考えると、いてもたってもいられない気分にさせられた。

——お父さんに、親らしいことなんてしてもらったこと、あったかしら？

ふいに、のぶ子の悪戯《いたずら》っぽい笑顔が蘇《よみがえ》る。そりゃあ、食べさせてはもらったけど、あとのことはお母さんが全部やってくれたのよ。それに、私がお父さんの世話をしてるっていうのが、本当のところだと思わない？

生意気を言うなと、頭にげんこつを落としたこともある。だが、確かにのぶ子の言う通りだった。こうして寿々江にも倒れられると、一人になった韮山は、家中のどこに何があるのか、自分の着替え一つでさえ満足に探せない有り様だ。頼っていたのはこちらだったということに、つくづく気づかされる。ああ、ああ、分かったよ。のぶ子の言う通りだ。世話になってるのは、父さんの方だって認めるよ。

「だから、死んだふりなんてしてる場合じゃねえぞ、おい。ちゃんと出てきて、少しは手伝ってくれよ」

一人の空間に自分の声だけが広がる。その虚《むな》しさ、情けなさに、またもや胸の奥がざわめく。一体いつまで、こんな毎日を送らなければならないのだろうか。これから死ぬまで、以前のような平凡で、やかましくて、何も考えずにごろ寝をしていられるような、そんな休日は来ないのだろうか。

少しでもぼんやりしていると、瞬《また》く間に時間が過ぎてしまう。時の流れこそが、人の心を癒《いや》す最良の薬であることを、韮山はよく承知しているつもりだ。あの戦中から戦後の混乱期でさえ、立派に生き抜いてきたではないか。何人もの友を喪《うしな》い、明日をも知れぬ我が生命を思い、焦土と化した東京を眺めて、とても立ち直れないのではないかと思っていたのに、気がつけばすべて過去になった。無論、今でも当時の話は積極的にはしたくない。だが、時の流れは見事に何もかもを押し流した。今回のことにしても、そうなのだろうか。のぶ子までが、過去に遠ざかってしまうのだろうか。冗談ではなかった。のぶ子は、たった一人の娘だ。これから嫁にいって、やがて孫の顔でも見せてくれる、そういう未来が待ち受けていたはずの娘だった。

「仕事を、辞めようかと思ってる」

その日、午後から病院に行くと、韮山は寿々江に切り出した。

寝台に横たわる妻は、容態こそは安定しているものの、だからといって快方に向かっているとも言い難いらしく、すっかり老《ふ》け込んで、やつれ果てていた。

「身体《からだ》を動かしてらした方が、いいんじゃありませんか。暇になると、余計なことばかり考えますよ」

寿々江は、かすれた声で呟《つぶや》いた。瞳《ひとみ》に生気というものがまるで宿っていない。生きる気力、治そうとする気持ちそのものが失われているらしいと、主治医は言っていた。本人が、そのつもりになりませんとね、なかなか治りませんよ——医者は、「お気持ちはお祭ししますが」とつけ加え、それでも生きる希望は捨てないで欲しいのだと言った。希望だって？　そんなもの、簡単に見つかるくらいなら苦労はしない。韮山は、腹の中で毒づいた。そんなに希望を持たせたいんなら、一つ、のぶ子を生き返らせてもらえませんかねと言いたいほどだった。

「どうせ来年で定年なんだ。少しくらい早く辞めたっていいだろう」

「どうせ来年までなんだから、それまで我慢なされればいいのに」

「決めたんだ」

妻は少しの間、韮山を見つめ、その視線を遠くに移して、「そうですか」と呟いた。薄い布団《ふとん》の上で組み合わされた手が微《かす》かに上下する。

「なら、思う通りになさるといいわ」

「そうすれば、もう少しお前の傍にもいられる。もちろん、新しい仕事は探すつもりだがな」

再び寿々江の視線が戻ってきた。弱々しい瞳が微かに揺れて、韮山の顔を隅々まで眺め回しているのが分かる。そして、彼女の口元に、実に久しぶりに笑みらしきものが浮かんだ。

「気味が悪いわ。あなたがそんなこと仰《おっしゃ》ると」

「だって、そうだろうが。もう、俺ら二人だけになったんだ。これでお前まで先に逝《い》かれちゃ、かなわん」

これでも懸命に力づけているつもりだった。だが、寿々江が咄嗟《とっさ》に現実に引き戻されたことは、その表情から読みとることが出来た。女房の視線は再び遠くをさまよい、また薄い胸が上下する。

「まだ——生きなきゃならないんでしょうかねえ」

「——当たり前だ」

本当に当たり前なのかどうか、自分でも分からなかった。それでも、他に答えようがない。では、いっそ死んでしまおうかとでも言えば、寿々江はそのまま永遠に目を閉じてしまいそうだ。それは困る。何よりも、自分自身のために、せめてもう一度元気になって、家に戻ってきて欲しかった。

「明日にでも辞表を出して、年内で辞めるつもりだ」

だから今度の正月は、と言いかけて、韮山は言葉に詰まった。のぶ子のいない正月など、どう迎えれば良いものか、果たして無事に迎えられるものかどうかも、まるで見当がつかなかった。

4

勝が消えて一カ月が過ぎる頃には、萄子の心は、かつて経験したことのないような静寂に包まれるようになった。まるで氷の張った湖の底に、一人で取り残されているような感じだ。冷たくて波立つこともなく、太陽の光さえ薄ぼんやりとしか感じられない、そんな気分が常に支配している。

「トコちゃん、お洗濯物、取り込んでちょうだいな」

「萄子、煙草《たばこ》を買ってきてくれないか」

表面上は食欲も戻り、少しずつ眠れるようにもなってきたから、両親は多少安心した様子で、自然に接するようになった。萄子も普通に受け答えをし、時には笑みを浮かべることもあった。だが、実際は立ち直ったわけでも、吹っ切れたわけでもなく、本当の絶望の淵《ふち》に沈み込んだだけなのだということを、萄子自身が一番よく知っていた。この先、外の世界で何が起ころうと、どんな出会いがあり、どういう別れを味わおうと、萄子はもう二度と心を揺らすことはないだろうと思っていた。目の前に広がるのは無ばかりだった。

――今、どこにいるの。何を考えてるの。

一日に何度か、萄子は勝に話しかけている。両親、中でも父は、勝に関しては、「死んだと思った方がいい」と言う。最初のうちは、そんなことの出来るはずがないと突っぱねていたものの、この頃は萄子も少しずつ、勝はもうこの世の人ではなくなっているのかも知れないと思い始めていた。警察からも何も言ってこなくなった。無論、萄子の方から連絡すべきことも何一つとして起こらない。ふと、勝という人は最初から存在などしていなかったのではないか、出会ってからの月日の方が夢だったのではないかという気持ちにさえなることがある。

世の中は、オリンピックの興奮など忘れ果てたように、それまでとは異なる雰囲気を持ち始めていた。辞任した池田首相に次いで、佐藤栄作が首相に就任、内閣を成立させ、緊急の課題は高度経済成長によるひずみの是正と、物価対策だと所信を表明した。事実、今年は台風が数多く上陸したし、北海道は冷害で、野菜の値段は四倍から十倍にまで跳ね上がっていた。

一方、アメリカの原子力潜水艦がやってくると報道されて以来、寄港地とされる横須賀や佐世保《させぼ》では激しい反対運動が繰り広げられており、ヘルメットや鉢巻き姿で練り歩くデモ隊の姿が、毎日のようにテレビのニュースで映し出された。世界中が平和一色に見えたのはつかの間の夢、現実では、あらゆる場所で闘争が繰り広げられていることを、人々はようやく思い出し始めたようだった。

そんな頃、彰文が学校の友だちからビートルズのレコードを借りてきた。世の中のテンポそのものが変わりつつあることを如実《にょじつ》に感じさせる音楽は彰文を熱狂させたようだった。萄子は、そんな弟を羨《うらや》ましく思った。どんなリズムも、響きも、萄子には届かなかった。

本当なら、勝の妻になるはずだった日が近づきつつあった。

いくら凍りついた心でも、その日ばかりは動揺せずに過ごせる自信がない。それに、いくら諦《あきら》めようと思っても、心の片隅では待っているのだ。今にも勝が現れて、あの人なつこい笑顔で「ごめんな」と言ってくれるのではないか、もう何も心配しなくて良いのだと、抱き寄せてくれるのではないかという気持ちは、そう簡単に捨てられるものではない。

「皆で京都にでも行ってみないか。新幹線に乗って」

ある晩、夕食の時に父が思いついたように言った。挙式予定だった十一月二十三日は月曜日で、前日の日曜日と合わせれば連休になる。土曜日に彰文が学校から戻るのを待って、すぐに出発すれば、それなりにゆっくり出来るだろうということだ。

「新幹線なら、すぐに着くんでしょう？　だったら、いいわねえ。少し遅いけど、紅葉も見られるかしら」

母も笑顔で言う。彰文も「そうだよ」と言った。

「僕、留守番してるからさ。お姉ちゃんと三人で、行ってくればいいよ」

家族の気遣いを、萄子は有り難いと思った。だが、だからといって旅行などすることに何の意味があるのだという気持ちは捨てられない。確かに家を離れるのは気分転換になるかも知れないが、旅を終えて帰ってくれば、余計に現実を噛《か》みしめなければならないだろう。本当なら新居に入るはずだったのにと、今以上に我が身を嘆きたくなるかも知れない。

「私も、留守番してるわ。お父さんたち、二人で行ってきたら」

両親の反応が分かっていながら、萄子は静かに呟いた。俯《うつむ》いていても、微妙な緊張感が周囲を支配し、家族が目配せし合っているのが分かる。顔を上げると、母が表情を曇らせたまま、切なげにこちらを見ていた。

「トコちゃん――」

「ごちそうさま。テレビでも観《み》ようかしら。いい？」

以前は食事中でもテレビを観たがったのに、萄子がこんな状態になって、しかもオリンピックも終わってからは、彰文もあまりテレビを観たいと言わなくなっていた。家族の視線から逃れるように、萄子は席を立った。家具調のテレビは両開きの扉のついたキャビネットに納まっている。その扉を開き、スイッチを捻《ひね》って、ブラウン管に映像が映し出されるのを待ちながら、萄子は人知れずため息をついていた。

――テレビを観る以外、他にすることもない毎日。

ちょうど七時のニュースの途中だった。萄子は丸いチャンネルの外輪を押しながらピントを調節し、音量も調節してから席に戻った。彰文がその場を取り繕うかのように、「うちもカラーテレビにしようよ」などと言っている。テレビでは、前日アメリカの原子力潜水艦『シードラゴン』が長崎の佐世保に入港したことに抗議した件で、社会党の楢崎弥之助《ならさきやのすけ》代議士が逮捕されたと報じていた。逮捕、というひと言を聞いただけで、反射的に緊張する自分が情けなかった。

彰文がチャンネル権を主張しなかったから、ニュースが終わってもチャンネルはそのままだった。父が時折、好きで観ているドキュメンタリー番組が始まり、タイトルに続いて、大勢の労務者風の男たちが映し出された。

〈プー太郎。彼らは、そう呼ばれている。もともと、風のように気ままに、どこへでも流れていく男たちの意味で、風の太郎という言葉から来ているという〉

それは川崎のドヤ街の風景だった。プー太郎と呼ばれる、いわゆる渡り労務者の間では、「川崎に行けば食いっぱぐれがない」という合い言葉があるのだという。白黒の画面には、首から手ぬぐいをかけ、またはねじり鉢巻きをして、路上の博打《ばくち》に参加する男や、屋台のおでん屋を覗《のぞ》き込む男たちの姿が、溢《あふ》れんばかりに映っていた。腹巻き、草履履き、地下足袋姿――。

〈ドヤとは簡易宿泊所のことである。川崎のドヤ街は、約四、五百人を収容するだけの宿がひしめき合い、このドヤに長い間、住み着く男も少なくはない。東北、九州、北海道から、男たちは職を求めてやってきた。そして、月に二、三日だけ忙しくなるとき以外は――〉

水たまりのあるドヤ街の路地を、浴衣《ゆかた》姿の女が行く。上半身は裸の男とすれ違う。次には、ネッカチーフの女が忙しそうに歩いていく。戦後間もなくの闇市《やみいち》とも異なる、奇妙な風景だった。

「こんな街が、今もあるのね」

つい呟いた。父が「そりゃあ、そうだ」と答える。

「別に、川崎だけじゃない。日本中に、こういう場所はあるもんだ。特に、これからはこういう街が賑《にぎ》わうかも知れないな」

どうして、と聞いたのは彰文だった。父は煙草の煙を吐き出しながら、オリンピックが終わって、道路工事や土木工事が減っただろうから、急に仕事からあぶれる労働者が増えているはずだと答えた。さらに今年は、台風や冷害で打撃を受けた農村からも、たくさんの労働者が出てくるはずだと。

子どもの姿も、木々も見えず、ひたすら労働者ばかりの溢れる街。不潔で、不健康で、他人に干渉されない自由がある代わりに、孤独にさらされる街。行き倒れが出ても、大して騒がれない街。それがドヤ街というところらしかった。憂鬱《ゆううつ》になる話だ。日本は豊かになったと言うけれど、貧しさが消えたわけではない——。ぼんやりと、そんなことを考えていたときだった。日雇い労務者のたまり場らしい「原っぱ」と呼ばれる公園が映った。その途端、萄子の心臓は止まりそうになった。男たちの中の一人が目に飛び込んできたからだ。ボア付きジャンパーを着て、ズボンのポケットに片手を突っ込み、男は所在なげに辺りを見回しながら歩いている。

「勝さん！」

思わず叫んでいた。父の「何っ」という声と、彰文の「どこ、どこっ」という声が重なった。

「勝さんだわ、間違いないっ！」

萄子はテレビに飛びつきそうな勢いで身を乗り出した。画面の中で、男は人混みをかき分けてさまよっている。勝よりも髪が長いようだ。

「どれなんだ、萄子！」

「ほら、ジャンパーを着て、ああ、隠れちゃうわ！」

台所から母が「どうしたの」と言いながら駆け込んできたとき、画面が変わってしまった。

「——どうしたっていうの」

「お姉ちゃんが、勝さんが映ってたって」

「テレビに？　どこ？」

「もう、画面が変わった」

家族は、再び沈黙に包まれた。だが萄子は、もう一度さっきの場面が映るのではないかと、テレビから目を離すことが出来なかった。

「勝さんだった——絶対に、勝さんだったわ」

「あれだけじゃ、分からん。横顔だったし、ピンぼけだったし」

父がため息混じりに呟く。だが、周囲に比べて身長が高いことも、その鼻筋や頰から顎《あご》にかけての線も、あれは確かに勝に見えた。萄子は、締めつけられたように感じた心臓が、今度は早鐘のように打つのを感じていた。

——そうよ。死んでるはずがない。

結局、そのまま番組は終わってしまった。萄子は落胆し、ため息をつきながら、その一方では、まだ動悸《どうき》がおさまらないままでいた。川崎のドヤ街だと言っていた。それならば、今すぐにでも川崎に行かなければならない。行って、確かめるべきだ。

「トコちゃん——」

苛立《いらだ》ちながら、懸命に考えを巡らし始めた萄子の隣に、すっと母が近づいてきた。

「もう——やめにしてちょうだいな」

母は、やはり切なそうな表情で眉《まゆ》をひそめ、萄子の瞳《ひとみ》を覗き込んできた。萄子は、その母の顔をじっと見つめ返した。凍りついていた全身の血液が、今、久しぶりに流れ始めている気がする。

「分かるでしょう？　お父さんもお母さんも、もう忘れて欲しいと思っているのよ。

辛《つら》いのは分かるけど、たとえ勝さんが現れたとしても、もう、これまでみたいにはいかないことくらい、あなただって――」

「――分かってるわ」

「だったら、ねえ？　自分でも努力して、少しずつ他のことを考えられるようにならなきゃ。お母さんは、これでもまだ、お式の後にこういうことになったんじゃなくて、よかったと思ってるの。もしも、お嫁入りした後でこんなことになっていたらと考えると、これは不幸中の幸いだったんじゃないかって」

「――何が幸いなの、この状態の、どこが幸い？　どうしてそんなに簡単に忘れられると思うのっ！」

　萄子は母を睨《にら》みつけ、思わず声を荒らげた。

「こんな状態のまんま、あっさり諦められると思う？　人が死んで、勝さんが消えて、理由も何も分からなくて、どうして納得出来ると思うのっ」

　母は、ますます眉根を寄せ、涙さえこぼしそうな顔になっている。だが、萄子の勢いは止まらなかった。眠り続けていた何かが、ようやく動き始めようとしている。ただ、このまま涙にくれて、やがて疲れ果てるのを待っているなんて、もうたくさんだった。

「今のは、確かに勝さんだった。あの人は生きてる。絶対に、生きてるわ。私、確かめたい！」

「それを確かめて、どうする」

父が押し殺した声で言った。萄子は、今度は父を振り返った。父もまた眉間《みけん》に深い皺《しわ》を寄せ、膝《ひざ》に置いた手を握りしめている。

「会いたい気持ちは分かる。だが彼はお前に『忘れてくれ』と言った男だぞ」

「そうよ、そうだわ！　だけど、私には理由が分からないもの！　勝さんが勝手にそう言っただけで、私は納得なんかしていないもの！」

「こうやって行方をくらましているのが、何よりの証拠じゃないのか。理由もなしに、仕事からも、お前からも逃げるはずがないだろう」

「じゃあ、お父さんは勝さんが人を殺したと思ってるの？　お世話になってる方の娘さんを、いたずらして殺せるような人だと思ってるのっ」

それには、父は答えなかった。萄子は息を乱しながら、両親と、おろおろとした表情の彰文とを見回した。

「私――今のままじゃ、納得出来ない」

俯いていた母が、慌《あわ》てたように顔を上げた。

「こんな中途半端《はんぱ》な状態で、急に、未来のすべてを壊されて、放り出されたも同じじゃない」

「だから、そんな人のことは――」

「このままじゃあ何カ月たっても、何年たっても、忘れるどころか、しこりになって残るだけだわ。理由があるんなら、その理由を知りたい。本人の口から直接、聞きたいの！」

「だけど――他人のそら似だったかも知れないよ。お姉ちゃんには勝さんに見えたかも知れないけど」

彰文がぽつりと呟《つぶや》いた。確かにそうかも知れない。だが、それならばそれで、他人のそら似だったという確証を得たかった。もうこれ以上、宙ぶらりんはたくさんだ。

「じゃあ、どうするんだ」

父が、大きくため息をつきながら言った。萄子は、気がつけば最近ずい分白いものが目立ち始めた父を改めて見つめた。

「――探します」

「警察が組織を挙げて行方を追っても、まだ見つからない男をか」

父は苦しげな顔をしていた。母はついに涙をこぼしている。だが、萄子はゆっくり、大きく頷《うなず》いた。

「彼は——本当のことを知らせることで萄子を傷つけたくないと思ったから、だから姿を消したとは、考えられないか」

「もし、そうだとしても、私は納得出来ない」

「待って。もし、もしも、勝さんと会えたとしても、本当のことを知ったとしても、トコちゃん、あなた、今よりも傷つくだけかも知れないのよ」

母がたまりかねたように言った。だが、これ以上、傷つくことなどないだろうと萄子は考えていた。今よりもひどい状態など、あるはずがない。それに、たとえ傷ついたとしても、きちんと納得したいのだ。中途半端は何より嫌だった。

「私の気の済むようにさせて欲しいの。それで傷つくんなら、仕方がないと思ってるわ。それなら、納得出来る。でも、こんな風に毎日過ごしてたって、ただ息をしてるだけじゃない。生きてるなんて言えない。そうでしょう?」

彰文がそっとテレビを消した。部屋には静寂が満ちた。萄子の頭の中には、さっき観たテレビの映像が繰り返し思い浮かんでいる。考えれば考えるほど、あれは勝だった気がする。髪が伸びていたし、少し猫背だったが、それでも勝に違いなかった。

「探せば——気が済むのか」

やがて、父が呟いた。萄子は頷いた。

「それなら探しに行けばいい。だが、ドヤ街がどういう場所か、萄子には分かってない。それに、もしも見つからなかったら、どうする。それで諦《あきら》めるか」

「――分からないわ。でも、探したいの。勝さんは逃げるような人じゃないはずなのよ。たとえ、何かの事件に巻き込まれたとしても、身に覚えのない嫌疑をかけられたとしても、黙って逃げるような人じゃないはずなの」

「――一人で、そんなことが出来るはずがない」

父は深々とため息をつき、腕組みをして目をつぶってしまった。萄子は、今度は哀願するように母を見た。エプロンで目頭を押さえていた母は、ちらりと父の方を窺《うかが》った後で、俯《うつむ》いて考える表情になった。

「――言い出したら、聞かないんだから」

母がその言葉を口にするときは、もう半分以上は諦めて、萄子の希望を受け容《い》れてくれている証拠だということは、長年の経験から分かっている。萄子は、明日にでも川崎へ行ってみたいと考え始めていた。

「明日だったら土曜だから、僕、午後からなら一緒に行くよ」

「アキが？　何だか、頼りないな」

思わず答えると、彰文は膨れ面《つら》になって胸を張って見せる。父がようやく口を開いて「そうか」と言った。

「アキが一緒に行ってやってくれるんなら――気の済むようにすればいい」

萄子は、久しぶりに気持ちが弾むのを感じた。父はそんな萄子を見て、またため息をついた。

「だが、そうとなったら、連絡しなきゃならない場所があることを、忘れるわけにはいかないぞ」

父の言葉を萄子は即時に理解した。途端に、弾みかけた気持ちが、また不安におののき始める。父は、警察のことを言っているのだ。それは、玉木からも幾度となく念を押されていることだった。

「まだ、確証が持てたわけじゃないし――」

萄子は、憂鬱な気持ちで呟いた。警察に協力しなければならないことは十分に承知している。だが、もしも警察の方が先に勝を見つけてしまったら、その時こそ勝は逮捕されるかも知れない。そうなれば、萄子は勝と直接、言葉を交わす機会を失うだろう。萄子はまず勝本人の口から、真実を聞きたかった。

「萄子、分かってるだろう。この家の外には、あれ以来、ずっと刑事がいるんだぞ」

「――分かってるわ」

「ずっと出かけたこともないお前が急に動き出したら、彼らはきっと後をつけてくる。そうなれば、隠しようもないんだ」

父の言葉に、萄子はため息をついた。そうだった。以前、雨の日に明治神宮へ行こうとしたとき、萄子は刑事に後をつけられ、さらに週刊誌の記者にまで追いかけられた。その後、母が刑事の存在に気づいた。何も悪いことなどしていないのに、刑事に張り込まれるのは何とも嫌な気分だと、家族は日に何度かそんな話をする。父の言葉通り、萄子が動き出せば、彼らも動くことは間違いないだろう。

「だったら、その前に電話だけでもしておいた方が、いいんじゃないのか。それが嫌なら、川崎へなど行くものじゃない」

情けない、惨《みじ》めな哀《かな》しみがこみ上げてくる。これが、間接的にであっても事件に関わっているということだった。だが、警察が懸命になっていることも分かっていた。この一カ月の間には、新聞だけでなく週刊誌も何度か今回の事件を取り上げており、時勝のことは氏名までは公表されていないものの、「事件の鍵《かぎ》を握る人物」として、時には「公務員」という表現で、行方を探されていることは報道されている。

「――分かったわ。明日、電話してみます」

「それから、出来るだけ地味な服装で行きなさい。派手で目立つ服でドヤ街なんかを歩いていたら、かえって危ないかも知れんから」

「本当に行くの？　そんな物騒なところに」

母が、まだ心配そうな顔で言った。服装のことを言われて、萄子もふと不安になった。どういう格好をしていけば良いのだろうか。

「大丈夫だって。僕が一緒なんだから」

彰文が自信たっぷりの表情で、萄子たちを見回した。萄子は思わず微笑《ほほえ》みながら「頼むわね」と、わざと弟の坊主頭《ぼうずあたま》を撫《な》でてやった。彰文は、憮然《ぶぜん》とした表情で萄子の手を払いのけ、「子ども扱いするなよな」と膨れる。この弟がいることで、家族はずい分救われていた。

5

翌日の午後、萄子は彰文と二人で川崎へ行った。工場の街だとは聞いていたが、初めて降り立った川崎という土地は、駅の雰囲気からして何かしら埃《ほこり》っぽく、暗く感じられた。駅前はそれなりの賑《にぎ》わいを見せていたが、行き来する人々の多くが作業服姿の男だったり、古びたねんねこ半纏《ばんてん》を羽織った下駄履きの女だったりして、父の言葉通り、都心を歩いているような服装の人は多くなかった。どこからともなく下水の悪臭が漂っているかと思えば、消毒薬の匂《にお》いが鼻をつくときもある。見上げれば空の色さえ、晴れているのか曇っているのかも判然としない、中途半端な色に見えた。

「ドヤ街って聞けば、分かるかな」

張り切った表情の彰文が、辺りをきょろきょろと見回しながら言った。そんな聞き方をして大丈夫だろうかと、萄子は首を傾《かし》げた。父の言葉に従って、今日の萄子はハイヒールも履いておらず、スカートも地味なセミタイトで、上からは、母がもう普段用に下ろしていた、古いグレーのジャカードコートを着ている。化粧も眉《まゆ》を描いた程度にして、バッグも布製の手提げ袋という念の入れようだった。そうでもしなければ、母が外出を承知しなかったからだ。

「僕、ちょっと聞いてくる」

駅前に広がるバスロータリーのはずれに交番を見つけると、彰文は小走りに駆けていった。萄子は、その姿を目で追い、再び駅前を眺め始めた。見慣れない色合いのバスが忙しく発着しているロータリーの向こうには、いくつかの新しいビルが建ち始めていた。デパートもある。だが、その向こうには、全体に灰色と黒の印象しか受けない、重苦しい街が広がっている。

──この街に、いるの？　この風景を眺めて暮らしているの？

思わず、勝に問いかける。新聞紙が風に舞って、高くまで上っていた。足もとには、つい最近、売りに出されたとテレビでも新聞でも扱っていた、カップ酒の空き容器が転がっている。

「あっちの道を真《ま》っ直《す》ぐだって。何しに行くんだって、聞かれちゃったよ。子どもが行くような場所じゃないぞ、だってさ」

交番から戻ってきた彰文が、駅前から延びる真っ直ぐな道を指さしながら言った。

「ドヤ街って聞いたの？」

「それは、さすがに聞きづらかったからさ、公園を聞いたんだ。プー太郎がたくさんいる公園は、どこですかって」

萄子は、悪戯《いたずら》っぽい表情で笑っている弟を見た。

「それで、何しに行くって答えたの」

「家出した兄さんを探しにって。あながち嘘《うそ》でもないだろう？　お巡《まわ》りさん、『そりゃあ大変だな』だってさ。歩くと十五分か二十分くらいかかるらしいよ」

弟の言葉に、萄子は思わず笑ってしまった。やはり、一緒に来てもらったのは正解だった。

トロリーバスの架線を眺めながら歩くうち、広い通りを一本またいだ。さすがに工場街のせいか、見たこともないような大きなトラックが、もうもうと黒い煙を吐きながら連なって走っていく。

「なんだろう、やたらと人が多いな」

それは、駅を下りたときから感じていた。品川から京浜東北線に乗り換えた段階で、少しばかり雰囲気の異なる乗客が多いと思ったのだが、その大半が菊子たちと共に川崎で降り、川のように流れていく。作業着やジャンパーという、紺や茶の服に身を包んだ男たちは、そのまま昨日のテレビで観《み》た渡り労務者のようにも見えなくはない。

「ああ、分かった。あれだ」

隣を歩く彰文が、ふいに右手を指さした。

「競輪場だ。今日、競輪のある日なんだよ」

競輪というものを、菊子はよく知らなかった。自転車の競技で、競馬と同様に金を賭《か》けるのだと教えられて、菊子は「へえ」と感心した。

「アキちゃん、よく競輪なんか知ってるのね」

弟は、ふん、と鼻を鳴らして「常識だよ」と言う。

「今どき、競輪を知らない中学生なんかいるわけないじゃないか」

「そう? お姉ちゃんは知らなかったわ」

すると彰文は、さも愉快そうに笑って、そんなことだから父が心配しているのだと言う。萄子は弟を睨《にら》む真似《まね》をしながら、確かにそうかも知れないと考えていた。つまりは世間知らずだということだ。だが、これまでの萄子は、それで構わないと思っていた。家にいれば父や兄たちが守ってくれるのだし、嫁げば夫が守ってくれる。余計なことを知る必要はない、自分はただ、家族を愛し、信じていれば良いと思っていた。

——でも、もうそういうことじゃ駄目なんだわ。

自分で言い出したからには、萄子は何が何でも勝を探し当てるつもりでいた。今朝、警察に電話を入れたところ、応対に出た玉木は、川崎ならとうに調べていると答えた。それだけでなく、都内と近郊の、逃亡者が潜り込めそうなところには一つ残らず捜査の網を広げているのだそうだ。その話を聞いて、萄子は憂鬱《ゆううつ》になった。昨夜の勇んだ気持ちなど、簡単に押しつぶされそうだった。

「ところで、どうしてまた、川崎になんぞ行くつもりになったんですか。何か、ありましたか」

玉木は口調を変えて言った。萄子は、昨夜観たテレビのことは言わずに、ただ友人から、そういう場所なら逃げ込みやすいのではないかと教えられたからだと答えた。「無駄だと思いますがね」という玉木の声は冷ややかで、面倒臭そうに聞こえた。そして刑事は、「電話でもあったんじゃないですか」と新たに聞いてきた。

「お疑いになるんなら、尾行なさったらいかがですか」

つい挑戦的な口調で言うと、玉木は笑っていた。

ようやくたどり着いた公園は、だが、昨夜観たテレビのように男たちで賑わってはいなかった。確かに、公園の周囲には屋台がいくつか並んで、「おでん」「豚汁」などの暖簾《のれん》がかかっていたし、公園の裏手にある未舗装の道路には、ぼんやりとしゃがみ込んでいる労務者風の男などもいるにはいたが、数の点であまりにも違いすぎる。

「本当にここなの？」

「だって、お巡りさんはそう言ってたよ。それに、誰もいないっていうわけでも、ないじゃないか」

拍子抜けした気分で、いったん公園を横切り、再び振り返って公園中を見渡した後、萄子は思い切って手提げ袋から数枚の写真を取り出した。いつだったか、勝が家に来たときに兄が写してくれたものだ。フィルムが余っているからということで、悪戯半分に撮ってくれた写真の中で、勝は幾分緊張した面もちで、ぎこちなく笑っている。

一枚は、萄子と並んで写っており、もう一枚は、彰文も入れて三人で写っている。さらに、勝が一人で写っている写真もあった。この時は、萄子がシャッターを切った。

――怖い顔しないで、ほら、笑って、笑って！

はしゃぎながらファインダーを覗《のぞ》き込んだときのことが、今も鮮やかに蘇《よみがえ》る。勝は仕方なさそうにテーブルに肘《ひじ》をついて、少しばかり格好をつけてサイダーの入っているコップを掲げてポーズをとった。

あの時、笑いながら写した写真が、こんな形で役に立つとは思わなかった。こうなったら仕方がない。この写真を見せながら、片っ端から声をかけるより他にないと覚悟を決めた。まずは、公園の脇《わき》で屋台を出している店に声をかけることにする。

「僕が聞こうか」

彰文が心配そうに言った。萄子は、それならと写真の一枚を彰文に手渡し、手分けをして屋台を端から一つずつ訪ねることにした。

「見覚えがあるって言われたら、すぐに呼んで」

萄子の言葉に、彰文は大きく頷《うなず》き、すたすたと歩き出す。中学生の弟にこんなことをさせるのは申し訳ないと思いながら、それでも萄子は、ひょろりとした後ろ姿を、いつになく頼もしく感じた。そして自分も思い切って、一つ目の屋台に近づいた。

「――ご免下さい」

暖簾をかき分けて、恐る恐る声をかける。ラーメン屋だった。屋台の向こうに腰掛けて、新聞を読んでいた五十がらみの男が顔を上げる。

「あの、ちょっとお伺いしたいんですが」

「何だい」

「恐れ入りますが、この人、お見かけになったことはございませんでしょうか」

おずおずと写真を差し出すと、男はちらりと写真を見て、すぐに「知らねえな」と答えた。

「恐れ入りますが、知らねえよ」

男は皮肉っぽい表情で、すぐにそっぽを向こうとする。萄子は、心臓が縮み上がりそうになるのを感じながら、それでも、ここで簡単に引き下がるものかと自分に言い聞かせた。

「あの、もう少しご覧になっていただけませんか。この辺にいるはずなんですが」

「ご覧になっただろうよ、もう」

だが、男はまるで興味もなさそうに、今度は顔も上げようとしない。萄子は絶望的な気分になりながら、それでももう一度「あのう」と声を出した。すると、ラーメン屋の男はいかにも苛立《いらだ》った表情になって、きっと顔を上げた。

「知らねえって言ってんだろう？　何なんだよ、その男は。あんたを捨てた男か」

「――行方を、探しているんです」

ラーメン屋は、ふん、と鼻を鳴らした。

「だから、見たことねえって。よう、そこに突っ立ってられると、商売の邪魔になるんだがな」

まるでとりつく島がなかった。萄子は簡単に礼を言うと、そっと暖簾の外に出た。顔が紅潮しているのが分かる。動悸《どうき》がしていた。萄子は大きく深呼吸をして、今度は隣の屋台を覗いた。赤い暖簾には「おでん」と染め抜かれている。やはり、その暖簾の間から顔を出しながら、萄子は「恐れ入ります」と声をかけた。今度はラクダのシャツに腹巻き姿の、ごま塩頭にねじり鉢巻きをした男が「へえ？」と応《こた》えた。

「何だい」

「この写真の人に、見覚えはございませんでしょうか」

四角いおでん鍋《なべ》から、ほのかな湯気が立ち上っている。萄子が写真を差し出すと、おでん屋は「どらどら」と言って写真を受け取った。そして、写真を眺めながら低いうなり声を上げている。

「見たこと、ないなあ。この辺にいるって？」

「――確かでは、ないんですが」

「この辺の人はさあ、流れ者が多いからさあ。ちょっと住み着いても、また離れてくって人も、珍しくないからなあ」

「割合、最近ではないかと思うんです。ここ、一カ月くらいの間なんですが」

萄子の言葉に、おでん屋はふんふんと頷き、改めて写真に見入る。けんもほろろに扱われないだけでも、萄子には有り難く感じられた。

「そういやあ少し前に、やっぱりこれと似たような男を探してるっていうデカが来たけど。同じ人かね」

ただでさえ緊張していた心臓が、小さく跳ねた気がした。だが萄子は出来るだけ表情を変えずに、それは分からないと答えた。

「悪いねえ。分からねえな」

最後に、おでん屋は、気の毒そうに写真を戻してくれた。萄子は丁寧に礼を言い、屋台を出た。

たった二軒、聞いただけなのに、早くも、疲れ始めている。特に、最初に訪ねたラーメン屋の主人の顔と声が、頭に焼きついていた。

「今日は土曜日で、おまけに競輪も競馬もやってる日だから、こんなに人が少ないんだってさ」

別の屋台から出てきた彰文が、駆け寄ってきて言った。

「ここは平日の方が賑やかなんだって。朝早くに、手配師の人が来てね、日雇いの仕事とかを配るらしいんだ。皆、それを目当てに集まってくるから、平日の朝とか午前中の方が混んでるらしいよ」

萄子は全身から力が抜けそうな気分になった。

「じゃあ今日は、来ても無駄だったたっていうこと？」

彰文は、簡易宿泊所の立ち並ぶ地域、つまりドヤ街に行けば、仕事のない日にぶらぶらしている労務者はたくさんいるはずだという話も聞き込んできていた。

「どうしても探したいんだったら、そっちに行ったらどうかって」

やはりドヤ街に足を踏み入れなければ駄目なのか。萄子は怖《お》じ気《け》づきそうな気持ちで、思わずため息をついた。だが彰文の方は、「面白くなってきたな」と瞳《ひとみ》を輝かせている。もともと勝の仕事に興味を持っていたような少年が、探偵の真似事を喜ぶことは容易に察しがついた。萄子は、「人の気も知らないで」と弟の頭を小突き、何気なく屋台を振り返った。さっき、冷ややかな言葉しか返してくれなかったラーメン屋が、屋台の端から身を乗り出して、胡散臭《うさん》そうな表情でこちらを見ている。

「でも——知らない人から話を聞くのって難しいわね。こっちとしては、失礼のないようにしてるつもりなんだけど」

ラーメン屋に小さく会釈《えしやく》をして歩き出すと、彰文が「ねえねえ」と言う。

「まさか、馬鹿《ばか》丁寧に『恐れ入ります』なんて、やったんじゃないだろうね」

「人にものを尋ねるんだから、当たり前でしょう。言ったわよ」

途端に彰文は、大げさなくらいの声を上げて笑い始めた。晩秋の陽を浴びた公園に、健康そうな笑い声が響く。酒に酔っているのか、地面に腰を下ろして膝《ひざ》を抱えたままうなだれていた男が、「何だあ」と声を上げた。

「何のために目立たない服装で来たんだよ。こんな場所に来て、お上品ぶったって、かえって警戒されるだけだと思うよ。もっと普通に話した方がいいんじゃないかな。僕なんか『おじさん、すいません』って話しかけたら、『おう、何だよ小僧』って感じで、話してもらえたんだから」

弟の適応能力に、萄子はまたもや驚かなければならなかった。そんなものかと思いながら、萄子は見知らぬ街を歩き始めた。これから声をかける人たちには、なるべく打ち解けた話し方をしようと思った。

路面電車の通っている道を越え、一本、裏の道に入ると、日中でも陽射《ひざ》しが届かないような入り組んだ路地が延びる一角に入った。どこからともなく胸焼けがしそうな悪い油の匂《にお》いが漂ってきて、角を一つ曲がると、「天ぷら・フライ」と小さな看板が目に入る。間口の狭い粗末な店で、入り口のガラス窓には短冊《たんざく》に書かれた書きが何枚も貼《は》り出されていた。あてもなく路地を進むと、今度は古雑巾《ふるぞうきん》のようなすえた匂い、加えて下水の匂い、埃《ほこり》っぽい土の匂いなどが混ざり合って漂ってくる。辺り一面に沈殿している空気は、ほとんど本能的に人の不安をかき立て、孤独を感じさせ、そして気力を奪うように感じられた。ひしめき合う二階建ての木造家屋には、それぞれ軒先に「簡易宿泊」「ベッドハウス」「一泊二百円ヨリ」などの看板が掲げられており、それらに混ざって「酒」「めし」という看板も見られた。

「ここだ、間違いなく。ねえ」

彰文が興味津々《しんしん》の表情で辺りを見回しながら囁《ささや》いた。萄子は小さく頷いたものの、声も出せない気分だった。確かに昨日のテレビで観た風景に似ていなくもないと思う。ぽっかりと口を開けている宿泊所の入り口は、闇《やみ》のように暗く、どこからともなく青山和子の『愛と死をみつめて』が聞こえてきた。

「どうする？　どこから聞こうか」

ひしめき合う宿々のどこかに、勝がいるのかも知れないと思えば、まどろっこしいことなど抜きにして、ここで大声で勝を呼びたいくらいだ。だが、そんな興奮を自ら鎮《しず》めるように、萄子はやはり端から聞いていく方が良いだろうと答えた。

「じゃあ、手分けしていくか」

「今度は一緒の方が、いいわ。ここで別々には、動かない方がいい」

萄子が答えると彰文は「そうかな」と小首を傾《かし》げていたが、意外に素直に頷いた。いくら好奇心旺盛《おうせい》でも、どんな人間が壁の向こうにいるか分からないことを考えれば、さすがの彰文だって不安になるのが当然だ。昨日のテレビでは、確かドヤと呼ばれる宿は、六十軒前後と言っていたはずだ。それらの一軒ずつをあたるより他はなさそうだった。

萄子は早速、勝の写真を取り出して、路地の端にある簡易宿泊所から訪ねることにした。大抵の建物が、入り口を入ってすぐに「受付」などと札の貼られた小窓があって、医院の造りにも似た小窓を開けて声をかけると、誰かが応対に出てくれるという仕組みになっていた。宿によって「個室有り（二畳）」などという札が貼られていたり、上と下に分かれて異なる値段が掲げられていたりする。どの宿でも、必ず「料金は前金で」という意味のことが書かれていた。

「うちには泊まってないな」

「知らないよ」

だが、何軒訪ねても、同じ答えばかりだった。

結局、その日は三十軒も訪ねないところで陽が傾き始めてしまった。足も疲れ、身体《からだ》も冷えてきて、萄子は、ついに「帰ろうか」と彰文に声をかけた。彰文も少しうんざりした表情で、仕方なさそうに頷く。

「疲れたでしょう」

「僕は平気だけど、何だか喉《のど》が渇いたよ」

「駅まで戻って、何か飲んでから帰ろう」

頭上をカラスが飛んでいく。来たときにはひっそりしていた路地の方々から、かたことと生活の音が聞こえ始めていた。銭湯へ行くらしい労務者の姿が路地に現れ、七輪《しちりん》に火を熾《おこ》す女の姿が見受けられる。作業ズボンの裾《すそ》を臑《すね》の辺りまで折り返し、下駄履きで歩く男が、すれ違いざまにじろじろと萄子を見ていった。ただ見られるというだけのことなのに、自分がひどい辱《はずかし》めを受けているような気がして、萄子は意味もなく腹が立ち、すれ違った後で振り返り、男の後ろ姿を見た。その時、彰文が「あっ」と声を上げた。次の瞬間、足が水で濡《ぬ》れた。萄子は驚いて自分の足もとを見、次いで視線を横に向けた。

「あらあら、嫌だ。ごめんねえ」

ピンクのネットを被《かぶ》り、割烹着《かっぽうぎ》をつけた女が、ブリキのバケツを持ったまま、言葉ほどには驚いた様子もなくこちらを見ている。さっきも見た「天ぷら・フライ」の看板が目にとまった。女は笑いながら歩み寄ってくる。割烹着はシミが目立ち、その下からは臙脂《えんじ》色《いろ》のズボンがのぞいていた。萄子は慌《あわ》てて手提げ袋からハンカチを取り出しながら「大丈夫ですから」と答えた。

「店の中から撒《ま》いちゃったもんだから、見えなかったのよ。本当」

自分の襟元に巻いていた手ぬぐいを外しながら、三十五、六に見える女はまだ愉快そうに笑っていた。萄子は、あまりに屈託のない笑顔を見て、怒る気にもなれずに、自分のハンカチで足もとを軽く拭《ぬぐ》った。

「弟さん？」

その間に、女は今度は彰文を見ているようだった。萄子は「ええ」と頷いた後、ようやく姿勢を戻した。

「姉弟で泊まるところでも探しているわけ？　ここには、あんた方が泊まるような宿はないけどねえ」

「人を探しているんです」

萄子が答えると同時に、彰文が勝の写真を差し出した。夕暮れ近い路地で、女は彰文から写真を受け取り、「あら」と言った。

「この人なら、見たわねえ」

咄嗟《とっさ》に彰文と顔を見合わせ、萄子は「本当ですか」と身を乗り出した。片手にバケツを提げたまま、女はこともなげに「見たわよ」と頷く。

「そういやあ、ここんとこ見ないけど」

「間違いないんですか」

「だって、うちに何回かフライを買いに来てるもの」

女は自信たっぷりの表情で言った。

6

藤島家の前に立ったとき、韮山は思わず大きく深呼吸をした。大谷石の外塀と豊かに繁《しげ》った木々に囲まれた洋風の家は、相変わらず落ち着いて垢抜《あかぬ》けた佇《たたず》まいを見せている。冬枯れの色に変わり始めている芝生の庭は広々として手入れも行き届いており、それだけで豊かな暮らしぶりが察せられるというものだった。だが、外から見れば分からないが、この家だって、それなりの事情を抱えている。本当なら昨日、この家の長女は周囲に祝福されて嫁ぐはずだった。

チャイムを鳴らし、玄関前で少し待った後、開かれた扉の向こうから聞こえたのは、まず驚きの声だった。韮山は深々と頭を下げた。

「あら――」

「大変にご無沙汰《ぶさた》をいたしました。その節は、ご丁寧にお心遣いいただきまして、恐縮しております」

改めて顔を上げると、一家の主婦である女性は、細面の顔に困惑した笑みを浮かべながら「とんでもございません」と言う。外したばかりに違いないエプロンを畳んで持ち、何と表現するのかは知らないが、同じ色の薄手のセーターとカーディガンを重ね着した女性は、子どもの年齢を考えれば、寿々江と似たような年代に違いない。だが、未《いま》だに病院暮らしの寿々江に比べて、彼女は肌の色つやも良く、淡い色の口紅などもさしていて、この家同様、やはり小ざっぱりとして見えた。これまでに他人の家なら山ほど覗《のぞ》き、様々な人を見てきたはずの韮山の中で、小さな怒りのようなものが揺らいだ。一つの事件に巻き込まれたという点では同じでも、この家の住人は、もともと持っていたものも、失ったものも、韮山とはあまりにも違いすぎた。

「お嬢さんはご在宅でしょうか」

藤島家の女主人はふと不安そうな表情になりながら、それでも小さく頷《うなず》いた。

「お目にかからせていただくことは、出来ますか」

韮山は、真《ま》っ直《す》ぐに相手を見据えて言った。微《かす》かな逡巡《しゅんじゅん》、反射的な拒絶、だがそれらはいずれも弱々しく、韮山に届く前に消え去る程度のものだった。彼女は韮山の前にスリッパを揃《そろ》えた。玄関先で構わないと辞したのだが、藤島萄子の母親は是非にと言った。

「呼んでまいりますが、少しお待たせするかも知れませんので」

初めて、彼女の表情に苦悩の色が現れた。

「昨日が、お式の予定日でしたので。やはり、まだ動揺しておりますようで」

「そうでしたな。お気の毒でした」

口にしながら、果たして本心から出た言葉かどうか、自分でも判然としなかった。すすめられるままに靴を脱ぎ、玄関のすぐ脇《わき》にある明るい陽射しに満ちた応接間に通されても、韮山は、やはり小さな怒りを感じていた。縁談がつぶれたくらい、どうということはないではないかと思った。

萄子の母親は、韮山を応接間に通すと、「少々お待ち下さいませ」と言い残して部屋を出ていった。一人になった韮山は、不躾《ぶしつけ》に室内を見回した。

楕円形《だえんけい》のテーブルと、それを挟むように配置されたソファーには、それぞれ清潔そうなレースで縁取りされた純白のテーブルクロスとカバーがかかっており、その白が、窓辺のカーテンとよく釣り合っている。テーブルの上に置かれた大振りの灰皿はクリスタル製だろう。その脇には木製の小盆があって、同じ材質の卓上型ライターと煙草《たばこ》入れがあった。韮山は、煙草入れから銘柄の分からない煙草を取り出し、大きなライターで火をつけた。煙草は、普段、韮山が吸っている『ひびき』とは大分異なる味がした。

見回した限りでは八畳か、もう少し広い部屋だった。窓辺にはいくつかの観葉植物の鉢が並んでいて、そのうちの一つがゴムの木だということだけは、韮山にも分かった。左手の壁は床から天井までの全面が棚になっていて、百科事典が並んでいる部分もあれば、花瓶や壺《つぼ》の置かれた箇所もある。ガラス戸がはめ込まれたところには高級そうな洋酒の瓶が並んでいたし、木製の扉がついている棚もあった。恐らく注文で造らせたものなのだろう。余計な家具を置かず、モダンに見せる工夫というところか。

「お待たせいたしまして。すぐにまいりますから」

　萄子の母親がまた顔を出して恐縮したように薄く微笑《ほほえ》んだ。煙草の煙を吐き出しながら、韮山は鷹揚《おうよう》に頷いた。こちらは別段、急いでいるわけでもない。勤務中であることには変わりがないが、今現在、相棒のいない韮山にとっては、署を出てしまえば一日はまったくの自由時間だった。それも上司の計らいだ。

　窓の外にはテラスがあって、鋳物《いもの》らしい小さな椅子《いす》と丸テーブルのセットが置かれていた。その向こうに、芝生の庭が広がっている。片隅に、水撒き用に違いない水色のホースがとぐろを巻いていた。再び室内に目を転じれば、棚のない方の壁には木彫りの額に納まった油絵、数枚の絵皿、アフリカかどこかの面などが飾られている。電気の笠《かさ》は、教会などで見かけるようなステンドグラスとかいうやつだし、窓辺にも、真鍮《しんちゆう》製か、金色のひょろ長いスタンドが立っていた。そちらは乳白色の笠のついた、巨大なスズランのような印象だ。それらをぼんやりと眺めながら、ふと、奥田も幾度となく、この風景の中に身を置いたのだと思った。

　部屋の外をパタパタと歩く音がしたかと思うと、ドアが控えめにノックされた。韮山が返事をするまでもなく、藤島萄子が母親の後ろから姿を見せた。

「いらっしゃいませ。あの、お待たせいたしました」

　やはり、やつれたようだ。母親と共に韮山の前に腰掛け、膝《ひざ》の上で手を揃えた娘を、韮山は素早く観察した。本当なら今頃は新婚旅行先にいるはずだった娘は、目の下に疲れをため、暗い瞳《ひとみ》をしていた。それでも生きているだけましだと、やはり韮山は思った。

言葉少なに挨拶《あいさつ》を交わし、母親が運んできた紅茶を一口すすったところで、韮山は「それで」と切り出した。一緒に出された砂糖壺から角砂糖を二つ放り込む。ぷかぷか浮いていた薄切りのレモンを、スプーンの背でぎゅっと押した。

「捜査本部の人間から聞いたんですが、川崎へ行ってきたそうですね」

萄子は俯《うつむ》きがちのまま、小声で「はい」と答えた。全体が縄目模様になっているクリーム色のとっくりセーターは、娘によく似合っていると思う。確か、同じようなセーターをのぶ子も持っていた。

「それで、何か収穫は、ありましたか」

「――本庁の、玉木さんにお話しした通りです」

「つまり、奥田を見たという人間はいたが、奥田自身の行方は分からなかったと、そういうことですか」

萄子は落胆の表情で小さく頷く。彼女の隣に腰掛けていた母親が、そっと腰を浮かして部屋を出ていった。ぱたん、とドアの音がした後で、萄子は初めて顔を上げた。

「実は、私も韮山さんにご連絡しようかと思っていたんです」

韮山は眉《まゆ》を上下させただけで、相手の話を促した。

「私、川崎に行ってみて、よく分かりました。素人《しろうと》の、それも私のような小娘には、人探しなんて簡単に出来ることじゃないって」

萄子はそこで口を噤《つぐ》み、密《ひそ》かにため息を洩《も》らしたようだった。肩がわずかに上下して、彼女は膝に置いた手を組み合わせた。

「最初は、弟が一緒に行ってくれたので、多少なりとも心強かったんです。まだ中学生なものですから、頼りになんかならないだろうと思っていたんですが、一人で行くことは両親が許してくれませんでしたので。でも、やっぱり男の子ですし、助かりました」

だが二度目は、萄子は一人で行ったのだという。そして、酔っ払いに絡《から》まれそうになったり、言いがかりをつけられたり、怖い目に遭ったのだと言った。その上、手がかりらしい手がかりも得られず、ただ恐ろしい思いをしただけだったと言う彼女は、その時の恐怖を思い出したのか、瞳さえ潤《うる》ませんばかりの表情になっていた。

当然のことだ、と韮山は考えた。川崎のドヤ街は、東京の山谷《さんや》や横浜の寿《ことぶき》町などに比べれば、規模も小さく、町としての体裁を整えているわけではないと聞いている。

それでも、日雇い労務者がたむろする界隈《かいわい》に、こんな娘がひょっこりと顔を出せば、目立つことは間違いない。からかい半分だけでも男たちが集まってくるのは、当然のことに違いなかった。

「でも私、どうしても諦《あきら》めたくないんです」

萄子が、急に思い直したように顔を上げた。韮山は、軽く手刀を切る真似《まね》をしながら、またテーブルの煙草入れから新しい煙草を取り出した。

「探したいんです。どうしても」

萄子はそこでわずかに身を乗り出し、真っ直ぐに韮山の瞳を覗き込んできた。澄んだ、綺麗《きれい》な目をしている。確かに絶望の暗い光が宿ってはいるが、娘の目は言葉通り、意志の強さを示していた。韮山は煙草に火をつけ、深々と吸い込んだ後で、ため息と一緒に煙を吐き出した。

「奥田を信じているわけですか」

萄子は韮山から目を離さずに、ゆっくりと頷く。そのひたむきさを、韮山は好ましく思った。哀れにも感じた。だが一方では、彼女に向けるのは筋違いだと分かっていても、やはり怒りが膨らんでいく。

「お嬢さんは、奥田からうちの娘の話を聞いたことがあると、そう言っていたんでしたね」

　萄子の瞳にわずかな不安が宿った。だが彼女は、やはり「はい」と頷いた。

「どんな風に聞いておられたか、もう一度、話してもらえませんかね」

　萄子は初めて紅茶に手を伸ばして一口飲むと、考えを整理するように、唇を引き結んで宙を見つめた。

「勝さんが、韮山さんのお宅に伺うときには、いつものぶ子さんがお世話をして下さって、遅くまでお邪魔していても、お相手して下さるというようなことです」

「それだけですか」

「――韮山さんに、よく似ていらして、バスガイドをしておいでだということも聞きました」

「他には」

　彼女はわずかに躊躇《ためら》う表情を見せた後、思い切ったように、韮山からのぶ子を嫁にするつもりはないかと言われたことがあるという話も聞いたと言った。

「――それを聞いて、どう思われましたか」

「喧嘩《けんか》に、なりました。私がやきもちを焼いて」

　萄子は恥ずかしそうに目を伏せた。韮山は、若い恋人同士が些細《ささい》なことで喧嘩をし、目の前の娘が頬を紅潮させて奥田を責める様を思い描いた。奥田も頑固な男だが、韮山の見たところ、この娘にも勝ち気なところがありそうだ。原因は何であれ、ひとたび喧嘩にでもなれば、おいそれと折れそうにない。

「彼を――勝さんを、困らせました」

その時のことを思い出したのか、娘の目は遠くを見つめ、口元が微かにほころんだように見えた。それが、韮山の癇《かん》に障《さわ》った。のぶ子の件も結局は痴話喧嘩の一つに片づけられてしまったのかと思うと、無性に腹が立つ。「それで」と、韮山は萄子を改めて見つめた。

「困った奥田は、どうしました」

「その日はとても怒って、私、『馬鹿野郎《ばかやろう》』なんて言われました。でも、次の日には電話をくれて――謝ってくれました。のぶ子さんとは、本当に何でもないんだし、お父様の韮山さんは、お嬢さんの縁談をお考えだったかも知れませんが、ご本人も、そんな話は知らないはずだからって」

「それが、そうでもなかったんですな」

萄子が初めて怪訝《けげん》そうな表情になった。短時間に表情が色々と変わる娘だ。それだけ屈託なく育っているのか、素直なのか。丸い目を大きく見開き、小首を傾《かし》げて、彼女はわずかに眉をひそめている。やや面長の輪郭に、細い顎《あご》。決して派手ではないが、整った顔立ちをしている。特に印象的なのが、その丸い目だった。まるで森の中を跳ね回る、子鹿《こじか》か何かを連想させる。肩にかかりそうな髪は柔らかく波打っていて、複雑な光を放っているようにも見えた。何もかも、のぶ子と違っている。

「いや、父親である自分も驚いたくらいでね。ですが、うちの娘は——のぶ子の野郎は、奥田に惚《ほ》れてたようです」

言いながら、苦々しい思いがこみ上げてくる。その思いを紅茶で飲み下して、韮山は、信じられないといった表情のまま、その場で凍りついている萄子を見つめた。

「奥田がお嬢さんと婚約したっていう話をしたとき、それはもう泣きました。私がさっさと話をまとめないからいけないんだって、さんざん責められましてね」

「そんな——でも、勝さんはそんなこと」

「無論、あいつは知らなかった。私だって、その時に初めて知ったようなもんでね。奥田だって、気づきもしてなかったでしょう。何しろ奴《やつ》は、あなたに夢中だったんだから」

萄子の視線が宙をさまよう。明らかに混乱している。可哀想《かわいそう》なことを言っているとは思う。だが、それを言っておかないと、その後の話が続けられないのだから仕方がない。韮山は、自分の内に黒々とした、残忍な悦《よろこ》びがこみ上げてくるのを感じた。

「事件の後、私もそれなりに情報を集めたんですがね、のぶ子の奴は、どうも、諦めきれてなかったみたいなんですな」

今や、奥田の大切な婚約者は、水を浴びせられたような情けない表情になっていた。

だが韮山は、話をやめるつもりはなかった。ここからが肝心なところだ。

「何と言うか、相当に思い詰めてたふしもある。それに気づかなかった親が迂闊《うかつ》といえば迂闊ではあるんですがな。事件の日、奥田は間違いなく、のぶ子に会ってる。恐らく、のぶ子に言い寄られたんじゃないかと、私は踏んでるんですわ」

スカートの上の萄子の手がぎゅっと握られた。手の甲の静脈が白い肌から透けて見える。

「もしかすると、それが初めてじゃなかったのかも知れません。いや、むしろ前にも何度か会っていたと考えた方が、筋が通る気もするんですな」

短くなった煙草を灰皿に押しつけながら、韮山は唇を嚙《か》んでいる娘の顔を覗《のぞ》き込むようにした。

「自分の、それも、死んだ娘のことをこんな風に言うのは私だって心苦しい。だが、事実は事実として受け止めなけりゃならん。私は——のぶ子は何度か奥田に会い、あんたとの結婚を思い止《とど》まってくれとでも言っておったんじゃないかと。そう思っております」

当然のことながら、奥田は何度、言い寄られてものぶ子の申し出を受け容《い》れない。だが、のぶ子の思い詰め方は相当なもので、さすがの奥田もうんざりし始めた。とはいうものの、相手が韮山の娘なだけに、無下にも出来なかったのだろう。誰に相談することも出来ずにいるうち、奥田の中で何かが閃《ひらめ》いた――韮山がそこまで話したところで、「だからって」と萄子が口を開いた。

「だからって、勝さんが殺したって、本当にそう思っていらっしゃるんですか」

萄子は顔面を蒼白《そうはく》にして、震え出しそうな勢いでこちらを見つめている。

「奥田はね、お嬢さん、あんたや私らが思っているような、そんな男じゃなかったかも知れんのですよ」

奥田には、以前から愚連隊のような連中とつき合いがあった。その中のチンピラで伸二という名の少年を、ことのほか可愛《かわい》がっていたという。そういえば韮山も、その伸二のことで相談があると言われたことがあるのを、後になって思い出した。何か面倒なことに巻き込まれそうだとかいう話だったが、詳しい内容は聞いていない。とにかく、そういう連中と関わりがあれば、のぶ子のような娘一人をどうにかすることなど、たやすいことに違いないのだ。

「つまり韮山さんは、勝さんがそのチンピラを使って、のぶ子さんを――ああいう目に遭わせたって、そうお考えになっていらっしゃるんですか」

「現に、その伸二って奴もね、消えてるんですわ。そっちの方も今度のヤマと絡んでるかも知らんということで、八方手を尽くして探してるんですがね」

「そんな――」

「もしかすると奥田自身は、直接手を下してはいないかも知れん。伸二が、自分の仲間を引き連れて、皆でのぶ子に乱暴するように手引きしただけかもね。つまり、まともに嫁になんかいけないようにする目的で。それが、まさか殺すとまでは思わなかった。こりゃあ、取り返しのつかないことになっちまったと、奴は慌《あわ》てた。そう考えれば、行方をくらます理由も分かるでしょう」

萄子は、もはや言葉を失ったかのようだった。

――それでもあんた、生きてるじゃないか。生きてるだけで、十分じゃないかよ。目の前の娘に比べれば、不器量で、姿形も劣っていて、贅沢《ぜいたく》も知らず、男にも愛されず、そして既に骨になっている、そんなのぶ子が哀れでならなくなる。そして、その思いが、そっくり怒りに変貌《へんぼう》して萄子に向けられようとしていることを、韮山は感じていた。

長い沈黙の後、萄子はようやく顔を上げた。

「——信じません。勝さんは何があっても、人を殺せるような人じゃないはずです」

「だから、奥田が直接、手を下したとは——」

「失礼ですが」

韮山の言葉を遮ると、萄子は背筋を伸ばし、顎を引いて、きつい表情でこちらを見据えた。

「のぶ子さんがああいうことになったのは、本当にお気の毒だと思っています。犯人を恨んでおいでなのも当然です。ですが、勝さんを犯人だとお考えになるのは、筋が違うと思います」

思った通り勝ち気な娘だ。のぶ子は内弁慶だった。家では威張っているくせに、惚れた男に自分の気持ちを打ち明けることさえ満足に出来ないような娘だった。

「証拠の点で、勝さんに不利なことは分かっています。でも、絶対に何か理由があるはずなんです。私、勝さんを信じています」

萄子は真《ま》っ直《す》ぐにこちらを見つめて言葉を続けた。

「だから、どうしても探し出したいんです。本人の口から本当のことを聞くまでは、私、納得出来ません」

韮山は、また煙草《たばこ》入れに手を伸ばしながら「結構」と呟《つぶや》いた。

「じゃあ、まだ奥田を探し続けますか」

萄子の表情からすっと力が抜けた。演説をぶっていたときとは打って変わって、また気の弱い娘の顔になる。

「ですから――韮山さんに、ご協力いただけないものかと思っていたんです。せめて、相談にのっていただけたらと」

韮山は、ふん、と鼻を鳴らした。

「もちろんね、私も奥田を探すつもりではいますから、ある意味での協力なら出来ますわな。今日だって一応は、そのつもりで来たんだ。だが、同じ探すのでも、目的が違いますな」

煙が目に染《し》みた。思わず細めた目を、韮山は窓の外に向けた。

「実はね、今年一杯で警察を辞めることにしたんです。女房も今回のことで入院しましたし、こういう仕事を続けてちゃあ、自由には動けないんでね。どうせ来年には定年だったから、ほんの少し早くなるっていうだけなんですがね」

視界の隅の萄子がどんな顔をしているかは分からない。ただ、こちらを見ていることだけは感じられる。韮山は目を瞬《しばた》きながら、改めて萄子を見つめ直した。

「それに、法の番人としては、あくまでも法律に則《のっと》った方法をとらなきゃならん。それじゃあ、何かと窮屈だ。私は私の方法で、犯人に罰を与えたくなった」

萄子の顔に、はっきりと恐怖の色が浮かんだ。

「ですから、犯人が勝さんとは――」

「無関係とは言わせない。私はねえ、お嬢さん。この手で、裁きを下すことにしたんですよ」

萄子がこちらを凝視している。目を大きく見開き、信じられないといった表情で言葉を失っている。韮山の指先で、煙草が灰になっていった。少しの沈黙の後、萄子の瞳が落ち着きなく揺れた。

「――勝さんは、韮山さんを尊敬しています。よく、韮山さんの話をしてくれました。そんな勝さんが、のぶ子さんを傷つけるような真似をするはずがありません。もしも――もしも、のぶ子さんが、たとえば私との結婚を取りやめて欲しいというようなことを言ったとしても、そのことで嫌だと思っても、のぶ子さんのことだけじゃなく、韮山さんのことを考えないはずがありません。自分が刑事であることを、忘れるはずがありません」

萄子は苦しげな表情で言葉を続ける。韮山にだって分かっていた。のぶ子さえ、奥田を好きにならず、またはあっさりと諦《あきら》めていれば、この娘は何の不安もなく、今頃は奥田の姓を名乗ってバラ色の新婚生活を始めていたはずなのだ。そういう意味では、この娘にとっては、悪いのは、のぶ子なのかも知れない。だが、たとえそうであったとしても、のぶ子が支払わされた代償は、あまりにも高すぎた。

7

萄子の胸に切なさがこみ上げていた。同性として、のぶ子が哀れに思え、その一方で、改めて憎くも思えた。乱暴され、殺された女性に対して、そんな風に感じることは、ひどく不謹慎に思えたが、のぶ子さえ勝を好きにならずにいてくれたら、または諦めてくれていたら、こんなことにはならなかったのではないかという思いが、頭の中で渦巻いている。

「私、韮山さんなら、私よりもずっと勝さんを理解しておいでだと思っていました。私の知らない勝さんをたくさんご存じでしょうし、きっと、私には思いつきもしないような手がかりを、きっと見つけていらっしゃるんじゃないかと思っていたんです」

韮山の表情は相変わらずまるで動くことがない。萄子は自分が喋《しゃべ》りすぎているだろうかと不安になりながら、それでも、何としてでも理解してもらいたい、自分の考えていることを伝えたいのだと思い直した。

「生意気なことを申しますが、冷静に、お考えいただけないでしょうか」

わずかな表情の動きでも見逃さないつもりだ。だが、韮山は指先まで焦《こ》げそうになっている煙草にさえ気も留めない様子で、ただ黙っている。その沈黙が恐ろしい。勝だけでなく萄子まで、犯人の一味だと思われているのではないか、勝を憎むだけでは足りずに、萄子まで憎んでいるのではないかと思えてくる。

「私は冷静ですよ。お嬢さん。冷静に考えて、結論を出したんだ。私は、この手で裁きます」

生まれて初めて、本物の恐怖が身体《からだ》の奥底から広がりつつあった。

——この刑事は本気だわ。

微動だにしない小さな瞳《ひとみ》は、獲物を狙《ねら》うようにじっと動かない。そこには温《ぬく》もりも、感情も、何一つとしてこもっていないように見えた。裁くという言葉は、そのまま勝を殺すつもりであることを意味していることが萄子には理解出来た。たとえ被害者の立場にいても、韮山だけは味方になってくれるのではないか、協力してくれるのではないかと考えていたのに、萄子は、またしても自分の甘さを思い知らされた。

仕方がないのだろうか。萄子は冷めきった紅茶に目を落とし、韮山に協力を求めることは諦めなければならないと自分に言い聞かせた。だが、それでも刑事を辞めるという男の、復讐《ふくしゅう》の決意だけは、何としてでも翻《ひるがえ》してもらいたい。それも、勝を犯人と決めつけての。

「——勝さん、可哀想です。何があったにせよ、会って話せば、きっと事情が——」

「お嬢さん」

初めて韮山の表情が微《かす》かに動いた。喉《のど》の奥に引っかかるような嗄《しわが》れ声の刑事は、身を乗り出して萄子の顔を上目遣いに見つめてくる。薄くて短い眉《まゆ》の下の、二つの小さな目は、深い皺《しわ》に囲まれていた。白目の部分がわずかに充血している。

「可哀想なのは、のぶ子なんですよ」

萄子は言葉に詰まり、目を伏せた。泥のついた靴で、この家の玄関先に立った韮山の姿を思い出す。彼は、萄子が勝を失ったのと同じ頃に、血を分けた娘を、それも永遠に喪《うしな》ったのだということが、改めて重くのしかかってくる。この人の悲しみや苦しみは、今、萄子や、または萄子の家族が抱えているものよりはるかに癒《いや》し難い。かつて勝が「典型的な」刑事だと評していたことのある男は絶望し、仕事さえ捨てて、誰かを恨むことでだけ生き続けようとしているように見えた。

「誰が何と言っても、一番、可哀想《かわいそう》なのは、のぶ子なんだ。いいですか、お嬢さん。何度も言うが、奥田の定期入れには、のぶ子の指紋はついていなかった。どういうことか分かりますか」

「——のぶ子さんは、その定期入れに触っていないということです」

韮山はゆっくりと頷《うなず》いた。そこで初めて気がついたように、燃え尽きかけた煙草を灰皿に押しつける。

「つまり、あの現場には奥田もいた可能性があるということなんだ。それは間違いがない」

「ですが、だからと言って——」

「いいですか」

韮山の目が微かに細められた。まるで、今にも飛びかかってこられそうな気がして、萄子は身のすくむ思いで、それでも懸命に刑事の視線を受け止めた。

「たとえば何者かに奪われたということなら、奴《やつ》が行方をくらます必要はない。つまり、ちゃんと説明できないから消えたんでしょうが。じゃあ、そりゃあ、どういうことだ。たとえ、犯行そのものには無関係だったとしてもですよ。奴は、のぶ子が乱暴されて、挙げ句の果てに殺された事実を知っている。何らかの関わりを持っている。もしかすると、あの場所にいて、一部始終を見ていたかも知れん。何もしていない、知らないというんなら、次の日も普通に仕事に出てくるはずだ。そうでしょう」

「それは――」

「あいつはその辺の勤め人とはわけが違う。あれだけ立派な身体をした、しかも、デカなんだ。ねえ？　それが、どうして止められなかった？　どうしてのぶ子を見殺しになんかしたんだ、ええ？　あんた、あいつは私を尊敬していると言った。仕事仲間だからね、私ら、相棒だから。私だって、あいつのことを買っていたからこそ、のぶ子の亭主にどうかとまで考えてたんだ。その野郎が、どうしてのぶ子を守りきれなかったんだ！　たとえ、じかに手を下さなかったにしても！」

韮山の声が、室内の空気と、萄子の全身を震わせた。萄子は、何度も飲み下していた涙が、ついに溢《あふ》れ出て視界をぼやかすのを、もう止めることが出来なかった。この人の娘は殺された。その現実は、どうやっても取り繕うことなど出来ず、目を背けることも出来ない。韮山には、もはや何の言い訳も通用しないのだということが、痛いほど強く感じられた。

「――それだけでも、私は奴を絞め殺してやりたいと思うんです。どうしようもないんだ。理屈じゃあ、ないんです」

そこまで言うと、韮山は初めて疲れた表情になって、ソファーに寄りかかり、天井を見上げた。ぼやけた視界の中で、老いの気配を見せ始めている韮山の首筋が、萄子の胸をえぐった。

控えめなノックの音がして、心配そうな表情の母が顔を出した。途端に韮山は「いや、お邪魔しました」と穏やかな声に戻って言った。

「私の知っていることはお話ししました。どうです。とにかく見つかるまで、協力するとしますか」

萄子は指先で涙を拭《ぬぐ》い、一つ深呼吸をしてから、再び無表情に戻っている刑事を見つめた。

「お嬢さんが、奥田から直接、事実を聞きたいというのなら、それもいいでしょう。だが、条件がある」

「条件、ですか」

「その後は、彼のことは私に任せると、約束してもらいます」

「任せるって。それは——警察に、という意味ではないんですよね」

韮山が初めて口元を歪《ゆが》めた。笑っているのかどうかも判然としない、奇妙な歪め方だった。

「さっきも申しましたが、私は今年一杯で公僕ではなくなりますんでね」

韮山は、萄子の隣に座った母の方をちらりと見た後、にやりと笑った。萄子は恐怖と不安で目眩《めまい》さえ起こしそうな気分だった。この人が萄子よりも先に勝を見つけてしまったら、勝は逮捕されるよりもなお悲劇的な目に遭うだろう。問答無用で殺される。韮山は本気に違いなかった。

「それなら――私は私で、探すことにします」

韮山は腰を浮かした。最後にもう一本、卓上の煙草入れから煙草をつまんだ後で、

「そう言うだろうと思いましたよ」と言う。その口元に、またもや皮肉な笑みが浮かんでいるのを見て、萄子は心細さに今度こそ泣きたくなった。敵に回った。唯一《ゆいいつ》の味方になってくれると思っていた人が、最大の難敵になった。

「では、まあ、お互い頑張りますか」

母に軽く会釈《えしやく》しただけで玄関に向かう韮山の後ろ姿は、やはり小さくて、初めてこの家に来たときと比べると、ずっと貧相に見えた。

「何か、大声を出してたんじゃないの？　刑事さん、何だって？　公僕でなくなるって、どういうこと？」

韮山を送り出し、玄関の扉を閉めた母は、振り返るなり口を開いた。萄子は、何から話せば良いのかも分からないまま、心配そうな表情の母を見、絶望的なため息をついた。どうする、どうすると自分の中で声がする。自分が何をどうすべきなのか、まるで分からない。

とにかく、いてもたってもいられない。それから二十分後には、萄子は家を飛び出していた。胸が苦しい。地団駄を踏みたいような焦燥感だけが、萄子を突き動かしていた。混乱した頭の中で、ただ一つ分かっていることがある。とにかく、韮山よりも先に勝を見つけなければならないということだ。何が何でも、勝を韮山に見つけさせてはいけない。そうでなければ、勝の身が危ないばかりでなく、韮山までが犯罪者になってしまう。萄子は夢中で電車を乗り継ぎ、川崎へ向かった。目指したのは、あの総菜屋だった。

駅前に立ち、迷うことなく市電通りを抜けて路地に入る。方々に水たまりの跡の残る細い道は、埃《ほこり》っぽく乾ききっており、冷たい風が吹き抜けていた。いつでも悪い油の匂《にお》いを近所に振りまいている、ドヤ街の片隅の総菜屋に躊躇《ためら》いもなく飛び込む。萄子を迎えたのは、以前、萄子に水をかけた女の声だった。この前、一人でここへ来て、路上で酔っ払いに絡《から》まれたときも、萄子はこの店に逃げ込んだ。

「まぁた、あんたなの?」

「度々、申し訳ありません」

萄子は、店の奥でじゅうじゅうという音をさせながら揚げ物をしている女に大きな声をかけた。女も大声で「ちょっと待ってて!」と言い、きつね色を通り越した色のフライを鍋《なべ》からすくい上げている。萄子は足踏みしたい気持ちで、女の手が空くのを待った。

「まだ見つからないの? 諦めてないわけ、ええ?」

ようやく萄子の前に来た女は、全身に例の油の匂いをまとっていた。

「何回来たって同じよ、もう。プー太郎同士でなら、何か喋り合ってるかも知れないけどねえ。どのドヤに泊まってたかだって、私、知らないしさあ」

それは前にも聞いていた。だが、ここより他に頼れる場所がないのだ。萄子は、すがりつくような思いで女を見た。

「写真、お預かりいただきましたよね?」

そこまで言って、以前、弟に注意されたことを思い出した。馬鹿《ばか》丁寧な口調は、かえって相手に警戒される。実は、先週一人で来たときには、その言葉遣いで失敗したと萄子は思っている。すれ違いざまにぶつかりそうになった相手に、丁寧に詫《わ》びを言った。それが、酒に酔った労務者には、無性に癇《かん》に障《さわ》ったらしいのだ。「馬鹿にしているのか」と凄《すご》まれ、にじり寄られて、萄子は道理の通らない戸惑いを覚えつつ、結局は後ずさりして逃げることになった。

「あれ、誰かに見せてもらえましたか？」

「あれねえ、ああ、ちょっとは見せたけどさあ」

女は、釣り銭の入った小引き出しなどが置かれている、全体に油染みた棚から、懐《なつ》かしい勝の写真を取り出した。とにかく人に見てもらうために、萄子は同じ写真を何枚も焼き増ししてあった。

女が「でもねえ」と言いかけたとき、ボアつきのジャンパーを着た男が「よう」と店に入ってきた。途端に女は「お帰り！」と威勢の良い声を張り上げる。男は、萄子を一瞥《いちべつ》した後、ニッカーボッカーのポケットに片手を入れながら、「あじフライ二枚」と言った。と言った。女はいそいそと動き始めた。

「今日は早かったじゃないの」

男は、萄子など見えていないかのように、今日は仕事が早く済んだのだと答えている。そして、女が安っぽい包み紙であじフライをくるむ間、ガラス製の商品棚の中を覗《のぞ》き込み、さらにコロッケを一つ注文した。萄子は狭い店の端に寄り、控えめに二人のやり取りを眺めていた。

「ああ、あんた、この人、見たことないかしらね」

女は萄子の視線に気づいたように男に写真を見せた。男は小首を傾《かし》げて写真を覗き込んでいたが、こともなげに「こいつね」と口を開いた。

「奴なら、もういねえよ。先月か？ 出てったの」

あっさりと答える男の横顔を、萄子は思わず穴のあくほど見つめてしまった。女は萄子の方をちらりと見た後で、「そうだわよねえ」と頷いている。

「どこ行ったかなんてさ、知ってる人、いないもんかしらね」

「どっかの温泉町じゃねえか？ ごんが怪我《けが》ぁしてたし、湯治がてら仕事にありつけるっていやぁ温泉町だろうなんて話したからよ」

「怪我をしてたんですかっ」

つい口を挟んだ。男は驚いたように振り返り、警戒心を露《あら》わにした表情で萄子の全身を眺めた。男性の年齢というものが、萄子にはよく分からない。ただ、三十代であろうということくらいは何となく分かった。

「この人さあ、知り合いなんだって。この前から、ちょこちょこ来ちゃあ、探してんのよ」

総菜屋の女が助け船を出してくれた。男は「ふうん」と頷き、女から釣り銭を受け取った。萄子は、男がそのまま店を出ていってしまったら困ると考えながら、男を見守っていた。

「ヤツねえ、怪我ぁ、してたな」

ところが彼は俯《うつむ》きがちのまま、再び口を開いた。彼は、勝は背中に怪我を負っていて、傷口は癒《い》えていたが痛みが残っているようだったと話してくれた。

「この辺で見つかる仕事ってえのはキツいのばっかだから、しんどかったんじゃねえかな。だから、俺が教えてやったんだ。温泉場なんか、どうだって」

「どこか、心当たりの温泉があったんですか？」

「ねえよ。温泉ならどこだっていいじゃねえか。だけど、まあ、職にもありつけるっていやあ、そう辺鄙《へんぴ》な湯治場じゃあ無理だよな」

萄子は胸の高鳴りを感じていた。先月の八日以来、ぷつりと切れてしまっていた勝との糸が、初めてつながろうとしている。たった二週間程度のつき合いだったが、簡易宿泊所で同じ部屋に泊まっていたというその労務者は、ドヤにも仕事の取り方にも不慣れらしい勝の世話を何くれとなく焼いてやったらしい。そのうち、彼が人目を避けているらしいことも、何となく感じたと言った。男は決して萄子の方を見ようとせず、総菜屋の女主人に向かってばかり話していた。

「別に珍しいことじゃねえしな。けどよ、こういう場所は意外に目立つんだ。何かあったらサツが真っ先に目ぇつけんのはドヤだし、奴《やっこ》さんたちゃ自分たちの情報屋を飼ってるからな」

つまり、勝が発見されなかったのは幸運だったということか。萄子は、複雑な心持ちで男の話を聞いた。とにかく勝は生きて、どこかの温泉町にいる。それが分かっただけで嬉《うれ》しかった。

「でも、温泉町っていうだけじゃあねえ」

総菜屋の女がため息混じりに呟《つぶや》いた。

「その気になって探しゃあ、すぐに見つかるんじゃねえか。だから、こいつもすぐに追いかけていったんだろうしさ」

「え——追いかけてって、この人が、他の誰かのことを、ですか?」

萄子が驚いて聞くと、男は初めてまともに萄子の方を見た。

「だから、俺が世話ぁしてやってたっていうのが、いるだろう?」

「その、背中に怪我をしていたっていう——」

「そうそう。そいつが出てった日に『どこへ行った』って聞いてきて、後を追っかけてったのが、この男だって。ドヤは違うけど、仕事場じゃあ二、三回かな、会ってたからよ。俺、そう言わなかったか？」

頭が混乱する。どういうことなのか、まるで分からなくなった。萄子は自分の聞き方がまずかったのだろうかと、もう一度最初から男の説明を聞き直した。

「怪我をしていたのは、いくつくらいの人ですか」

「二十歳かそこいらじゃねえか。ガキだ、ガキ」

萄子の中に一つの名前が浮かんだ。仲二。さっき、韮山が口にしていたチンピラではないのだろうか。勝は仲二と一緒なのか。共に行動しているのだろうか。だが、それにしては男の説明は少し不自然だった。

「その、二人は親しい様子でしたか？」

男は陽焼けした顔を傾げて見せ、知らないと答えた。

「ここの連中はな、他の奴らのことは、そう聞きてえと思わねえのよ」

「同じ宿に泊まってたわけじゃないんですよね？」

「違うドヤだな。仕事だって違ってた」

「その若い人は、名前は何ていいました？」

「だから」とわずかに面倒臭そうな顔つきになった。

「さっきから言ってる、ごんだ。ごん」

伸二とごんとでは、あまりに違う。では違う相手なのだろうかと考え始めた萄子に、男は、ドヤでは本名など関係ないのだと言った。皆が適当にあだ名で呼び合っているのだと。

「とにかく、温泉よ。あんた、温泉」

総菜屋の女が口を挟んだ。

「温泉町、探してごらんて。ねえ?」

「温泉町っていっても――」

つい心細さに、すがるような思いで自分とは無縁の世界の住人に見える男女を、萄子は交互に見た。彼らも難しい表情になって「そうだなあ」と唸《うな》っている。彼らに聞いても、これ以上の情報は得られないことを悟らなければならなかった。萄子は二人に礼を言って総菜屋を後にした。

再び路地に立つと、サンマを焼く匂いが辺りに漂っていた。一日の仕事を終えたらしい男たちが次々に帰ってくる時間だ。軒先の提灯《ちょうちん》や居酒屋の看板に灯がともる。萄子は二度と怖い思いをするまいと、俯きがちなまま、足早にドヤ街を後にした。

第三章 飢餓海峡

1

師走《しわす》に入る頃から、風邪が流行《はや》り始めた。今年のインフルエンザはB型だと報道され、母は彰文《あきふみ》や蓟子《とうこ》にしつこいほど「うがいをしなさい」と言うようになったが、数日後には母自身が熱を出した。蓟子の記憶する限り、寝込んだことなど一度もなかった母が寝室に引きこもると、家の中はそれだけでひっそりと淋《さび》しく感じられた。

「しょうがないな。疲れもたまってたんだろう」

暮れに向かって帰宅の遅い日が続くようになった父は、蓟子の手料理で晩酌をしながら、ため息混じりに呟《つぶや》いた。それは蓟子も十分に承知していたし、申し訳ない気持ちにもなっていた。布団《ふとん》に横たわる母は、いつになく小さく、弱々しく見えた。蓟子は、母が確実に年齢を重ねているという事実に初めて気づいた。

「まあ、ゆっくり休めばいい」

そういう父自身、このところ疲れた顔をしていた。

父の仕事には現在のところ、さほど深刻な影響はないという話だが、オリンピックが終わった途端、方々で不況という言葉が聞かれるようになっていた。東京発動機、日本特殊鋼、品川製作所などといった大企業が、倒産、または整理という事態に陥っており、中小企業の倒産は増加の一途をたどっていると、新聞でもテレビでも報道されている。来年は、恐らくもっと深刻な不況に見舞われるだろうというのが、このところ父の口癖になっていた。

「お父さんは、大丈夫なの？　この頃、ずっと忙しいみたいだけど」

「大丈夫に決まってるさ。それに、こう忙しいと、風邪なんかひいてる暇がない」

こうして父と二人だけで話をすること自体、珍しいことだった。彰文は自分の部屋で勉強していたし、萄子は一人で箸《はし》を進める父の前に座り、他愛《たわい》ない会話を交わしながら、ふと、韮山《にらやま》のぶ子のことを思った。病弱な母親に代わって、いつも父親の世話をしていたという彼女は、常にこんな風に韮山と向き合っていたのだろうか。そこに、時には勝《まさる》も加わっていた。二度と再現されることのない光景を思いながら、今頃、あの刑事はどうしていることだろう。

「こりゃあ、なかなか旨《うま》いな」

「そう？　お母さんとは味が違うでしょう」

「いや、でも旨いよ」

料理は嫌いではないとはいえ、家にいればつい母に甘えて、クッキーやケーキを焼く以外は、せいぜい食卓に一品を増やす程度しか台所に立ったことのなかった萄子の料理を、父はいちいち「旨い」と言ってくれる。だが、そうして目を細められるほど、萄子は余計に切ない気持ちになった。本当なら今頃は、新居の小さな台所に立ち、夫のためにおさんどんをしているはずだった。

「お母さんが元気になるまでは、あんまり出かけないでいるんだろうな」

ふいに父が言った。

萄子は小さくため息をつきながら「そうね」と頷《うなず》いた。本当は、すぐにでも勝を探しに行きたいのだ。何も、よりによってこんな時に寝込まなくても良いではないかと、高熱で苦しんでいる母に対してまで、つい恨めしい気持ちを抱きそうになる。だが、では一体どこへ行けば良いのか、それ自体が決まっていなかった。勝は川崎から消えてしまった。分かっている事実はそれだけだ。どこかの温泉町を目指したに違いないという話でさえ、全面的に信じて良いものかどうか判然としてはいない。

「これから押し詰まってくると、物騒になる。特にこんな不景気な年には、スリやかっぱらいが増えるから、母さんのことがなくても、年内はもう下手な場所へは出かけないことだ」

父は手酌でビールを飲みながら、ゆっくりと言った。物騒、というひと言が、萄子の中で大きく膨らんだ。

「そんなに増える、かしら」

「追い詰められたら、誰だって必死になる。終戦の頃のことを、萄子はあまり覚えていないかな」

「何となくは覚えてるけど——」

「あの頃だって闇市《やみいち》辺りじゃあ、物騒なことはしょっちゅうだったさ。特に、お父さんたちみたいに復員してきた連中の中には、気が荒《すさ》んでる連中も少なくなかった。やっと生きて帰ったって、家も家族も、何もかもなくした人たちが山ほどいたからね」

そんな中へ、母は毎日のように買い出しに行っていたことを思い出す。一人で未知の場所へ足を踏み入れる緊張と不安を、萄子は川崎で学んでいた。幼かった萄子たちのために、母がどれほど必死でいたか、今になって分かる気がした。

「また、あんな風になるのかしら」

萄子の言葉に父は軽く笑った。不況とはいっても戦争ではない。ここまで復興を遂げた東京が二度と再び焦土と化すことなど考えられないし、景気には必ず波があるものだというようなことを、父は語った。

「人生も景気も似たようなものだ。下向きの時は、どれだけ辛抱出来るか、目標を忘れないか、そして独自性を発揮出来るか、じゃないかな」

父が、萄子に向かってこんな話をしてくれたのは初めてのことかも知れなかった。兄や彰文とは政治や経済の話をすることがあるが、萄子は最初から、そんな話を聞く気にもならなかったし、世の中の動きになど、ほとんど関心はなかった。ことに人生などというひと言を、父は萄子の前で口にしたことはなかったと思う。

「今、萄子は辛抱の時期なんだろう。ここから、どういう道を歩み始めるか、何を目指すかは、萄子の心持ち次第というところだ」

「私は――今は彼を探すことしか考えられない」

父はじっと萄子を見つめた。

「何年かかっても、か」

萄子は、ゆっくりと頷いた。

「自分が納得出来るまでは、諦《あきら》めたくない。それに、このまま何もなかったみたいに涼しい顔をして、お見合いで結婚して、私が幸せになれると思う？　気持ちに決着がついてないまま、他の人の奥さんになんか、なれると思う？」

実は、萄子の結婚が白紙に戻ったことを知った父の知人から、早くも見合い話が舞い込んできていることを、萄子は知っていた。早く気持ちを切り替えさせたいという大人たちの考えは、だが、萄子にはひどく無神経なものにしか感じられなかった。父はビールの残りを飲み干すと、やれやれといった表情で深々と息を吐き出した。

「何も、すぐに他の男と一緒になれとは言ってないさ。まあ――やってみることだ」

諦めとも、励ましともつかない言葉だった。萄子は頰杖《ほおづえ》をついたまま、テーブルに目を落とした。

「そのつもりではいるけど。でも、手がかりがなさすぎることは確かなのよね」

改めて調べてみると、日本には実に温泉が多い。萄子でさえ名前を知っている温泉地だけでも、十や二十ではきかないし、さらに小さな温泉地となったら、もう数え切れなかった。

「新しい手がかりでも摑《つか》めない以上は、もう動きようがないわ」

「警察が総力を挙げても見つからない相手を探すんだ。そう簡単なはずがないさ」

「そうだけど――」

「萄子」

改めて名前を呼ばれて、萄子は顔を上げた。父の表情は悲しいのか嬉《うれ》しいのか、または怒っているのかも分からない、ただ静かなものだった。

「愚痴を言うなら、やめることだ」

「愚痴なんて。私はただ――」

「父さんも、お母さんだって、本当は萄子に今みたいな真似《まね》はさせたくないと思っている。いわば黙認している形なんだぞ。本心を言えば、あの男のことは金輪際、名前だけでも聞きたくないし、思い出したくもないというのが本当のところだ」

父までそんなことを言うのかと、萄子は情けなさと同時に腹立たしさを覚えた。もう少し、味方になってくれても良いではないか、知恵を貸してくれても良いではないかと思った。

「あの刑事だって、言っていたんだろう。たとえ、娘を殺したのが勝くんじゃなかったとしても、傍にいたというだけでも許せないって」

韮山の顔を思い浮かべながら、萄子は仕方なく頷いた。父は、「そういうものだ」と言った。

「これまで怪我《けが》一つさせず、傷一つ与えないように育ててきた娘の気持ちを踏みにじった、人生を狂わせたというだけで、父さんたちは彼を許せんと思ってる」

父は、押し殺した声で、ゆっくりと呟いた。

「それでも諦めたくないというのなら、愚痴は言わないことだ。辛《つら》いのなら、やめればいい。父さんたちは、むしろそうして欲しいと思ってるんだから」

箸を置くと、父は「ご馳走《ちそう》さん」と言い残して席を立った。萄子は、疲れて見える父の背中に「お粗末さま」と声をかけ、自分ものろのろと立ち上がった。汚れた食器を洗いながら、改めて父の言葉を嚙《か》みしめる。心配してくれているのは分かっていた。だが、両親も傷ついていたのだということには、まるで思いがいかなかった。

——あなた、本当に味方がいなくなったのよ。ただの一人も。

洗い桶《おけ》の中で食器をこすりながら、勝に向かって話しかける。皆に信頼され、慕われ、頼りにされていたはずの勝が、瞬《また》く間に世界中を敵に回した。こんな不思議なことがあるだろうか。何のために、彼はこれまで築いてきたすべてを捨て去らなければならなかったのだろう。萄子は、どこまで彼を信じ続けていかれるだろうか——。

だが、何度考えても、やはりどうしても諦めたくはなかった。両親を傷つけ、心配させていると分かっても、自分で納得出来るまでは勝を探し続けたいのだ。第一、萄子が先に見つけなければ、やがて韮山が彼にたどり着くだろう。刑事を辞めると言っていた韮山の顔を思い出す度、萄子の中では、彼の印象は次第に復讐《ふくしゅう》の鬼のようになり始めている。

とにかく、すべての温泉地に直接出向くことが無理ならば、せめて電話をかけて調べることだけでも出来ないものだろうかと思いついたのは、翌日のことだった。買い物のついでに駅前の小さな書店に寄って、交通公社が出している時刻表を買い求め、萄子は母が寝込んでいるのを良いことに、時刻表の巻末に出ている旅館の一覧を見て、思い切って受話器を取り上げた。一〇六をダイヤルし、見知らぬ土地の温泉宿の名前と、局番もない三桁《みけた》の電話番号を告げる。萄子が最初に選んだのは北海道の川湯温泉にある宿だった。

「電話を切ってお待ち下さい」

電電公社の女性が事務的な声で言う。萄子は素直に受話器を置き、不思議な気分で黒い電話機を見つめていた。こんな遠くの、しかも見知らぬ相手に電話をするのは初めてのことだ。だが、やってみればどうということもない。やがて電話が鳴り、受話器を取ると先ほどと同じ女性の声が「お話し下さい」と言った。萄子は緊張しながら「もしもし」と話しかけた。「はいはい」と聞こえたのは、のんびりとした男性の声だった。

「つかぬことをお伺いいたしますが、そちらで最近、東京から来た男性をお届いになりませんでしたでしょうか。二人連れかも知れないんですが」

少しの沈黙の後で、「はあ？」という、何とも頓狂《とんきよう》な声が聞こえた。

「お宅は？　どなたさん？」

菊子は緊張しながら受話器を耳に押し当てた。

「あの、東京からかけている者なんですけれど」

「東京って！　へえ！」

「あの、それで――」

「本当に東京からかね。オリンピックやった？」

「そうなんです。あの、ですから」

「誰が、こっちに来てるんだって？」

「男の人なんですが、二十九くらいの」

「名前は？」

「名前は――ちょっと分からないんです」

声の感じからすると、相当に年輩の人かも知れなかった。その人は受話器を押さえることもせずに「おおい」と誰かに話しかけている。東京から来た男なんて、いたかな。ええ？　東京だって、東京。ああ？

「いつ来たのかね」

ふいに声が近く聞こえた。萄子はこの一カ月ほどの間だと答えた。男はまたもや他の誰かに話しかけ、今度は「お客さんかね」と言い出した。

「いいえ、従業員です。そういう人を、お雇いにはなっていらっしゃらないですか」

「うちは雇ってないけど。東京から来たなんてえ男の人が、この辺にいたかなあ。聞いてみようか？　だけど、見かけてもいねえしなあ」

萄子は慌《あわ》てて、それには及ばないと答えた。その間にも、やはり受話器の傍では誰かが話しかけてきているらしい。電話線を通して、自分とは無縁の世界が開けている。そこに、見知らぬ風景に囲まれた、見知らぬ人たちの生活があるのだと思うと、やはり、何とも不思議な気分になった。

「いるようだったら、連絡してあげようか？　お宅さんは？　急ぐのかね」

親切な温泉宿の人に、萄子は丁寧に礼を言い、それには及ばないと言って電話を切った。片端から電話してみるつもりだったのに、たった一軒で、もう疲れてしまった。それに、このやり方には問題があることに、この段階になって気がついた。勝の名前を明かすわけにはいかないことと、万が一、勝が潜り込んでいる宿に行き当たったとしても、自分の居場所を突き止められたと分かったら、彼はまたすぐに行方をくらましてしまうかも知れないということだ。それではまったく無意味になってしまう。

つまり、せっかく考えついたが、名案とは言えないということだ。

もう一度、川崎へ行ってみようか。そして、もう少し具体的な話を聞き出せないものだろうか。だが、母が元気にならないうちは外出も出来ないし、父の言っていた「物騒」という言葉も引っかかっている。頭の片隅では今夜の献立を考えなければと思いながら、萄子はひたすら勝に話しかけていた。私、どうすればいい？　あなたは、私にどうして欲しいの？　本当に忘れて欲しいと思ってる――？　苛立《いらだ》ちばかりが募っていく。

こんなことならば、いっそ「嫌いになった」とでも言ってもらった方が、まだ救われたのだ。そう考えると無性に腹立たしかった。初めのうちは傷ついても、きっとさっさと忘れて、今頃は立ち直りのきっかけだって掴んでいたかも知れない。自分も周囲の人たちと一緒に勝を非難し、「裏切られた」「だまされた」と言って、彼を憎むとだって出来ていたかも知れないのだ。切なさと共に、萄子の中にはそんな気持ちが膨らみ始めていた。

家には歳暮を持って訪れる客が増え始め、出入りの米店からは、今年の餅《もち》つき料はキロあたり八十円になるという知らせが来た。商店街では歳末の福引きセールが始まったし、そろそろ慌ただしい雰囲気になってきた頃、ようやく母が床を離れた。食欲も戻り、顔色も良くなった母は、萄子がいたお陰で安心して休むことが出来たと嬉しそうに言った。

「やれば出来るんだもの。これからは、もっとあてにしていいわね」

あまり頼りにされて病弱になられては困る。それに、すぐに旅立つ可能性もあることを考えて、萄子はわざと優しい言葉をかけないことにした。

「嫌よ。私、向いてないなって感じたもの」

「そんなこと言って――」

何か言いかけて、母は思い直したように口を噤《つぐ》んだ。

「お嫁にいったら、わがままは言っていられない？　大丈夫よ、当分、いったりしないから」

家庭内に禁句が生まれるのは嫌だった。母は小さくため息をつきながら視線を逸《そ》らしてしまった。父からも萄子の決意については聞いているのに違いない。敢《あ》えて触れようとはしない分だけ、母の中で様々な思いが渦巻いているのが萄子にも分かった。

「でも、お買い物ならつき合うわ。ほら、寝込んでた分、これから大変でしょう？　お歳暮のことも考えなきゃならないし、お正月の支度もあるし。ああ、ついでにね、私、新しいコートが欲しいな」

明るい口調で話題を変えた。母は困ったような笑みを浮かべながら「そうね」と答えた。

特に何もしなくても、日々は流れるように過ぎてゆく。萄子とは無関係に、世の中は動いていた。

スモッグという言葉が、毎日のように新聞に載るようになっていた。羽田では視界が落ちて、飛行機が引き返すようなことにまでなっている。京都ではサリドマイド児の両親が訴訟を起こした。流し台メーカーのサンウエーブ工業が、会社更生法の適用を申請した。国鉄スワローズの金田正一投手が、読売巨人軍へ移籍した。そして、昭和三十九年は終わりを迎えた。

大晦日《おおみそか》の夜、萄子は自分の部屋で一人で除夜の鐘を聞いた。静まり返った夜の闇《やみ》に、ごおん、ごおん、と鐘が響く。記念すべき年になるはずだった。まさか、こんな気持ちで年を越すことになろうとは、つい三カ月前には思いもよらなかった。淋《さび》しさが、冬の闇と共に萄子の全身を支配しようとする。思わず自分の両肩を抱きしめながら、萄子は堅く目を閉じた。切なさに、やはり涙が出た。

兄の正一郎が、お腹《なか》の目立ち始めた兄嫁の礼子を伴って帰ってきたのは正月の二日だった。本当は夫婦水入らずで過ごしたかったのではないかと思うのに、兄は「礼子がこれだから」と言い、友人たちを招いて新年会をするには、新居では狭いのだなどと笑った。

「相変わらず、ちゃっかりしているんだから」

母などは、そう言って笑ったが、実際は兄も萄子を心配していることくらい、皆が分かっていた。つわりがおさまって、最近は猛烈に食欲が出てきたという礼子も、穏やかな表情を崩すことなく、さり気なく気遣ってくれているようだった。

「初詣《はつもうで》には、もう行ってきた？」

「だって、ものすごい人だってニュースでやってるでしょう。お義姉《ねえ》さんたちは？」

「うちも、まだ。そんな人混みに行ったら、このお腹じゃあ、危ないだろうからって。ねえ、明日か明後日《あさって》にでも、行かない？　その頃なら空《す》くでしょう」

「お義姉さんの安産祈願もしなきゃね」

昼過ぎに両親が揃《そろ》って出かけると、やがて集まってくる兄の友人たちのために、萄子は兄嫁と二人で台所に立ちながら、他愛ない会話を交わした。今日一日だけは微笑《ほほえ》みを絶やすまいと自分に言い聞かせている。本当は、満ち足りた表情の礼子が羨《うらや》ましくて仕方がないのだ。萄子だって、今頃は勝と二人で新年を迎えているはずだった。または、郡山《こおりやま》に行っていたかも知れない。いや、もしかすると勝の仕事から考えて、

「お正月から一人なのよ」と、この家に文句を言いに来ていた可能性もある。いずれにせよ、今とは比べものにならないくらいに、絶対に幸福だったに違いない。

「一体、どこでお正月を迎えているのかしらね。彼」

礼子は同情に満ちた表情で、いかにも気の毒そうに話しかけてくる。そして、事件が起きた当時はつわりがひどくて、何の力にもなれなかったことを、改めて詫《わ》びてくれさえした。だが萄子は、微笑みを崩さないだけで精一杯だった。神経が逆撫《さかな》でされる。詫びてもらう必要など、どこにもないではないか。第一、お義姉さんがいたって、何の支えにもならないわと いう憎まれ口が、喉元《のどもと》までせり上がってきそうだ。別段、礼子が嫌いなわけではない。今の萄子は誰に対しても、そんな気持ちが働いてしまうのだ。愚痴は言うなと父から釘《くぎ》を刺されている。だから、言わない。だが、はけ口さえ見つかれば、破れかぶれになって感情のすべてをぶつけたい思いが、常に渦巻いていた。

三時を過ぎた頃から、次第に兄の友人たちが集まり始めた。萄子は、礼子には客の相手をするようにすすめて、自分は台所仕事の一切を引き受けることにした。その方が、誰とも会わずに済む。やがて応接間から賑《にぎ》やかな笑い声が聞こえ始め、飲み物や料理を運ぶのに、彰文までが駆り出された。

振り返ると、兄の後輩の柏木淳《かしわぎあつし》だった。

「何か、手伝おうか」

2

淳は、ちらりと応接間の方の様子を窺《うかが》った後、おずおずと台所に入ってきた。そして、手持ち無沙汰《ぶさた》な様子で辺りを見回し、小さく息を吐く。

「お水？ もう、酔っ払ったの？」

萄子は微笑みを浮かべたまま、淳の顔を覗《のぞ》き込んだ。萄子が高校生の頃から家に出入りしていた彼は、萄子にとっても古い顔なじみであり、何となく懐《なつ》かしい人でもあった。

「酔ってなんかいないさ」

「でも柏木さん、そんなに強くないでしょう？」

「いや、これでも強くなったんだ。就職して、かなりしごかれたからさ」

「会社で？ せっかく、お兄ちゃんのしごきから解放されたと思ったら？」

目を丸くして見せると、淳は「まあね」と目を細め、それから「ああ」と急に思い出したような表情になった。相手の表情が改まるというだけで、最近の萄子は反射的に身構える癖がついている。また、同情の言葉をかけられる、気の毒だったね、元気を出してねと言われるのがたまらなく嫌だった。ところが淳は、「去年の暮れにさ」と言い出した。

「会社の忘年会でね、熱海《あたみ》に行ったんだ」

そこで、彼は再び周囲の気配を窺うような仕草を見せ、それから少し考える表情になった後で、「実はさ」と改めて口を開いた。

「そこで、あの人にそっくりな人を見かけた」

瞬間、萄子は手にしていた菜箸《さいばし》を両手で握りしめた。思わず、じっと淳の顔を見つめる。彼は、ちらりと萄子の顔を見て、まだどこか迷っている表情のまま、「彼」とだけ繰り返した。

「彼って——彼って？」

「だから、トコちゃんの婚約者の、彼」

淳は、ひどく話し辛《づら》そうな顔をしていた。萄子は、耳の奥できいん、という音を聞いた。菜箸を持ったままの手を胸元に寄せて、思わず「本当？」と聞いた声は囁《ささや》きにしかならなかった。淳は、ゆっくりと頷《うなず》いた。

「だけど、ちらっと見ただけなんだ、朝、風呂《ふろ》に入ろうと思って歩いていたら、旅館の中庭を掃除してた」

「本当に、彼だったの？　間違いない？」

「僕は、あの人とは一度、会っただけだからね、本当に間違いないとまでは、言い切れない。別に、声もかけなかったし。だけど、向こうもこっちを見て、急いで顔を背けたから」

「ねえ、熱海の、何ていう旅館？　覚えてる？　いつ？　何日のことだったの？」

思わず飛びつきそうな勢いで、蜀子は矢継ぎ早に質問を続けた。淳は、予《あらかじ》め用意しておいたらしいメモをズボンのポケットから取り出した。

「話していいものかどうか迷ったんだけどね、早く忘れた方がいいのかも知れないし。でも、やっぱり言っておいた方がいいと思って。トコちゃん、探してるんだろう？」

淳はメモを一瞥《いちべつ》した後、こちらに差し出した。

そのメモには、『晴山荘』という旅館の屋号と、一桁《ひとけた》の局番に続く電話番号が書かれていた。蜀子は、その文字をじっと見つめた。

「――熱海」

「繰り返すけど、確かかどうかは分からないんだよ。ただ似てたっていうだけなんだから」

頭上から淳の声が降ってくる。萄子は、改めて彼を見上げた。

「――お兄ちゃんには？」

淳は、兄にはまだ何も話していないと言った。

「先輩は、トコちゃんのこと心配してるし、出すぎた真似《まね》するなって怒られるかも知れないと思ったから。お節介だったかな」

萄子は激しくかぶりを振った。何の手がかりも摑《つか》めないまま、気持ちだけくすぶらせて、やがて諦《あきら》めなければならないのだろうかと思っていたのだ。どれほど頼りない一本の糸にでも、すがりつきたい気持ちになっている。萄子は関係者以外の相手に初めて、勝を探して川崎のドヤ街までも行ったことを話した。ようやく、勝はどこかの温泉町に向かった可能性があるというところまでは探り当てたものの、そのまま手がかりを摑めずにいたのだと言うと、淳は驚いた表情になった。

「そう、そんなことまで、してたのか。でも、だとしたら案外、本当にあの人だったのかな」

「私、確かめに行く。松がとれたら、すぐに行くわ」

「気持ちは分かるけど、もう少し待った方がいいんじゃないかな、せめて小正月が済む頃くらいまでは。まだ新年会でごった返している頃だよ」

「でも——」

「ああいう場所は年末年始が書き入れ時だからね。そんな時に行っても、親切に話を聞いてなんかもらえないと思うよ」

だが、気持ちがはやって仕方がない。菊子は淳の文字に違いないメモを握りしめた。ここに、勝がいるかも知れない。それにしても、中庭を掃除している勝の姿など、菊子には想像がつかなかった。

「ねえ、どんなだった？　その人、どんな様子だったの？」

淳は少し考える顔をした後、勝らしいその男は旅館の法被《はっぴ》を着て、長い竹箒《たけぼうき》を使っていたと言った。それ以上に印象に残ったことは何もないという。菊子は、彼を台所で待たせたまま、自分の部屋に駆け上がり、勝の写真を持って再び台所へ戻った。改めて写真を差し出すと、淳は真剣な表情で写真を見つめた。

「やっぱり、似てるよ。すごく」

「——そう。分かったわ。ありがとう、本当に」

淳は、微《かす》かに照れたような笑みを浮かべた。

「会えると、いいね」

思いもしなかった言葉に、萄子は一瞬、淳を見上げ、つい目頭が熱くなるのを感じた。そんな優しいことを言ってくれた人は、彼が初めてだった。

「——会えたからって、もう、前みたいにはなれないとは思うの。でも、せめて生きてるっていうことだけでも、確かめたくて」

萄子は大きく深呼吸をした後、涙を飲んで、精一杯の笑みを浮かべた。

「地獄で仏って、こういうことね」

「じゃあ、僕は仏かい。新年早々、嬉《うれ》しいこと言ってくれるな」

兄の後輩は照れ臭そうに笑ってから、急に思い出したように、「ビール、持ってこうか」と萄子から視線を外した。萄子は自分も小さく鼻をすすり、いそいそと冷蔵庫を開けて、よく冷えたビールを取り出した。

萄子が熱海へ行きたいと切り出したのは、兄夫婦も帰って、世の中全体がそろそろ普段通りの生活を取り戻そうという頃だった。例年、年明けはほとんど取引先への年始回りに終始する父の帰宅を待ち、「折り入って」話があると切り出すと、両親は複雑な表情になって萄子を見つめた。勉強の合間に顔を出した彰文も、神妙な顔つきになって萄子と両親の間に座った。

「淳さんが、教えてくれたの。暮れに、会社の忘年会で熱海に行ったとき、見かけたんですって」

「淳って、柏木くんか」

父は腕組みをしたまま眉間《みけん》に皺《しわ》を寄せた。母は困惑したように、しきりに頬をさすっている。

「若い娘が一人で旅に出たって、おいそれと泊めてくれる宿があるとも思えんぞ。特に熱海といったら、大抵は男が遊びに行く場所だ」

「そんなところに一人で行くなんて、いくら何でも無鉄砲すぎやしない？」

「男の人が遊びに行く場所だからって、危険なところっていうわけじゃないんでしょう？　有名な観光地よ。安全だから、皆が遊びに行くんでしょう？」

「そりゃあ、危険ということはないが――それで、一泊したら、帰るんだろうな」

「それは――分からない。熱海っていったら、旅館だけでも何軒くらいあるか分からないんでしょう？　柏木さんから教えてもらった宿にいなかったとしても、熱海の他の宿にいる可能性だってあるじゃない？　だから私、熱海中をちゃんと探すつもり」

「トコちゃん、あなたまさか、見つかるまで帰らないなんていうつもりじゃないんでしょうね」

今にも泣き出しそうな表情の母の言葉には、萄子は即座に首を振った。何も、あてもない旅に出ようというのではない。ただ、こうなったら覚悟を決めて、腰を据えて探すつもりになっているだけだ。

「僕が一緒に行くってば」

「アキは駄目。学校があるし、第一、あんた、分かってるの？　ビートルズばっかり聴いてないで、勉強しなきゃならない時でしょう」

萄子は即座に言い返した。本当は心強い言葉だったが、受験生の弟に甘えることは出来なかった。

「これ以上、お母さんたちに心配かけたくないと思ったら、とにかくあんたは勉強を頑張ること」

弟はつまらなそうな顔で唇を尖《とが》らせている。その額には、ぽつぽつとニキビが出来始めていた。彰文は最近になって、都立高校を受けるにせよ私立に行くにせよ、とにかく坊主頭《ぼうずあたま》を強制しない学校へ行きたいなどと言うようになった。

「大丈夫だって。ビートルズ聴きながらでも、熱海に行きながらでも、高校に受かればいいんだろう？」

「そんなウルトラC、あんたに出来るはずがないじゃない。第一、学校があるでしょう。それに、熱海に行ってる間はビートルズだって聴けなくなるのよ」

愚痴は言わない。同時に、これ以上、家族を巻き込むこともしない。それが、新年にあたって萄子が密《ひそ》かに立てた誓いだった。彰文は「そうか」と、いかにも残念そうな表情で、小さくため息をついている。萄子は薄く微笑《ほほえ》んで、そんな弟を眺めた。父は、旅に出ることは許可するが、条件があると言った。東京を出発する前に宿泊先を決めていくことと、一日に一度は家に電話を入れること、そして、本当に勝を見つけられた場合は、決して愚かしい行為に出ることなく、その後は必ず警察に連絡を入れることの三点だった。

「いいか、忘れるんじゃない。たとえ無実にせよ、彼は、一度はお前を捨てていった男なんだから。その場の感情に押し流されて、溺《おぼ》れるような真似をするんじゃない。取り返しのつかないことになったら、悔やむのは萄子自身だよ」

父の言葉は胸に響いた。分かりました、と頷きながらも、萄子は最後の一点については、本当に約束出来るかどうか分からないと考えていた。もしも勝に会えたら、きっと自分は泣くだろう。泣きながら、勝を責めるに違いない。そして今度こそ、もう二度と離れたくないと思うかも知れない。万に一つも、彼が本当に罪を犯していたとしても、それならこのまま二人で、地の果てまでも逃げ続けようと考えてしまう自分を容易に想像することが出来た。そうなったら、目の前にいる家族のことさえ忘れてしまうかも知れなかった。こらえきれない激情に翻弄《ほんろう》されそうな気がしてならなかった。

「ああ、いいなあ、お姉ちゃん。家族の中で一番に新幹線に乗るんじゃないか」

旅の目的が分かっていながら、呑気《のんき》なことを言う彰文を眺めて、萄子は、勝を探しに行かれる喜びと共に、早くも奇妙な後ろめたさを感じ始めていた。まるで明日にも家族を裏切り、すべてを捨て去るような気さえしてしまっていた。

翌日、萄子は早速、新幹線の切符を手配しに行った。いつの間にか、家の周りで張り込んでいた刑事の姿はなくなっており、途中で何度振り返っても、やはりそれらしい姿は見あたらなかった。それも、勝が消えて既に三カ月が過ぎている証《あか》しのように感じられて、少しばかり情けない気分になる。どこからともなく、のどかな羽根つきの音が聞こえていた。

全席指定制の新幹線は一日に三十往復が運行していた。「翼のないジェット機」とうたわれている超特急『ひかり』は、熱海には停まらない。熱海に停まるのは、特急『こだま』だけだった。それでも、一等で行くとすると運賃と特急料金とで千四百二十円もかかることになる。東海道本線の鈍行で行けば、時間は倍近くかかっても、二百九十円しかかからないことを考えると、何とも贅沢《ぜいたく》な乗り物だという気がする。だが、萄子は迷わず『こだま一〇七号』の切符を買い求めた。出発は一月十七日、午前九時三十分東京駅発。

「日曜日に行くの？　そんな混雑する日に」

帰宅して、買ってきた切符を見せると、すぐに母が不満そうな顔をした。

「日曜日は帰ってくる人の方が多いはずでしょう？　入れ違えになるんだから、ちょうどいいと思ったの」

「お宿は、どうするの」

「それも交通公社で一緒に予約してきたわ。ほら」

母は、まだ何とかして萄子の気持ちを変えられないものかと思っているらしい。ただ、旅に出るだけの話ではないかと思いながら、萄子はそんな母の心細そうな顔を見る度、自分をひどく薄情な娘のように感じなければならなかった。その上、自分はこの旅の果てに、母を捨てるかも知れないのだ。

「帰りの切符は？」

「だって、いつ帰ってこられるか分からないもの」

「ちゃんと毎日、電話してちょうだいよ。それから、お宿の名前と場所をメモしていって。帰りの日が決まったら、それもすぐに教えるのよ」

まるで、小さな子どもに言うようなことを、母は何度も繰り返す。萄子は「分かってるったら」と答えながら、初めての一人旅に向けて準備を始めた。その間も、母は常備薬を持っていけ、保険証の写しを持っていけと、事細かな注意を与えに来た。そして最後に、茶封筒を持ってきた。

「開けてごらんなさい」

見ると、数枚の一万円札が入っていた。萄子は「こんなに？」と目を丸くした。

「私、あるのよ。大丈夫なのに」

「お父さんからよ。お母さんからは、これ」

母は、今度はエプロンのポケットから、明治神宮のお守り札を取り出した。萄子は改めて両親の決意を感じた思いだった。自分たちには娘の思いは変えられない、引き止めることは出来ないという諦観《ていかん》と同時に、萄子の無事を祈ってくれる気持ちの表れだった。萄子は二つを押し頂き、ボストンバッグの底にしまい込んだ。

ちょうど、大相撲の初場所が始まっていた。この場所から部屋別総当たり制になり、彰文も一時ビートルズを中断してテレビ桟敷《さじき》に座ることになった。今月からは第一、第三日曜日の夕刊が廃止される。もうすぐ海外への団体旅行商品であるジャルパックが発売されるという話だった。やはり、世の中は動いていた。

一月十七日は朝から雲一つない快晴で、その代わり冷たい風の吹く、ひどく寒い日になった。萄子は半年前までの、会社勤めをしていた日々を思い出しながら、慌《あわ》ただしく身支度を整え、母が用意してくれた朝食をかき込んだ。

「いいわねお宿に着いたら連絡するのよ」

最後にもう一度念を押されて、萄子は「行ってきます」と手を振りながら、朝の冷たい空気の中に身を置いた。日曜日ということもあって、平日なら見受けられる出勤する人々の姿もなく、弱々しい朝陽に細長い影を落として歩くのは萄子一人だった。

――一人で行く。どこへでも。どこまでも。

白い息を吐きながら、萄子は真っ直《ます》ぐに前を見つめて歩いた。自分の靴音だけが、アスファルトの道路に響く。何日間の旅になるかも判然としないから、取りあえず、三、四日分の着替えを詰めたバッグは、意外に大きく膨らんでいた。

東京駅のプラットホームに立つと、驚くほど人が多かった。見るからに新婚旅行らしい二人連れがいる。旗を持って歩く添乗員の後ろから、ぞろぞろと進む人たちは、等しく年老いて腰が曲がっていた。ホームに腰を下ろしている人たち、礼服姿の団体、新幹線を使えば、大阪は日帰りの可能な土地になったのだ。恐らく今日中に東京へとんぼ返りする予定の人たちも、この中には大勢いるのに違いなかった。

黄色く丸い鼻を持った、どこか愛嬌《あいきよう》のあるロボットのような顔つきに見える『こだま』の車内は、驚くほど明るく清潔に見えた。萄子は自分の指定席券と座席番号とを見比べながら、いかにも新しい、まるで細長い応接室のような雰囲気の車内を進んだ。萄子の座席は窓際《まどぎわ》だった。ボストンバッグを網棚にのせ、帽子と手袋、コートも脱いで、萄子はようやくハンドバッグ一つだけを膝《ひざ》に置いて、柔らかいシートに腰を下ろした。彰文が羨《うらや》ましがる気持ちが分かる。こんな目的の旅でなく、弟が受験生でなかったら、是非とも乗せてやりたかった。

午前九時三十分、萄子を乗せた『こだま一〇七号』は、定刻通りに出発した。最初、ごとん、と小さな振動があったかと思うと、あとはまるで滑るように新幹線は走り出す。朝陽を浴びた都心の風景が、するすると後方に去っていった。山手線の駅が次々に見えてくる。同じ車両内のどこからか、「走った、走った」という声がした。

「本日は新幹線『こだま号』にご乗車いただきまして、まことにありがとうございます」

車内にアナウンスが聞こえてきた。特急『こだま』は、東京駅を出ると、新横浜、小田原の順に停車して、熱海には十時二十八分に到着する予定だという。一時間もたないうちに、目的の熱海に着いてしまうというのが、何とも不思議だった。それならば、川崎まで行く手間と大して変わらないではないかと思った。

多摩川を過ぎる頃には、窓の外には冬枯れの田園風景や遠い山影が見え始めた。この数年で東京は大きく変わったが、少しでも離れればやはり日本の風景はそれほど大きくは変わっていない。むしろ、まだ正月の気配を残しているような静かな野山の真ん中を、こんなスピードで突っ切る乗り物の方が、何か不自然でアンバランスな気がしなくもない。

山影は次第に近くなり、やがて小田原に近づく頃から、山肌にぽつぽつと鮮やかな橙色《だいだいいろ》が見え始めた。

「あらあら、蜜柑《みかん》だわ」

「まあ、本当。可愛《かわい》いわねえ！」

「あれが蜜柑なの？ へえ」

どこからともなく賑《にぎ》やかな会話が聞こえてくる。黄色い豆電球のように、自ら光を放ってさえ見える鮮やかな橙色は、緑の山々のあちこちで輝いていた。腕時計に目を落とし、萄子は次第に緊張が高まるのを感じていた。家で何度も地図を眺めてきたから、この辺りの地理は頭に入っている。小田原を過ぎれば、新幹線はすぐに県境を越えて静岡に入り、そして十数分で熱海に着く。

「あと五分ほどで熱海に到着いたします。お出口は左側です。お降りの方は――」

車内にアナウンスが流れると、車両内のあちこちで立ち上がる人がいた。背伸びをして網棚に手を伸ばし、荷物を下ろす。早くも出口に向かって歩き始める人を眺めて、萄子も急いで立ち上がった。日曜日なのだから、そう混雑するはずがないと考えていたのは間違いだったようだ。さすがに東京の奥座敷と言われるだけのことはある。曜日に関係なく賑わう温泉町、それが熱海ということらしかった。

「お宿は決まってますかぁ」

「はいはい、今日のお宿、お部屋、ありますよぉ」

人の列に連なって改札口を出た途端、賑やかな声が出迎えた。藍染《あいぞ》めの半纏《はんてん》を着て、それぞれに旗を持った人たちが一斉にこちらを見ている、その姿が、淳から聞いた勝の姿とだぶり、萄子は思わず立ち止まって彼らの姿を眺めた。

「お嬢様、お連れ様は？　お宿はいかがです。離れのある、いい宿ですが」

即座に、ぞろりとした金歯を入れた男が近づいてくる。萄子は慌てて顔の前で手を振った。

「マイクロでご案内しますよ。もう、すごく眺めのいい宿です。三千円から上は六千円まで。どうです？」

「結構です。あの、もう決まっていますから」

答えながら、わざと連れを探すふりをする。客引きの男はつまらなそうな表情で離れていった。その間に、蓟子は襟に様々な屋号が染め抜かれた半纏姿の男たちを眺めた。こんな目立つ場所に、勝がいるはずがないことは分かっている。せめて『晴山荘』の文字だけでも見つけられないかと、人混みに押されながら、蓟子は人々を見回していた。

3

初めて降り立った熱海の駅前は、タクシーやマイクロバスが停まる広場を囲むように、ぐるりと土産物屋が軒を並べており、そのところどころからは温泉饅頭《まんじゆう》の湯気が立ち上っている、見るからに温泉町らしい、活気に満ちた印象を与えた。旅館での朝食を終えた後で、そろそろ家路につこうとするらしい人たちの流れと、まだまだ旅を楽しむつもりか、丹前に下駄履き姿で土産物屋を覗《のぞ》く人たちとが入り乱れ、さすがに東京よりも幾分暖かく感じられる陽射《ひざ》しの中を、楽しそうに歩いていく。

「バス、出ますよぉ、よろしいですかぁ」

胴体に大きく旅館の名前を書いたマイクロバスの脇《わき》で、ワイシャツとネクタイの上から法被《はっぴ》を羽織った男が声を張り上げている。鳥打ち帽を被《かぶ》り、肩から風呂敷《ふろしき》包みを背負った老人が、最後にバスに乗り込もうとしているところだった。萄子と同じ新幹線に乗ってきた人たちは、既にあらかた散ってしまい、駅前は静けさを取り戻しつつあった。

取りあえず自分が泊まる宿に行って、荷物だけでも置かせてもらおう。萄子はハンドバッグから交通公社で渡された旅館までの地図を取り出し、もう一度辺りを見回した後で、広場の片隅から斜めに下る坂道に向かった。地図の片隅に「熱海駅ヨリ徒歩十五分」と書かれている宿は、熱海湾に流れ込んでいる糸川、初川、和田川という三本の川のうち、真ん中の初川に近かった。団体客の泊まらない、こぢんまりとして安らげる宿が良いといって紹介された宿だ。

「温かい温泉饅頭、どう」

「お嬢さん、干物あるよ、干物！」

「はい、お茶、お茶、お茶！　一杯、飲んでいかないか。美味《おい》しいよ」

両脇に並ぶ土産物屋からは、しきりに賑やかな声がかかっていた。意外に急な坂道だったが、様々な食べ物と共に、貝殻細工や人形、砂絵の施されたペナントなどを眺めながら下る道は賑やかで、自然に気持ちが浮き立つような気にさせられる。左右の電柱から下がる紅白の繭玉《まゆだま》も正月らしさを感じさせるし、方々から聞こえる下駄の音も、どこかのどかで軽やかだった。

——会えるかも知れない。

何となく心が弾んでくる。これだけ賑わっている町ならば、確かに旅館やホテルなどで働く人も少なくないに違いない。その中に、きっと勝がいるような気持ちになってきた。

歩き始めてみると、熱海は実に坂の町だった。東西に走る道はほぼ平坦《へいたん》なのだが、海に向かう道はどれも急な傾斜を持ち、それらの道に沿って普通の一軒家程度の旅館から、巨大なビルにしか見えないようなホテルまでが、ほとんど寸分の隙《すき》もなく雛壇《ひなだん》のようにひしめき合っている。建物の看板の一つ一つを手許《てもと》の地図と照らし合わせながら、蔔子はゆっくりと坂道を下った。

大きなホテルの前を通り過ぎたところで小さな川に行き当たった。その川に沿って、さらに坂道を下り始めると、川が大きく蛇行したところで、視界に水平線が飛び込んできた。

——海！

一瞬、旅の目的さえ忘れそうになって、萄子は遥《はる》かに広がる水平線を眺めた。海を見るのは何年ぶりだろうか。確か、短大の時に友人たちと連れだって鎌倉へ行って以来だと思う。二十五年の人生で考えても、三、四回しか見たことがない。だからこそ、新婚旅行先には日南海岸を選んだ。海岸線に椰子《やし》の並木が続くという風景と南の海に憧《あこが》れた。

近づけば波音が聞かれるだろうか、浜辺を歩けるだろうかと考えながら、萄子は冷たい風に身をさらして歩いた。ふと、これほど急な坂道を下り続けているということは、駅へ戻るときは大変な思いをしなければならないのだなと思った。振り返ると、やはり山肌の上の方にまで、様々な建物がひしめき合っている。その過密の具合は東京どころの話ではなかった。尾崎紅葉の『金色夜叉《こんじきやしゃ》』で有名な土地だということは知っていたが、どうやら熱海の町というのは、雄大な自然を楽しむ場所ではないらしい。

やがて、小さな川は国道にぶつかった。左右に店が並んでいる。東京の、どこかの町のような賑わいだ。萄子は、人里離れた温泉町に行くようなつもりでいた自分の無知を密《ひそ》かに恥じながら、国道を左に折れた。地図に間違いがなければ、目指す宿までは、もうそう遠くないはずだった。

目指していたのは『かねゐ』という旅館だった。女性の一人旅でもある程度安心して泊まれるという話だったから、さほど大きな構えの宿だとは思っていなかったが、やがて国道沿いに現れた『かねゐ』という看板に、萄子は少なからず当惑しなければならなかった。駅からの道すがら、大がかりで豪華な、いかにも洋風らしい造りの旅館やホテルばかり見てきた目に、その宿は、いかにも普通の一軒家としか映らなかったからだ。

正面にはガラスをはめ込まれた引き戸が四枚ほど並び、その上には、年輪が見える厚い木板に金泥《きんでい》を施した文字で『金ゐ』と書かれている。その看板をかねた表札の文字が少しでも違っていたら、履物屋でも傘屋でも、自転車屋でも分からないような、そんな店構えに見える。それでも、よく見れば国道と店先のわずかな隙間には手水鉢《ちょうずばち》が置かれ、小さいながら手入れの行き届いた松と楓《かえで》の木が植わっていて打ち水もされており、頻繁に客を出迎えるらしい風情《ふぜい》は漂っている。萄子はおずおずと引き戸に手をかけた。

「ごめん、ください」

しん、と静まり返った空間に、こつ、こつ、と大きな柱時計の音が響いていた。誰もいないのかと訝《いぶか》った矢先、「はあい」という声と共に、女性が顔を出した。それが、『かねゐ』の女将《おかみ》だった。年の頃は四十代の後半から五十前後といったところだろうか。化粧といっても口紅をひいている程度で髪を一つにまとめ、着物の着こなしもいかにも慣れているようだ。彼女は、萄子が名前を告げると、「お一人？」と確かめるように言い、だが、さほど不思議そうな顔も見せずに、すぐに「お疲れさまでございます」と言いながら上げてくれようとする。

「あの、まだ早いんじゃないかと思って」

「いいんですよ、大丈夫。掃除の済んだ部屋に、入っていただきますからね。まあ、後で替わっていただくことになるかも知れないけど。せっかくお着きになったんですもの、さ、どうぞ」

その飾り気のない言葉に、萄子は小さく胸を撫《な》で下ろした。ぶっきらぼうな態度で接せられたら、それだけで居心地が悪くなると思っていた。

「お寒かったでしょう。東京から直接、ですか」

「九時半の新幹線で向こうを発《た》ったんです。あまり近くて、驚きました」

「ねえ、便利になりましたですねえ」

靴を脱ぐ間、軽いやり取りをして萄子は木造の古い旅館に上がった。萄子のボストンバッグを持った女将に先導されて急な階段を上る。初めて来た宿にもかかわらず建物の古さがそう感じさせるのか、どこか懐《なつ》かしい、親しみやすい印象を受ける。通されたのは、二階の八畳間だった。女将はせっせと窓に引かれたカーテンを開け、電気をつけた。

「すぐに炭を熾《おこ》してきましょうね。それまでコート、お脱ぎにならないでね」

「あの、出かけようと思っていますから」

菊子の言葉に、女将はようやく「あら」と言って振り返った。菊子はコタツの傍に立ったままで、『晴山荘』の場所を尋ねた。

「『晴山荘』？ ああ、あそこにいらっしゃるの？」

たった今、自分の宿に来たばかりではないかという不思議そうな顔をして、女将はこちらを見つめている。菊子は、そこに知り合いを訪ねたいのだとつけ加えた。女将はやはり不思議そうな顔のままだった。

「あそこはねえ、お宮の松の、もっと向こう。海岸沿いにね、大きいホテルや旅館がずうっと並んでるんですけれど、その先の道を上っていった方ですね」

「あの、お宮の松って」

「うちの前のこの道をね、ずっと真《ま》っ直《す》ぐ行ったところに植わってるんです。ご存じでしょう？ 『金色夜叉』の」

「蹴《け》られた、場所ですよね」

菊子の言葉に、女将は「そうそう、お宮がね」と、驚くほど賑やかな声を出して笑った。
「まあねえ、お話ですから。たまたま植わってた松に、そんな名前をつけただけなん
でしょうけどね」
思わず菊子も笑っていた。この宿にして良かったと思った。荷物を置き、宿帳だけ
記入すると、菊子は再び靴を履き、最後にもう一度「あの」と振り返った。
「旅館のお仕事というのは、いつ頃が一番お暇になられるんでしょうか」
菊子を見送るつもりでその場に立っていた女将は、だが、こともなげに暇になる時
間はないと答えた。
「まあ、勿論《もちろん》ね、大きな旅館だったら従業員も多いし、休める時っていうのがないじ
ゃないですけど。うちみたいな小さな旅館は、駄目ですねえ」
「あの、それでも強いて、というと――」
「お昼くらいから、次のお客様が到着されるまで、かしらねえ」
女将に礼を言い、菊子は宿を後にした。いくら熱海でも、やはり大寒に入ろうとい
うこの季節は、風は身を切るように冷たい。まだ昼前だった。このまま真っ直ぐ『晴
山荘』に向かって良いものかどうか、もう少し、どこかで時間をつぶした方が良いの

だろうかと萄子は考えた。だが、出来るならすぐにでも行きたい。行って確かめたい。もう、目と鼻の先まで来ているのだ。散歩のつもりでゆっくり歩いていけば、旅館に迷惑をかけるような時間は過ぎるはずだった。

国道は大きな観光バスが何台も連なって、ひっきりなしに右へ左へと走っていた。この道は、熱海駅からの道とは異なり、地元で暮らす人たちのための商店が並んでいるように見受けられた。小さな子どもが数人で、手に手に凧《たこ》を持って歓声を上げながら萄子を追い越していく。今日は日曜日で学校は休みなのだということを改めて思い出した。

やがて、女将が言っていた通り、大きな旅館が整然と並ぶ海岸沿いの道に出た。まるで新宿の駅ビルやデパートなどの建物が、そっくり詰め合わせになって並んでいるような印象の風景だ。

それらの建物群の、ちょうど正面にお宮の松があった。観光バスが何台も停まり、大勢の観光客が集まっている。一本の松の木のすぐ傍には、ベニヤ板に貫一《かんいち》お宮と思われる姿が描かれ、顔の部分だけがくりぬかれている看板のようなものが立てかけられていた。観光客は交代で看板の向こうに立ち、穴から顔だけを出して、にわか仕立てで貫一お宮に変身して、お宮の松と共に記念写真に収まっている。また、もう一方には階段式の踏み台があって、こちらは団体客向けの、記念写真を撮る場所のようだった。それぞれの団体の近くには、必ず紺色の制服を着たバスガイドがいて、三角の旗を振りながら何かの声をかけている。

――熱海にいる限り、ああいう人たちを見かけるのは当たり前になる。もしも勝だったら、否応《いやおう》なしにのぶ子を思い出すに違いないと思った。そんな場所に、果たして長い間いられるものだろうか。たとえ、勝が疑いをかけられているすべてと無関係だったとしても、平気な顔でいられるとは考えにくいような気がする。では、勝はここにはいないのだろうか。

思わず歩調が速くなった。寒風の中で笑いさざめく人たちから遠ざかり、萄子は歩き続けた。

『晴山荘』は、海岸沿いの道を折れて急な坂道を上った途中にあった。正面の建物は鉄筋コンクリートで、ガラス張りの入り口の脇には、「歓迎」と書かれた黒い板が連なり、そこに、宿泊予定の団体客名が白い文字で書かれていた。躊躇《ためら》うことなく中へ入る。床には臙脂《えんじ》色《いろ》の絨毯《じゅうたん》が敷き詰められており、暖かいボイラーが利《き》いていた。広々とした空間には人影もなく、ただ何かの音楽が小さくかかっていた。萄子は辺りを見回して、取りあえず受付か帳場らしい一角を見つけて歩み寄った。ちょうど、燕《えん》尾服《びふく》を着た男が暖簾《のれん》を分けて現れ、萄子に気づいて「いらっしゃいませ」と言う。萄子は慌《あわ》てて客ではないと告げた。途端に、その男は顔に貼《は》りつけた愛想笑いを拭《ぬぐ》い去り、「何」と言った。

「募集を見て来た人か何か？　面接？」

「違うんです。あの、こちらにこういう人が働いていらっしゃらないでしょうか」

ハンドバッグから勝の写真を取り出して見せる。燕尾服の男は写真を一瞥《いちべつ》すると、

「うちで？」と言った。

「働いているの？」

「そう、聞いたものですから。いないでしょうか」

男はその時になって初めて、萄子の姿を上から下まで眺め回した。萄子は、寒風にさらされていた頬が、今度は熱く火照《ほて》り始めるのを感じながら、「探しているんですが」とつけ加えた。

「いるかも知れないし、いないかも知れない。僕じゃあ、分からないなあ」

「分からない？　あの――」

「こう見えても、ここには百五十人からの従業員がいるんでね。持ち場が違って、勤務時間も違ってたら、顔も知らない人なんて結構いるんですよ。少なくとも僕は見た

ことがないけど、だからって働いてないとは、言い切れないんでね」

なるほど、そういうことか。萄子は、大きな観光旅館というものは、そんなものなのかと感心しながら、では、誰ならば従業員の顔をすべて把握しているのだろうかと聞いた。

「そりゃあ、女将さんとか専務とか、番頭さんなら分かるとは思うけど。その人、どんな仕事をしてるのか、分かります？　厨房《ちゆうぼう》とか、下足番とか」

「こちらの中庭を、箒《ほうき》で掃いていたのを、私の知り合いが見かけたと言うんです。去年の暮れのことなんだそうですが」

「中庭の掃除かあ。じゃあ、風呂番《ふろばん》か、下働きってところかなあ。誰に聞けば分かるかなあ」

「お店の法被《はつぴ》を着ていたそうなんですが」

「法被ねえ、制服を着てない男は全員、法被は着てるからねえ」

三十二、三に見える男だった。髪をポマードでしっかり整え、蝶《ちよう》ネクタイの姿は、どこかとっぽくて水商売風に見えなくもない。萄子は焦《じ》れったい思いで、その男を見つめた。

「その人、名前は？」

「あの――本名で雇っていただいているかどうか、分からないものですから」

途端に、男は「そうなの？」と興味深げな表情になった。萄子は余計なことを言ってしまっただろうかと、咄嗟《とっさ》に後悔した。もしも、勝が働いていたら迷惑をかけたことになる。いや、もしもここで見つけたら、そのまま連れ帰るつもりなのだから、知ったことではなかった。

「ええ――おたくとはどういう関係」

「――婚約者です」

生白い、面長の顔を大きく振って、男は「ふうん」と言った。

「そうなんだあ。婚約者ねえ。へえ」

「あの、どなたかご存じの方は――」

繰り返し尋ねたところで電話が鳴った。男は「おっと」と言いながら、受付の内側に走っていってしまった。萄子はさらに焦れったい思いで、その場に立ち尽くしていなければならなかった。仕方なく辺りを見回していると、「あら」という声が背後から聞こえた。

「あの、何かご用でいらっしゃいます？」

振り返ると、白い地の和服を着て、豊かな髪を綺麗《きれい》にセットした女性が、半ば腰を屈《かが》めるような姿勢でこちらを見ていた。萄子は、今度は彼女に向かって、さっきの男にしたのと同じ説明を繰り返した。写真を出すと、彼女は「拝見いたします」と丁寧に受け取る。見たところは、萄子と同年代らしいと思ったが、その物腰は柔らかく、落ち着いていた。

「この人なら——」

ほんの少しの間、写真を見て、その女性は顔を上げた。

「もう、辞めたんですよ」

「辞めた？　あの、それでは確かにこちらにいたんでしょうか」

女性は「ええ」と柔らかく頷《うなず》く。

「去年の暮れまで。お給料が出てすぐですから、二十五日かしら、辞めていきました。ちょうど猫の手も借りたいような時期でしたものですから、もう少しいて欲しいって、お願いしたんですけれど」

萄子は、張りつめていた気持ちがいっぺんに萎《な》えるのを感じた。落胆と同時に、「なぜ」という思いと、悔しさと、地団駄を踏みたいような苛立《いらだ》ちがこみ上げてくる。勝は、やはり淳に気づいたのに違いない。そして、またもや姿を消した。また、追いつけなかった。

「彼は――一人でしたでしょうか。誰か、連れがいませんでしたか」

思わず肩を落として深々とため息をついた後、萄子は、我に返った。何でも良い、どんなことでも良いから、勝の様子を知りたい。

「あの、連れって、女性のことですか？」

「男性です。若い男性なんですが」

和服の女性は、「いいえ」と首を振った。それから、綺麗な石のはまった指輪の手を身体《からだ》の前で合わせながら、「あの」と口を開く。

「何か、ご事情がおありなんですか」

萄子は曖昧《あいまい》に頷くより仕方がなかった。彼女は小首を傾《かし》げてこちらを見ていたが、「よろしかったら」と言いながら、萄子をロビーに置かれたソファーに案内しようとする。高い天井から大きなシャンデリアの吊《つる》されたロビーは正面がガラス張りで、その向こうには海が広がっていた。

「あ、若女将さん、その人――」

電話を終えたらしいポマードの男が出てきて慌てたような声を出す。若女将と呼ばれた女性は、「いいのよ」と言った。

「私がお話を伺いますから、誰かにお茶を持ってこさせて下さる？」

男が素早くきびすを返すのを待って、若女将は帯の間から名刺入れを取り出した。萄子は恐縮しながら「晴山荘　若女将　清水朋美《ともみ》」と印刷された名刺を受け取った。人から名刺をもらうことなど、ほとんど初めての経験に近い。

「私、名刺を持っていないものですから」

「お気になさらないで下さい。それで？　失礼ですが、山崎さんとは、どういう」

「山崎？　彼、山崎と名乗っていたんですか」

萄子は情けない気持ちで若女将を見、手許《てもと》の写真に目を落とした。若女将によれば、彼は山崎亮《りょう》と名乗っていたのだという。十一月に現れて、一カ月半ほど働いてもらったが、真面目《まじめ》で良く働いてくれる人だったと彼女は言った。

「でも、お一人でしたよ。さっき、連れがどうのって仰《おつしや》っていましたけど」

「――そうですか」

「何か、難しい事情が、おありなんでしょうか」

熱い茶が運ばれてきた。立ち上る湯気を眺めながら、萄子は、果たしてどこまで話して良いものか思案に暮れていた。とにかく婚約者であるとだけ言うと、若女将はそれだけで「まあ」と言葉を失ったようだった。

「どこに行くか、申しておりましたでしょうか」

「それは、聞いておりませんけれど――」

若女将は自分も熱い茶をすすりながら、何か考える顔をしていたが、やがて「でも」と顔を上げた。

「まだ、熱海にいるのかも知れません」

「本当ですか？　どうして、そう思われるんです」

若女将は小さく微笑《ほほえ》んで、ただの勘だと答える。

「山崎さん――そう呼ばせて下さいね。もしも、名前まで偽っているとしたら、よほどの事情がおありなんでしょう。そういう人には、ここは格好の場所ともいえますから。何ていうか――履歴書とか保証人ですとかね、あまりうるさく申しませんし、いつでも人手が足りないようなもので、意外に簡単に、働きたいという人には入ってもらってしまいます。それに、私どものような商売ですと、男の方には女と違って裏方に回っていただく仕事の方が多いものですから、その分、人目にもつきにくいことになりますでしょう？　熱海ほどの温泉町も、そうはありませんからねえ」

最後に、若女将は受付からこの界隈《かいわい》の観光案内図を持ってきてくれた。そこには、熱海のおおよその旅館が書き込まれていた。

4

新年の賑《にぎ》わいがおさまると、街は途端に華やかな色彩を失い、固く凍《い》てついた地面の茶色や、徐々に空を侵食し始めているコンクリートの灰色、工事途中の鉄杭《てつくい》の錆色《さびいろ》ばかりが目立つようになっていた。ビルが増えたお陰で、都心では局所的に奇妙な強風が吹き抜け、埃《ほこり》っぽい寒風から身を守るように、人々は誰もが目を細め、顔をしかめて足早に行き過ぎる。あるいはコートの襟を立て、あるいは帽子を手で押さえながら目的の場所へ急ぐ人々を喫茶店の窓からぼんやりと眺めていた韮山は、今度は店内に目を転じた。

店の中央には円筒形の石油ストーブが置かれている。ガラスに囲まれて王冠のような形をした青白い炎が、生き物のようにうごめいていた。いかにも冷たそうな、凍りつくような色だと思うのに、ストーブの上の薬缶《やかん》は、しゅんしゅんという音と共に湯気をたてている。ふいに視界を黒っぽい影が遮った。顔を上げると、玉木がコートのポケットに手を突っ込んだまま立っている。韮山は黙ったまま、席から腰を浮かした。玉木は手早くコートを脱ぎ、韮山の向かいに腰掛ける。いやに窮屈そうな制服姿のウェイトレスが、顔に似合わない涼やかな声で「いらっしゃいませ」と水を置く。玉木はメニューも見ずにミルクコーヒーを注文した。そして、ウェイトレスが立ち去ると、改めてこちらを見た。外が寒いせいだろう、頬がわずかに紅潮していて、頭がはげ上がった巨大な赤ん坊のような印象だ。だが、彼の眉間《みけん》には深い縦皺《たてじわ》が二本、くっきりと刻まれていた。

「何かあったらこっちから連絡すると、言ってるじゃないですか」

韮山は、何の反応も示さなかった。相手のひと言で簡単に引き下がっていては、刑事などという仕事は続けてこられなかった。相手に嫌がられてこそ、デカじゃねえか。それくらい分かってるだろうという目で相手を見る。玉木は大きくため息をつき、半ばうんざりした表情ではげ上がった頭を掻《か》いた。

「分かって下さいよ。人の目だってあるんだし、こうして、あんたと会ってることは、上の連中は勿論《もちろん》、部下たちだって知らんのですから」

「そう言わないでもらえませんか。玉木さんしか頼る人がいないんですから」

ウェイトレスがミルクコーヒーを運んできた。小皿にのったカップを目の前に置かれると、玉木はすぐに音を立ててミルクコーヒーをすする。色の悪い唇に、薄茶色の膜が貼りついた。玉木は舌でその膜をなめ取りながらも、難しい顔を崩さない。昨年一杯で警察を辞め、既に部外者になった者が、こうしてしつこく捜査情報を聞き出そうとすること自体、玉木にとって迷惑千万だということくらい、韮山が承知していないはずがなかった。特に、新しいネタなど、このところまるでありはしないのだ。捜査本部は恐らく険悪で重苦しい空気に包まれ、冗談も言えないような雰囲気なのに違いない。捜査は、完全に暗礁《あんしょう》に乗り上げていた。そこまでは電話で聞いている。

「それで、寺瀬《てらせ》は、どうですかね」

相手が舌なめずりをしている間に、韮山は口を開いた。玉木は表情を曇らせたまま、小さく首を振る。

奥田と共に行方が分からなくなっている伸二というチンピラが、日頃から寺瀬という兄貴分と行動を共にしていたことは、捜査の初期の段階で分かっている。当然のことながら、今回の事件にも寺瀬が絡《から》んでいる可能性があると考えられたが、本人に当たってみると事件当時、寺瀬は旅行中だったと主張した。泡銭《あぶくぜに》でも手にしたのか、数人の女を連れて温泉旅行を楽しんでいたのだという。女たちはいずれも水商売で、中でも吉原のトルコで働いているキミヨという女は寺瀬のイロだと言われていたが、キミヨ以外の女たちも、寺瀬のアリバイを証言していた。

「崩れんのですかね、そのアリバイは」

「今んとこね。旅館にも宿帳が残ってたしね。寺瀬本人は、伸二が厄介な真似《まね》をしたことで、自分まで痛くもない腹を探られてるっていうんで、それなりに腹を立てているそうですがね」

「それなりに、ね。で、最近はどんな具合です」

「相変わらず、ヒモに毛が生えたような生活ですよ。叩《たた》けばいくらでも埃が出るんだろうが、本件に関してはシロでしょう。ねえ、ニラさん、もう——」

「じゃあ、レコの方は」

相手の言葉を遮って、軽く小指を立てて見せると、玉木はやはりため息混じりに首を振った。

「今、どこにいるんです」

玉木は不愉快そうな表情のまま、伸二の恋人は現在、新宿歌舞伎町《かぶきちよう》のヌードスタジオにいると答えた。

十八歳の伸二には、ルミという恋人がいた。寺瀬や伸二が縄張りにしていた地域で、年をごまかしてキャバレーで働いていたが、今回のことで警察につけ回された結果か、韮山が訪ねていったときには既に店を辞めていた。伸二とルミは、似たような境遇で育っているという話で、それだけに共に天涯孤独の身の上らしい二人は結びつきが強く、伸二は常日頃から、ルミだけは大切にしたいと言っていたという話を、韮山は自分自身の足で稼いで仕入れていた。

「ヌードスタジオねえ。何ていう店ですかね」

不愉快そうに顔をしかめていた玉木が、諦《あきら》めたように手帳を取り出して『ダイヤ』という店名を読み上げた。韮山は自分の手帳に、その店の名と、続けて読み上げられた住所を書き留めた。

「倉庫には、行ってきたんですか」

韮山は当然というように頷いた。ここまで来て、娘の死に場所に線香を手向けないはずがない。

「ニラさんの気持ちは分からんじゃありません。だが、もう好《い》い加減、我々に任せてもらえませんか。これ以上、深入りされて捜査に支障を来すようじゃ、かえって逆効果になるんですよ、ねえ」

「だが、玉木さん。あの藤島萄子だって、自分の力で奥田を探すつもりでいるじゃないですか」

韮山は、玉木をぐっと睨《にら》みつけながら呟《つぶや》いた。

「私が今もデカのままなら、確かに問題にもなるでしょうがね、今はもう民間人になったんだ。民間人が何をしようと、警察の規範には縛られません」

玉木の顔は苦渋に満ち、また疲れても見えた。彼は心底うんざりしたようにため息をつくと、またミルクコーヒーをすすった。

「藤島萄子なんて、たかが素人《しろうと》の小娘でしょうが。そんな娘が人探しをするのと、あんたが動くのとじゃあ、自《おの》ずから違ってくる。第一、前々から聞こうと思っていたんですが、ニラさん、あんた、自分の手でホシを捕まえて、その後どうするつもりなんです」

「私は」

韮山は、とうに冷めきったコーヒーの残りを口に含み、砂糖が沈んでいたせいか、その甘ったるさに思わず顔をしかめながら、今度は懐《ふところ》から煙草《たばこ》を取り出した。封を切った『ひびき』の箱を指でとんとんと叩いていると、玉木が自分も煙草をくわえるのが視界に入った。

「別に、どうこうしようなんて思ってやしません。前にも言ったが、私はただ、真実を知りたいだけです」

マッチを擦る音がして、玉木は自分の煙草に火を点《とも》し、ついでにそのマッチを韮山に差し出してくる。韮山はわずかに身を乗り出して、炎に顔を近づけた。そのまま煙草に火を点し、上目遣いに玉木を見上げる。

「もう、他に出来ることがないんですよ、娘のためにしてやれることがね」

玉木が密《ひそ》かに息を呑《の》んだのが分かった。

「褒めることも叱《しか》ることも、旨《うま》いものを食わせてやることも、嫁入り先を探すこともね、もう、何ひとつとして、出来ることがないんです。あとはせいぜい、線香をあげるくらいでね」

玉木がすっと視線を逸《そ》らした。韮山は姿勢を戻し、改めて煙草の煙を深々と吸った。そういえば、藤島菊子の家で吸った煙草は旨かった。銘柄は分からなかったが、ただ煙にするにしては、きっと韮山には高すぎる、恐らく洋モクだったに違いない。

「――実は、捜査本部内では、奥田はもう死んどるんじゃないかという考えが広がっておるんです」

韮山は、店の石油ストーブに目を転じ、黙って煙草を吸っていた。それくらいのことは韮山だって考えている。だが、ならば死体が出てきて良いはずだ。野郎の死体を、たとえ骨の一かけらでも見ないうちは、韮山は納得しないつもりでいる。

「彼の性格や仕事ぶりは、誰よりもあんたが一番、知ってるはずでしょう。今のような状況を、奥田が易々《やすやす》と受け容《い》れられると思いますか。それなら――」

「死んで詫《わ》びてるはずだとでも言うんですか。あいつは——死ぬんなら、のぶ子の前で死んだはずだ。奴《やつ》は逃げたんです」

吐き捨てるように言って上目遣いで見つめると、玉木は煙草の煙を追うような目つきのまま、少しの間呆《ほう》けたように口を半開きにしていた。沈黙が流れた。韮山は、その横顔に繰り返し呟いた。

「奴は、生きてます。絶対に」

韮山の脳裏には、今も藤島萄子の顔が焼きついている。挙式の予定も白紙に戻った娘は、目に涙を浮かべて怯《おび》えたように韮山を見つめていた。酷な話だと思いながら、韮山はそんな娘に向かってはっきりと言ったのだ。奥田は自分の手で裁いて見せると。

だがそんな話は、現職の刑事の前ですべきことではない。数分後、玉木は黙ったまま手許の時計を覗《のぞ》き込み、もう行かなくてはならないと言った。韮山は小さく頷《うなず》いて見せた。

「お時間を、とらせました。また何か——」

「新しい展開があれば、こっちから連絡します」

玉木が手を伸ばそうとする前に、テーブルの端に置かれた伝票をすっと引き寄せて、韮山は馬鹿《ばか》丁寧に頭を下げた。玉木は手だけで小さく礼を言うと、歩きながらコートを羽織り、大股《おおまた》で去っていった。口では困ると言いながらも、玉木が何とか力になってくれようとしていることは、韮山にも分かっていた。

時間をずらして喫茶店を出て、韮山は再び睦月《むつき》の風に吹かれた。取りあえず品川駅前まで歩いて飯田橋行きの都電に乗る。暮れからインフルエンザが流行《はや》っているせいか、車内は車掌から乗客の半数近くまでがマスクをしていた。風邪が流行る季節になると、のぶ子はいつも神経質になって、大きな声を出しながらうがいをした。声を使う仕事だから、バスの乗客に不愉快な思いはさせられないからと、歌を歌いながらうがいをして、いつも寿々江にたしなめられていた。

——新しい歌を覚えちゃあ、歌ってたよなあ。

最近の韮山は、新しい歌などまるで知らない。テレビもほとんど観《み》なくなったし、ラジオをかけっぱなしにしているような焼鳥屋などにも出入りしなくなった。

終点の飯田橋から、今度は新宿行きに乗り換えて、降り立ったのは四谷三光町の手前の新田裏だった。そこから数分歩いた日赤産院の裏手辺りに、目指す家がある。そういえば、ここから新宿三丁目は目と鼻の先だ。それなら後で、玉木から聞き出したルミという娘が働いている『ダイヤ』とかいうヌードスタジオに行ってみるのも良いかも知れないと考えながら、韮山は見覚えのある道を曲がり、路地を抜けた。やがて、杉板に囲まれた古びた家にたどり着く。隣の家との狭い隙間《すきま》に、無理矢理のように造ったらしい駐車場にタクシーが駐《と》まっているのを確認してから、韮山はその家の玄関先に回った。

呼び鈴を鳴らして少しすると、磨《す》りガラスをはめ込んだ引き戸の向こうから、返事の代わりに痰《たん》がからんだような咳《せき》が聞こえてきた。ちりちりという微《かす》かな音と共に開かれた扉から覗いた顔は、韮山を見るなり「おう」と言う。無精ひげが頬の辺りで光って見え、丹前の胸元からは、らくだの下着が見えていた。

「何だよ、寝てたのかい」

「インフルエンザらしくてな。入んなよ」

「そうと分かってりゃあ、見舞いの品でも持ってきたんだがな。悪かったな、手ぶらで来ちまった」

相手は大儀そうに手を振って、そんなものは必要ないと態度で示す。韮山は促されるままに玄関に足を踏み入れ、後ろ手で引き戸を閉めた。再びちりちり、と微かにベルがなる。

「ちょうど今、女房の奴が買い物に出てるんでさ」

振り向きもせずに奥に戻ろうとする男の背中に、韮山は「ここでいいよ」と声をかけた。

「そう長居するほどの用でもない。ただ、例の件でな」

男は「そうか」と言うと素足のまま、掃除の行き届いた廊下をすたすたと戻ってくる。男は、かつて韮山と共に東京を歩き回っていた。ニラさん、シゲさんと呼び合いながら、寒い日も暑い日も、家族よりよほど長い時間を共に過ごした茂田《しげた》は、その後、韮山にも理由を告げないまま、あっさりと警察を辞めてしまった。

「それで？」

両腕を組んで丹前の袖口《そでぐち》に突っ込んでいる茂田を見上げて、韮山は「色々、考えてな」と口を開いた。

「やってみようと、思う」

顔色も悪く、やつれて見える茂田の顔に、微かな笑みが広がったが、すぐに咳にかき消された。背を丸め、腹を押さえて激しい咳をする茂田を見上げながら、韮山は、こんな時に訪ねたことを悔いていた。咳がおさまると、茂田は苦しげに息をつきながら、それでも意外なほど穏やかな笑顔になる。

「やっと決心したかい。じゃあ、後のことは俺に任せてくれるんだな」

茂田は念を押すように言った。

「デカなんて商売やってりゃあ、人一倍、世の中のことを知ってるつもりになってるもんだが、どうも勝手が違うってことが、そのうち分かってくるもんだ」

茂田は、喉《のど》の奥に痰がからんでいるような声で呟く。

「世の中の色んな側面を見てきたつもりでも、生きる知恵みてえなものは案外、分かってねえんだな。何たって親方日の丸で来ちまってるわけだし。なあ、ニラさん、世の中ってえのは、そう甘かあないよ」

半ばこちらを試すような表情で言われて、韮山はよせよと言うように手を振った。今さら、そんなことを言われたところで、ではやめておこうかと刑事に逆戻りが出来るわけでもない。

十年以上も前に警察を辞めた茂田はその後、タクシーの運転手になり、数年前から個人タクシーを始めていた。そして、韮山にも同じ仕事をすすめていた。

個人タクシーが誕生したのは昭和三十四年のことだ。当時は「神風タクシー」などという言葉が流行るほどに乱暴な運転をするタクシーが増え、それに伴って乗車拒否や事故の多発が問題になっていた。一方では白タクも増加しており、業界全体に新風を吹き込み、運転者に「独立採算」の夢を与えるためにも、正式に個人タクシー免許が与えられることになったという。「いの一番」という言葉が急に流行ったのも、個人タクシー開業一番乗りを果たした運転手に与えられたナンバープレートが「い〇〇〇一」という刻印だったことからきている。

「かみさんは、承知したのかい」

茂田に聞かれて、韮山は曖昧《あいまい》な返事をした。実を言えば、寿々江にはまだ話していない。未《いま》だに病状の思わしくない女房に、余計な心配をかけたくないという理由もあったが、韮山が決めたことに関して口出しをする女ではないという思いもある。

「金の方は、大丈夫なんだろうな。車屋の連中は、まず間違いなく、現金払いにしろって言ってくるぞ」

「その辺の心配はいらん。退職金も今のところ手つかずだしな、車庫は家の塀を少し壊して、庭に造ることにするから」

認可が下りた当初は、個人タクシーの免許を取得するには、それなりに面倒な資格が必要だったという。だが、東京オリンピックの前になって、タクシー全体が増車され、それに伴って個人タクシーについても一定の基準を満たしていれば、比較的容易に免許が与えられるようになっていた。無論、ハイヤー・タクシー運転者出身が多いが、それ以外の者でも、年齢が四十歳から五十五歳程度であり、健康状態が良好で、十年以上の運転経歴を持ち、事故歴もなく、車庫の保有条件などに問題がなければ、審査基準に達することになった。

「三月に次の免許取得者が発表になるはずなんだ。今から申請しておけば間に合うよ。まあ、俺が動けるようになったら、やってやるから任せておけって。特に、元警察官なんていったらな、すぐに通るからさ」

茂田は余裕のある口振りで請け合ってくれた。病気の友人を素足のままで立たせておくのも忍びなく、韮山は用件が済むと、すぐに茂田の家を辞した。数カ月後にはタクシー運転手になっているのかと思うと不思議でならない。だが時間も自由になる上に、好きな時に好きな場所へ行かれる仕事は、韮山にとっては大きな魅力だった。売り上げそのものは、大して気にしていない。とにかく少しでも手がかりを探して自由に動き回れる道具が欲しかったのと同時に、これから寿々江が退院して、またいつ具合が悪くなったとしても、家に車があれば便利に違いないという思いもあった。

——笑うか？「お父さんが」って。

歩きながら、韮山はまたのぶ子に話しかけていた。娘がバスガイドで親父が運転手というのも、面白い話ではないかとつい、一人で小さく微笑《ほほえ》んだ。

冬の日は短い。コートのポケットに両手を突っ込み、都電一駅分を歩いて四谷三光町に着く頃には、辺りは薄暗くなり始め、新宿駅方向のネオンが滲《にじ》むように瞬《またた》き始めていた。ルミが働いているというヌードスタジオは、歌舞伎町にあると玉木は言っていた。改めて手帳を取り出し、『ダイヤ』の住所を確かめると、韮山は次第に人通りの多くなる道を歩き始めた。そろそろ家路につこうとする人たちの流れがある。その流れに逆らうように、一時の快楽を求めて盛り場に向かう流れがあった。

途中、何度か人に聞いてようやく探し出した『ダイヤ』は、ネオンも途切れがちになった路地の片隅にある、少し前までは私娼窟《ししょうくつ》だったのではないかと思わせるような店だった。赤い看板に黒い文字で「ヌード」とだけ書かれており、腰から下は薄黄色のタイルが貼《は》られている建物は、入り口にビニールのカーテンを下げていて、いかにも淫靡《いんび》な上に、不衛生な印象さえ与える。韮山は躊躇《ためら》いもせず、そのカーテンの奥に足を踏み入れた。

「あら、いらっしゃい」

カーテンの奥の扉を開けると、青や赤のランプに照らし出された奇妙な色合いの空間にいた女が愛想笑いを浮かべて出迎える。光の加減もあるのだろうが、化粧の濃さが女の表情も、年齢さえも消し去っているようだった。

「ルミって子、いるかい」

「ルミ？　そんな子いたかしら」

カツラか本物か分からない、妙に膨れ上がった髪型の女は、下着が見えるほどに短いスカートを穿《は》いていた。女装している男に見えなくもないが、声の質は明らかに女だ。彼女は「マぁマぁ」と声を張り上げながら、さらに玉暖簾《たまのれん》のかかった奥の空間に消えていった。見回すと、部屋の壁には無数の写真が貼り出されていた。どれも下着一枚になった裸の女たちの写真で、時には立ち、時には座って様々にポーズをとっている。どれも年端《としは》のいかない娘に見えると思いながら、それらをぼんやりと眺めていると、背後から「何か？」と声をかけられた。今度は白っぽいズボンに柄物のシャツを着た女が立っていた。

「ルミって子が、ここにいるって聞いたんだが」

韮山は女に近づいて、相手の目を見据えた。女は一瞬試すような目つきになったが、すぐに「さあ」と眉《まゆ》を動かした。

「そんな名前の子は、うちにはいませんよ。ずっと前から」

「それじゃあ名前を変えてるのかもな。つい最近、来た子なんだがね。年は十七だが、それも誤魔化してる可能性がある」

「お客さん、刑事さん？」

女は開き直ったような不敵な笑みを浮かべてこちらを見返してくる。韮山は「そう見えるかい」と薄笑いを浮かべた。ふん、と鼻から息を吐き出すと、女は観念したように細い眉を上下させる。

「安心しなよ。別に、手入れに来たわけじゃねえんだ。その娘に会わせてもらえりゃ、いいんだからさ」

「あの子なら辞めましたよ。ぷいっとね」

女は落ち着き払った表情で「サツのダンナに嘘《うそ》はつきませんよ」とつけ加えた。韮山は落胆を顔に表さず、いつ、どういう状況で辞めていったのかと尋ねた。ママと呼ばれていた女は、一週間ほど前に店にルミあての電話がかかってきたこと、その電話を切るなり、ルミは急に辞めさせてくれと言い出したことなどを、あっさり話した。

「急に、か」

「嫌になりますよ。最近の若い子はあてにならなくて」

韮山は、いちいちメモを取りながら、心がざらつくような、何か嫌な感触を摑《つか》んでいた。

5

熱海駅から小田原寄りにある伊豆山《いずさん》には、かつて走湯権現《はしりゆごんげん》とも呼ばれた伊豆山神社がある。神社に続く長い石段の麓《ふもと》にある逢初橋《あいぞめ》は、北条政子が祝言《しゅうげん》を抜け出して源《みなもとの》頼朝《よりとも》と落ち合った場所とされており、二人が追っ手から逃れて隠れたのが伊豆山神社ということだった。そんな言い伝えにちなんでか、神殿の左右に植えられている大椥《おおなぎ》の葉をお守りにすると、片思いの相手に心が通じるという伝説があると聞いて、萄子は六百段にも及ぶという石段を登ることにした。

——会えますように。きっと、会えますように。

まるで念仏でも唱えるように、同じ言葉を呟《つぶや》きながら、ひたすら石段を登る。今日で既に五日、萄子は熱海中の旅館やホテルを尋ね歩いていた。だが、昼前後の数時間を狙《ねら》って、しかも従業員が百人、二百人という宿になると、話の分かる人に取り次いでもらうだけで、かなりの時間がかかる場合も少なくなかったから、一日に訪ねられる宿の数はたかが知れていた。

それにしても歩けば歩くほど、熱海には宿が多かった。山の上の方にある宿に行くときはバスを使ったり、時には駅前からタクシーに乗ったりしながら、萄子は毎日、山坂を上り下りしていた。お陰で足の筋肉はぱんぱんになり、毎晩、温泉に入れるから良いようなものの、身体《からだ》は徐々に疲れてきている。

——会えますように。きっと会えますように。

吐く息が白く見える。徐々に息が上がって、スカーフを巻いたコートの襟元も、うっすらと汗ばんでくるのが感じられた。やっとのことで石段を登り終えると、萄子は息を弾ませながら後ろを振り返った。冷たい風が額の汗を飛ばしていく。熱海の町並みの向こうに、青くきらめく太平洋が見えていた。冬の陽を浴びて、ところどころに白波を立てながら細かくきらめいている。初島が今日ははっきりと見えた。

海には不思議な力があると、この町に来て初めて、萄子は感じるようになっていた。寄せては返す波を眺めるだけでも、心が慰められ、静かに物事を考えることが出来る。午前中や日没前、萄子は毎日のようにお宮の松のある『つるやホテル』前の海岸辺りまで行って、波の音を聞いたり、潮の匂《にお》いを感じたりしている。そうすることで、実りのなかった一日を過ごした後でも、また明日につながると思えるのだった。

——あなたも、海が好きになったんじゃない？

郡山育ちの勝も、この広々とした海を気に入っているはずだという気がした。きっといつか、二人並んで、海辺に立ちたいと、萄子は考えていた。

お守りになるという大椰の葉はかなり高い位置から出ている枝に繁《しげ》っているばかりで、とても摘めるような場所にはなかった。萄子は諦《あきら》めきれない気分で、しばらくの間、大きな木を見上げていた。すると、風も吹かないのに、ふいに一枚の葉がひらひらと落ちてきた。萄子は駆け寄るようにして、梛の葉を拾った。

――会えるわ。諦めなければ、きっと会える。

まるで、神の力が働いたような気さえした。コートのポケットからクリネックスティシューを取り出す。それまでは、ポケットにちり紙など入れておくと、ポケットの中ですり切れて困ったものだが、昨年、これが売り出されて以来、重宝するようになった。ティッシュで丁寧に葉を包んで、萄子はそれをハンドバッグにしまい込んだ。

「お帰んなさい。先にお風呂《ふろ》、お使いにならない？　今日は団体が二つ入ってるから、後からだと、何かと窮屈な思いをしていただかなきゃならないから」

『かねゐ』に帰り着くと、もうすっかり馴染《なじ》んだ感のある女将《おかみ》が笑顔で迎えてくれる。

「今日は、いかがでした？」

「伊豆山神社に行ってきました。こうなったら、神頼み」

そう、と頷《うなず》く女将は、今日も収穫がなかったことを見取ったらしい。この数日、彼女だけが萄子の話し相手だった。細かい事情は省いたが、婚約者を探しに来たと話しただけで、女将は「まあ」と気の毒そうに眉をひそめ、あとは余計なことを尋ねなかった。

「明日は、見つかりますよ、きっと」

「お風呂、いただきます」

小さな旅館ということもあり、女の泊まり客が少ないせいもあって、この宿には浴室が一つしかない。それでも湯は一日中、絶えることなく湧《わ》き続けていて、宿の主人が浴槽を掃除する昼前後以外は、いつでも使うことが出来た。

——彼が風呂番をしているとしたら。

勝は間違いなく昼前後、つまり萄子が訪ねている時間帯には、宿にいることになる。方々の旅館を訪ね歩き、『かねゐ』の女将からも少しずつ色々なことを教わって、萄子は旅館で働く人々の流れというものを理解し始めていた。そして、風呂番や下足番など、完全な裏方で、特別な技術を要するわけでもない仕事の場合は、多少、身元が不確かであっても、雇い入れてしまう宿が多いということも知った。たとえば風呂番などの仕事に住み込みで雇われれば、観光客に姿を見られることもなく、三度の食事の心配もせずに、ひっそりと暮らし続けることが出来るということだ。

——そうなると、伸二という人は？

一日に何度か浮かび上がる疑問が、また頭をもたげてきた。疲れた足をよく揉《も》みほぐし、風呂から上がると、萄子は一人の部屋に戻って、今日一日歩いた場所を地図で確かめ、日記をつけた。コタツに入ってノートに向かっていると、空腹を感じると同時に、妙に眠くなってくる。不思議なものだった。心細さと闘いながら、こうして勝を探し回っている自分は、精神的にはずい分追い詰められているはずなのに、肉体だけは驚くほど健康で、三度三度の食と、十分な睡眠を要求している。

ついうとうとしかかっていると、急に階下が騒がしくなった。どやどやと人の上がってくる気配がして、団体客が到着したらしいことを告げている。女将の声が、「こちらです」と聞こえた。芸者は呼べるかい、若い子はいるかね、予約が必要なのかなと、次々に尋ねる声がする。今夜も、旅館は戦争のような時を迎えようとしているらしかった。

——あなたは今、何している？　どこにいるの？

眠気を覚まされた萄子は、再び勝に問いかけ始めた。そして再び、伸二という若者のことを考えた。勝と伸二とは、どういう関係なのだろうか。彼らは行動を共にしているのか、それとも、どちらかがどちらかを追っているのだろうか。せめて韮山に相談出来れば良かったのにと思うと、悔しかった。

他の部屋の賑《にぎ》わいをよそに、たった一人の夕食を終えると、萄子は帳場へ下りていった。仲居たちが着物の裾《すそ》を翻《ひるがえ》して、慌《あわ》ただしく階段を上り下りする横で、「電話を」

と声をかけると、この数日ですっかり心得たらしい主人が、「はいはい」と受話器を取り上げて、一〇〇を回してくれる。交換に東京の電話番号を告げ、受話器を戻して電話がつながるのを待つ間、浴衣《ゆかた》に丹前姿の男が慌ただしく階段を下りてきた。

「親父《おやじ》さん、芸者、まだかな」

「もう着く頃だと思うんですがね」

「もう、盛り上がっちゃってるんだよ。出来れば早くならないかい」

男は既に酔いが回ってきているらしい。赤い顔を輝かせながら、やたらと大きな声を出し、それから初めて萄子に気づいたらしく、一瞬ぎょっとした顔になった。萄子はさり気なく視線を外し、何となく気まずい思いで電話がつながるのを待った。ようやく電話が鳴ると、主人が取り次いでくれる。三十五、六に見える男の視線を感じながら、萄子は受話器を受け取った。

「もしもし？　トコちゃんなの？」

待ちわびていたように母の声が聞こえてくる。萄子は、昨夜も聞いた母の声に「もしもし」と応《こた》えた。

「どう？　何かあった？」

「駄目。今日も空振りだったの。今日は伊豆山神社っていうところに、お参りに行ったわ」

「お参り？　そう――お食事は？　ちゃんとしてるんでしょうね？」

帳場の脇《わき》には、下に「リボンシトロン」という金文字が入れられている大きな鏡が掛かっている。その鏡に映る自分の姿を眺めながら、蔔子は「心配いらないわ」と答えた。背後には、まださっきの男が立っていて、やはりこちらを見ているようだ。それが嫌だった。

「ねえ、そろそろ帰ってきたら？　いつまでいるつもりなの？」

母は、昨日も言った言葉を今夜も繰り返す。返事が出来るくらいなら苦労はないと言いたいのをこらえて、蔔子は「分からないわ」としか答えなかった。

「もう少し。納得出来るまでは、動けない」

「――お金は？　足りてるの？　大丈夫？」

蔔子は心配いらないと答え、代わりに父や彰文たちの様子を尋ねた。母は、父は相変わらずだし、彰文の方も、いよいよ受験が近づいてきたというのに、まだビートルズに気を取られて、おまけに相撲ばかり観《み》ていると言った。蔔子は、思わず微笑《ほほえ》みながら、我が家のリビングルームを思い浮かべていた。

背後が急に賑やかになった。振り返ると、日本髪に和服姿の芸者衆が数人で入ってきたところだった。受話器の向こうで、母が「馬鹿《ばか》に賑やかねえ」と言った。それから数分後には、旅館中に男たちの笑い声が満ち溢《あふ》れ、三味線の音や手拍子で、萄子は母と話す気にもなれない状態になった。

「すみませんねえ、いかがです？　少しお散歩でもなさってきたら」

電話を切ったところで、主人が気の毒そうな顔で言った。萄子は曖昧《あいまい》に笑いながら小首を傾《かし》げて見せた。

「一人で歩き回っても――それに、夜はこの辺り、男の人ばかりなんですよね？」

主人は少し考える表情になっていたが、急に思いついたように、それなら仲居の一人に十五になる娘がいるから、彼女につき添わせようと言った。

「十五歳って、そんな子どもを――」

「大丈夫ですって。この辺りにはヤクザだ何だってタチの悪い人たちはいないんです。地元の子は慣れてますからね、平気な顔して歩いてますから。こんなやかましい時に一人で部屋にいたって、ご不快でしょう」

そして、五分ほどで少女を呼んでくるからと言うと、主人は「おおい」と誰かを呼びに行ってしまった。萄子は、自分も部屋へ戻って身支度を整えた。数分後、旅館の玄関口に、長い髪を三つ編みにした少女が現れて、「こんばんは」とひょっこりと頭を下げた。少女とは言っても萄子と大して背丈の違わない、目元の涼やかな娘だった。そういえば、面差しの似た仲居がいることを思い出しながら、宮川洋子《みやがわようこ》と名乗る少女に、萄子は「よろしく」と微笑みかけた。

「ちゃんとご案内してくれよ。頼んだよ」

主人に笑顔で送り出されて、萄子は熱海に来て初めて、夜の町を歩くことになった。

「東京から来てるんだそうですね」

国道を歩き始めると、まず少女が話しかけてきた。

「人を、探してるんでしょう?」

「お母さんから、聞いてるの?」

萄子の問いに、彼女は小さく頷く。

「最初はね、皆で少し心配してたみたい」

「心配って、私を? どうして?」

洋子は、ここは錦ケ浦《にしきうら》が近いからだと言った。

「錦ケ浦って?」

「知りません? 自殺の名所。あっちの、ちょうど岬の先っぽにあるところ。よく、飛び下りるんですよね」

では、自分は自殺志願者だと思われたのか。萄子は思わず物怖《ものお》じしない性格らしい洋子を見つめた。

「嫌だわ。とんでもない。殺されたって——」

死なないわ、と言いかけて、ふと韮山のぶ子を思い出した。萄子は口を噤《つぐ》み、密《ひそ》かにため息をついた。

「あの、気に障《さわ》ったらごめんなさい」

慌てたような表情になって言う洋子を見て、萄子は、ゆっくりと微笑んだ。

「十五歳っていったら、高校生？」

「中三」

「じゃあ、うちの弟と同い年だわ」

彰文と同い年の少女というものは、これほどまでに大人びて見えるものかと感心しながら、萄子は洋子を眺めていた。

国道はすぐに初川にぶつかる。日中に歩いていても、その川沿いがこの界隈《かいわい》で一番の繁華街であることは分かっていたが、夜ともなると、その風景はまったく違う印象を与えるものになっていた。毒々しいほどのネオンが瞬《またた》き、川沿いに軒を並べる小さな店々の前には、一見して水商売と分かる女が立っていた。丹前姿でそぞろ歩きをしている風情《ふぜい》の男たちが近づくと、盛んに声をかけ、賑やかな声を張り上げて何かに誘っている様子が方々で見受けられた。銀座や新宿の盛り場などとも雰囲気の異なる、一種独特な賑わい方だ。

「大丈夫？　こんなところ歩くの」

尻込《しりご》みしそうな気分で隣を見ると、洋子はけろりとした様子で「全然」と答えた。

「ここでカモにされるのは、男の人だもの。お姉さんが一人で歩いてたとしても、仕事を探してる人くらいにしか思われないわ」

洋子の言葉に、蒟子はつい笑ってしまった。そして、そういえばこの数日、いや、もっと長い月日、ほとんど笑ったことはなかったことを思い出した。

川沿いの照明を受けて、水面《みなも》が輝いている。こんなに寒いのに、酒を飲んでいるせいか、行き交う男たちは誰もが暖かそうで、生き生きと見えた。様々な看板とネオンが目に飛び込んでくる。射的。ストリップ。スナックバー。ヌード。コンパ。南国キャバレー。これが、男たちが熱海を目指す理由なのだということが、初めて実感として伝わってきた。芸者遊びが出来るというだけではないということだ。蒟子は恐怖心半分、好奇心半分で、それらの看板を眺めて歩いた。

「お姉さん、あの辺にあるのが何の店だか分かる？」

ふいに洋子が前の方を見て言った。萄子は、数人の女たちが笑いさざめいているのを見て、首を振った。少女は悪戯《いたずら》っぽく見える表情で、「ガマ屋」と言う。

「ガマ屋？　聞いたことがないわ」

萄子が小首を傾げると、洋子はくすりと笑って、こともなげに「パンパン屋のこと」と答えた。中学生の少女がそんな言葉を知っていることに驚き、萄子は改めてその界隈を眺めた。あまり、じろじろと見ては失礼だと思いつつ、つい目が吸い寄せられてしまう。自分とはまるで無縁の、不思議な空間に紛れ込んだような気がした。それでも久しぶりに話し相手がいて、途中で射的をしたり、遅くまで開いている生花店や洋品店などを覗《のぞ》く散歩は意外なほどに楽しかった。

「弟さん、今頃は受験で大変？」

「あなただってそうじゃないの？」

こんな大切な時に、勝手に呼び出したのは迷惑だったかと、申し訳ない気持ちで隣を見ると、洋子は自分は高校には行かないのだと言った。

「私ね、芸者さんになるんです。東京に出て、一流の芸者さんになりたいの」

洋子は大人びた笑みを浮かべて、同級生には集団就職で県外に出る者もいれば、親の店を手伝う子もいるが、自分は芸者になる決心をしているのだと言った。

そういう未来の描き方もある。菊子は、彰文と同い年の少女が、自分よりもよほどしっかりしているように見えて、ただ感心するばかりだった。働くということを真剣に考えたこともなく、ただ漫然と日々を送っていた十代の頃を恥ずかしく思う。その上、結婚も出来ないとなったら、自分の将来には何が待ち受けているのだろうか。

ずい分歩いてようやく『かねゐ』まで戻ると、宿は静寂を取り戻していて、芸者の一人がちょうど帳場の前にいた。菊子の隣にいる洋子に気づいて「あら」と明るい声を上げる。少女は、菊子に対するのとは異なる口調で「お姐《ねえ》さん来てたの」と言った。

「不良娘ねえ、こんな時間まで遊んでたの」

その芸者は、いかにも気安い様子で微笑みかけ、ちらりと菊子を見てすっと会釈《えしやく》をした。本物の芸者など相手にして、どういう反応を示せば良いか分からない菊子は、慌てて自分も小さく会釈を返した。

「あら、お帰んなさい。ちょうどよかった」

その時、女将が奥から顔を出した。

「ねえ、こちらのお客様がね、人探しをしていらっしゃるのよ。あんた、ちょっと見てみてくれない？」

化粧のせいで年齢がよく分からない芸者は、美しく描いた眉《まゆ》を一瞬ひそめた。反射

的に、迷惑に感じていることが分かった。だが女将はまるで構わない様子で、萄子に
「写真、おありでしょう」と言った。

「芸者衆は、色んな旅館に行きますからね。特にこの人は、なかなかの事情通なんですよ。だから」

女将の言葉に励まされて、萄子はバッグから勝の写真を取り出した。改めて顔を上げると、その芸者は、こちらの心を見抜こうとでもするかのように、真《ま》っ直《す》ぐに萄子を見つめている。瞬間、恐怖心のようなものを覚えながら、萄子はおずおずと写真を差し出した。芸者が写真を見ている間、洋子も脇から彼女の手許《てもと》を覗き込んでいる。

「せっかくだけど、分からないわねえ」

さして時間もかけずに、芸者は萄子の方ではなく、女将を見た。

「そんなこと言わないでさ、小糸ちゃん、よく見てあげてちょうだいよ。このお客様はね、寒空の中を毎日、熱海中の旅館を訪ねて歩いてらっしゃるんだから」

「この方、どういう方なんです？」

改めてこちらを向かれて、萄子は緊張しながら、この町に来て何度口にしたか分からない説明を繰り返した。婚約者であること。年齢。体格。昨年の暮れまでは『晴山荘』にいたこと。芸者は表情を変えずに黙って話を聞いていたが、やはり見覚えはな

いと繰り返すばかりだった。

「でも、この町にいるんなら、そのうち見つかるんじゃ、ないですか。ご心配、いらないでしょう」

言葉とは裏腹に、芸者の口調は冷ややかだった。すっと写真を返してきて、愛想笑いのつもりかちらりと目だけ細めて見せると、彼女は「それじゃ、この辺で」ときびすを返す。瞬間、ふわりと漂った白粉《おしろい》の香りと、その襟足の白さが、同性でありながら菊子をどきりとさせた。やはり、自分とは無縁の、未知の世界の人なのだと感じさせる何かがあった。

6

ちょうど梅の季節を迎えていた。梅林を目指す観光客が増えて、熱海の町はさらに賑《にぎ》わいを増した。ことに週末ともなれば、団体客に混ざって若いカップルの姿も目立ち、家族連れも増える。国道は混雑し、坂道を上り下りする自家用車の数も増えたような気がする。誰の顔も輝いて、楽しそうに見えた。菊子は、自分にだけ陽射《ひざ》しが届かないような、惨《みじ》めな気持ちで日々を過ごすようになっていた。今朝の新聞では、読売ジャイアンツの長島茂雄が盛大な挙式をしたと報じていた。花嫁は東京オリンピックのコンパニオンだという。萄子が絶望のどん底に突き落とされている間に出会い、惹《ひ》かれあって、結ばれる人たちもいるのかと思うと、余計にやるせない気持ちになる。

――もう、熱海にはいないんだろうか。

だが、では勝はどこへ行ったのか。その手がかりも摑《つか》めないままでは、既に十日以上になった熱海での滞在もすべて無駄になってしまう。毎晩、自宅に電話を入れて母の声を聞くのも、日増しに気が重くなるばかりだった。結局その日も何の収穫も得られないまま、重い足取りで萄子は『かねゐ』に戻った。

「お姉さん、いる？」

長く虚《むな》しい一日が終わり、夕食もとり終えて、部屋でぼんやりしていると、部屋の外で洋子の声がした。散歩に連れ出してくれた日以来、彼女は既に二度ほど萄子の部屋を訪ねてきて、東京のことなどをあれこれと聞きたがった。萄子にとっては格好の話し相手でもあった。「どうぞ」と答えると、えび茶色のカーディガンの肩にお下げ髪をたらした洋子が、はにかんだような笑顔で襖《ふすま》を開けた。

「外、寒かったでしょう？　どうぞ」

だが洋子は珍しく首を横に振り、今日はすぐに帰らなければならないと言う。そして、ちらりと周囲を窺《うかが》うような表情になると、すっと部屋へ入ってきて、後ろ手に持っていた、小さく折り畳んだ紙片を差し出した。

「小糸さんから頼まれたの。お姉さんに渡してって」

「小糸さん？」

「この前、下で会った、芸者さん」

途端に、射るような眼差《まなざ》しと白いうなじが思い浮かんだ。あの時、ほとんど本能的に敵意のようなものを感じた芸者が、自分に何の用かと考えながら、萄子は差し出された紙片を受け取った。

〈明日午後一時、来の宮神社境内で御目文字いたしたく、お待ちいたして居ります。

小糸〉

メモには鉛筆の走り書きで、それだけが記されていた。萄子は呼び出される心当たりなどないのにと考えながら、宙を見つめた。

「あんまり他の人には知られたくないみたいだったよ。だから、私に言いつけたんだと思うから」

立ったままの洋子がつけ加えるように言った。萄子は、ただ「そう」と頷《うなず》いただけだった。

思い当たるところはないが、呼び出されたからには知らん顔も出来ない。萄子は翌日、指定された時間よりも幾分早く、来の宮神社に到着していた。熱海駅より一つ名古屋寄りの来宮《きのみや》駅にほど近い来の宮神社は、梅園から近いせいもあって、それなりの人で賑わっていた。樹齢二千年を超えるという大楠《おおくす》があって、その巨大に盛り上がり、うねる根だけでも、人間には及びもつかない生命と神秘の力を十分に感じさせる。何か異なる生き物のようにさえ感じられる木肌に触れ、その周囲を歩いているうちに、地味な着物の上からショールをまとった女性が、こちらに向かって歩いてくるのが目にとまった。

「お呼び立てした上に、お待たせしたみたいで」

その声は、間違いなく小糸だった。だが、髪型も違えば化粧も違うから、一見するとまるで分からない。薄化粧の彼女は、芸者姿でいるときよりもずっと地味で、穏やかな表情に見えた。どこかの若奥様のようだと思いながら、萄子は丁寧に頭を下げた。

「驚かれたんじゃないですか？　いきなり、芸者からつけ文なんかされて」

手紙に書かれていた御目文字という言葉も、つけ文という言葉も、萄子には新鮮に響いた。萄子は返事をする代わりに小さく微笑《ほほえ》んで見せた。驚いていないと言えば嘘《うそ》になる。

「こないだは、すみませんでしたね。お座敷の後で、ご酒の方もかなり、いただいてましたもんですから」

小糸は少し恥ずかしそうな表情で言い、それから小さくため息をついた。

「こういう仕事をしてますと、腹の立つことも多いんです。あの日のお客様は、言っちゃ何だけど品がなくて疲れるばかりでね。面白くないから、さんざん飲んでやったんですよ」

「大変な、お仕事なんでしょうね。こちらからお客様を選べないんですものね。でも、酔っていらっしゃるようには、見えませんでしたわ」

菊子が答えると、小糸は少し意外そうな表情でこちらを見る。その視線は、やはり真っ直ぐで、彼女の気性をよく表しているように思った。

「一つ、お聞きしたいことがあったんです」

小糸は意を決したように口を開いた。菊子は黙って頷き、相手の目を見つめた。

「例の、探しておいでの方のことですけれど。お嬢さんは、どうしてそんなに、その人のことをお探しになっていらっしゃるんです？　いくら許婚《いいなずけ》だって、向こうはお嬢さんを放たらかしにして、消えちまった男でしょう？　憎い、相手でしょう」

「どうしてって――」

萄子は口を噤《つぐ》み、頭の中で言葉を選んだ。勝がいなくなった理由を話すわけにはいかない。会って真実を知りたいと言えば、何の真実かと聞かれるだろう。

「ただ、会いたいんです。それだけなんです」

小糸は、試すような目つきで、じっとこちらを見つめていた。

少し沈黙の後、小糸はため息をついた。

「実は、こないだは知らないなんて申しましたけど、私、その人のこと、存じてますんですよ」

昨夜、手紙を受け取った時点から、その件ではないかと期待していた言葉だった。だが本当に聞こうとは思わなかった。萄子はどう問い返すことも出来ず、ただ小糸を見つめていた。彼女は細く描かれた眉をわずかにひそめ、唇を噛《か》んでいたが、ふいに横を向いて俯《うつむ》いた。

「――恨まないで下さいね。先週、お嬢さんに尋ねられたときに、すぐに教えて差し上げればよかったんですけれど」

「あの――」

「あの人、もう、熱海にいないんですよ」

「――どこへ、行ったんでしょう」

頭の中で様々な言葉が渦を巻いた。何故《なぜ》、嘘をついたんです。どうして「あの人」なんて呼ぶんです。あなたと彼とは——だが、もはや小さなことに動揺し、落胆している場合ではなかった。とにかく、切れたと思っていた糸がつながったのだ。菊子は、横を向いたままの小糸の顔を覗《のぞ》き込んだ。彼女はちらりと菊子の顔を見て、諦《あきら》めたようにまたため息をつく。

「それは——今のところ、分かりません」

それでは、ここまで呼び出されて来た甲斐《かい》がないではないかと苛立《いらだ》ちそうになったとき、小糸はすっと顔を上げて「でも」と言った。

「居所が分かったら、必ずご連絡しますから。ねえ、それじゃあ、いけませんか」

どこか思い詰めたような、切なげな表情だと思った。菊子は改めて自分より二、三歳は年上に見える芸者を見つめた。

「つかぬことを伺いますが、あの人とは、どういうご関係だったんでしょうか」

小糸の切れ長の瞳《ひとみ》が微《かす》かに揺れた。菊子は、彼女が勝に対して特別な感情を抱いていることを直感した。だが返ってきた言葉は、「ご心配なさるような関係じゃありませんよ」というものだった。

「本当に。お信じになるかどうか分かりませんけど、ただ、去年の暮れに『晴山荘』

でね、私が酔っ払って涼んでいるとき、あの人が水を飲ませてくれたっていうだけなんです」

それから小糸は、大楠の周囲をゆっくりと歩きながら話し始めた。酔って水を飲ませてもらった晩から、小糸の中には勝の印象が強烈に残ったという。まず第一に、ただの風呂番《ふろばん》にしては、どこか違う雰囲気を感じたからということだった。そして、『晴山荘』に座敷がかかる度に、山崎と名乗っていた勝を探すようになったらしい。

「正直に言えばね、私の方にはその気がありました。だから、あの人が新しい仕事を探してるって言ったときも、私が宿を紹介したんです」

その宿は、萄子も既に訪ねている大きな旅館だった。小糸は、たとえ誰が訪ねてきても「知らない」と答えるようにと、自分が頼んでおいたのだと言った。

「まさか、こんなお若いお嬢さんが一人で訪ねておいでだとは思わなかったんですよ。何かワケアリだろうとは感じたんですけれど。もう少し物騒な連中が来るのかと、勝手に勘違いしてたものですから」

小糸は半ば申し訳なさそうな表情で、深々と頭を下げる。萄子は、怒って良いのか悲しんで良いのかも分からないまま、小糸を見つめていた。言い様のない嫉妬《しっと》のようなものがこみ上げてくる。目の前にいるこの人は、数日前まで勝と会い、言葉を交わしていたと思うだけで、許し難い気持ちにさえなった。

「それで、お嬢さんにお目にかかった先週ね、私、あの後すぐに、あの人に連絡しました」

そして翌日には、勝は熱海から姿を消したということだった。つまり小糸さえ本当のことを教えてくれていれば、蓟子は今頃、きちんと勝に会えていたということではないか。

「そんな――あんまりじゃないですか」

唇を噛み、懸命に苛立ちを抑えようと思うのに、涙がこみ上げてきそうだった。小糸は、そんな蓟子を見て、また頭を下げる。

「本当、堪忍《かんにん》して下さい。でも、今日こうしてお目にかかって、お嬢さんが『会いたいだけ』って仰《おっしゃ》らなかったら、私、それでも黙ってるつもりだったんです」

目の前の人をなじり、たとえ手を上げたところで、どうなるものでもない。蓟子は今度は自分が顔を背け、頭上に伸びる大楠の枝を見上げた。すれ違っていたのに。大声で名を呼べば、聞こえるところにいたのに。

「お約束します。居所が分かり次第、必ずご連絡しますから。どうか、堪忍して下さい」

これ以上、聞く耳など持ちたくないと思うのに、小糸は懸命に、勝が熱海を離れるにあたっては、自分の知り合いを頼るようにと言い含めたのだと言った。名前を偽り、身元も不確かな人間が潜り込める場所など、そう易々《やすやす》と見つかるはずがない。だから勝も必ず、その人間を頼るはずだという。

「――もう一つ伺いますが、彼は一人でしたか」

取り乱すのは萄子のプライドが許さなかった。懸命に平静を保ちながら、萄子はやっとのことで彼女の方を向いた。小糸は当然というように頷きかけ、それからはっとのことで彼女の方を向いた。何かを思い出した表情になった。

「一人は一人でしたけれど――でも、そういえばあの人も誰かを探してるとか、追いかけてるとか、そんなことを言っていたような気もします」

それが伸二なのだろうか。すると、二人はやはり行動を共にしてはいないということなのか。萄子は、ただでさえ動揺している上に、さらに混乱しそうになっていた。

「お嬢さん、本当にあの人のことが好きなのねえ」

小糸は口元に微かな笑みを浮かべて言った。その笑顔は、ひどく淋《さび》しげで哀れにさえ見えるものだった。萄子は思わず目を伏せた。この人は親切な人に違いない。その人にまで嫉妬している自分が嫌だった。

混乱が去ると、萄子は、心の中にぽっかりと穴があいたように感じた。また彼を見失った。しかも、すぐ傍にいながら見つけられなかったという思いは敗北感につながり、全身から力を奪っていく。

「お誓いします。この埋め合わせはきっとしますから」

最後に小糸に言われて、萄子は相手に乞《こ》われるまま、自宅の住所と電話番号を書いて渡した。だが、希望など抱けるはずがない。小糸を信じないわけではなかったが、勝が本当に彼女の知り合いを頼るかどうかも、確かではない。第一、勝は、萄子が傍まで来ていると知りながら、敢《あ》えて消えたのだ。それほどまでに会いたくないのだろうか。

――どうして？　本気で逃げ切るつもりなの？　私からまで。

小糸とはその場で別れ、萄子は泣き出したい気持ちのままで歩き始めた。急な坂道を下り、線路をくぐって川沿いの道に出る。この山坂を毎日のように上り下りしていた自分が哀れにも滑稽《こっけい》にも思えてならない。明日に希望をつなげるために、海を見たり、伊豆山神社への石段を登ったことまでが、ひどく馬鹿馬鹿しい行為だったように思い出された。宿に着いたら、そのまま東京へ帰る支度をしよう。たとえ新幹線の席が取れなくても、夜までには家に帰れるだろうと思う。だが、こんな気持ちのまま、両親の顔を見るのも辛かった。やっとの思いで『かねゐ』に帰り着き、帳場に声もかけず、萄子は黙って自分の部屋に上がった。のろのろと襖を開けると、意外なことに、部屋に電気がついている。萄子はぼんやりと顔を上げ、小さなコタツで暖を取っている人を見た。

「お父さん——どうして？」

いつも萄子が座っていた席で、父は穏やかな表情でこちらを見上げている。

「仕事で名古屋に行く用が出来たんでな。それで、帰りに寄ってみた」

緊張の糸がいっぺんに切れそうだった。泣き出したい、八つ当たりしたい、思いのすべてをぶつけたい衝動が突き上げてくる。だが、萄子は「そう」と答えただけだった。愚痴は言わない。父にも約束し、自分にも、そう誓ったのだ。

「なかなか、居心地のよさそうな宿じゃないか」

コートを脱ぐ間に父が言う。一人では広すぎた八畳の部屋が、急にいつもより暖かく、狭く感じられた。

「でも、もう用がなくなったわ」

父の向かいに座ると、萄子は顔を見られないように、俯きがちのまま、自分と父の茶を淹《い》れた。

「勝さん、熱海を出ていったって。今さっき、分かったの」

それ以上話すと、声が詰まりそうだった。父は「そうか」と言っただけで、萄子の淹れた茶をゆっくりと飲む。閉めきりの障子を通して、冬の陽射《ひざ》しが柔らかく射し込んでいる。昨日までの萄子は、この時間は町中の、どこかの坂道を歩いていた。

「修善寺に、父さんの知ってる宿がある。せっかくだ。行ってみるかい」

こん、と湯飲み茶碗《ぢやわん》をコタツに置いて、父が言った。

「あっちは熱海と違って、鄙《ひな》びた風情《ふぜい》のある温泉町だ。狩野《かの》川が流れていて、山に囲まれていて」

思い切って顔を上げると、父の方が俯いていた。ネクタイも緩めないまま、こうして萄子を待ってくれていた父は、もしかすると名古屋に用事などなかったのではないかという気がした。第一、昨夜だって、母は電話でそんなことを言っていなかった。

「修善寺って、『修禅寺物語』の修善寺？」

父の頭がうん、と揺れる。

「行ってみたいわ」

萄子が言うと、父は初めて顔を上げた。そしてようやく目元を細める。萄子もゆっくり微笑んだ。

「そうと決まれば、すぐに支度をするわ」

「じゃあ、車の手配を頼んでこよう」

二人同時にコタツから抜け出して、父は部屋を出ていき、萄子はボストンバッグを引き寄せた。そして、父の足音が遠ざかるのを聞きながら、大きく深呼吸をしていた。泣かない。一人になるまでは。

急な出立《しゅったつ》に驚いたのは『かねゐ』の女将《おかみ》と主人だった。それでも父が来てくれたことで、彼らは普段よりもかしこまって見えた。

「また、いつでもいらして下さいねえ。今度は、是非ともお連れ様と」

女将の言葉に、また胸が震えた。萄子も、初めての一人旅が安全に終えられたのは、ひとえにこの人のお陰だという思いで頭を下げた。いつも、明日への希望を抱かせてくれたのは、この女将だった。

「何だか、お名残惜しいわ。洋子ちゃんも、淋しがりますよ」

「よろしく伝えて下さい。もしも東京に出てきたら、必ず連絡を下さいって」

女将は胸を叩《たた》いて「承りました」と頷《うなず》く。小柄で痩《や》せた人だが、いかにもしっかりした感じの女将は、これまでに萄子が出会った、どの女性よりも忙しそうで、懐《ふところ》が深そうで、そして、萄子を支えてくれた。

「洋子ちゃんって?」

迎えのタクシーに乗り込み、見慣れた風景が風のように流れていくのを眺めていると、父が聞いてきた。

「お友だち。こっちで出来たのよ」

彼女のお陰で、少しは救われた。そして小糸という人にも、結果的には救われたことになるのだろう。そう思いながらも、気は晴れない。タクシーのラジオからは、高倉健の『網走番外地《あばしり》』が流れていた。

曲がりくねった細い山道を進み、修善寺に着いたときには、冬の陽は山の端《は》に消えかかっていた。熱海で聞いた潮騒《しおさい》に代わって、今度は絶え間ない川の流れる音がひっそりとした山あいに響いている。熱海に比べると気温も低く感じられ、ネオンなども見あたらない温泉郷に来て初めて、萄子は現実に戻ったような気がした。

黙って先を歩く父の背中を見つめながら、萄子は、自分のふがいなさを感じていた。もっと強くなりたい。小糸や洋子のように、または『晴山荘』の若女将のように。親に迎えに来てもらって喜んでいるような、こんな自分では勝には会えないような気がしていた。

父がとった宿は狩野川の水を引き込んで、建物の下全体に大きな池を造り、再び狩野川に水を戻しているという、いかにも風情のある重厚な佇《たたず》まいの宿だった。

緩やかに傾斜のかかった渡り橋を越えて廊下を進み、通された部屋は父子《おやこ》二人で泊まるには惜しいような、たとえば幼い子どもや子守まで連れてきても、大家族で使える間取りになっている。広縁に置かれた応接セットに腰掛けると、萄子はまず窓を開け、眼下に広がる池でゆったりと泳ぐ鯉《こい》を眺めた。

「ここは浴室も立派なものだ。ゆっくり入って、いい顔になって、東京へ戻ろう」

「東京には、明日？」

父は、萄子が望むなら、もう一、二泊しても構わないと答えた。兄に任せておけば、ある程度は心配いらないからと言う父が、実はどれほど仕事を気にかけているか、萄子にだって、分からないはずがない。

「いいわ。明日の朝、起きた気分で考えることにする。それで、いい？」

わざとわがままらしく言ってみた。父は黙って頷いただけだった。そして、自分に気を遣う必要はないのだから、好きなように過ごせば良いと言ってくれた。だが萄子は、笑顔で首を振った。

「十日以上も、ずっと一人でいたのよ。今は、たとえお父さんとじゃなくても、誰とでもお喋《しゃべ》りしたいの」

父は奇妙なしかめ面《つら》をしていたが、決して不快そうでもなかった。萄子は、父と連れだって狩野川沿いを歩き、修禅寺を見て、鄙びた竹細工を売る店を覗《のぞ》いた。辺りには、川の流れる音以外、騒音がほとんどなかった。熱海の喧噪《けんそう》からそう遠くないと思うのに、山あいの町は、ただ静かに、ひっそりと深く暮れていった。

「まさか、旅行の最後にこんな豪勢なお食事が待ってると思わなかったわ」

夕食の間も、萄子はひたすら喋り続け、父につき合って盃《さかずき》も何度か空けた。洋子の話、「ガマ屋」という言葉の意味、急な坂道や、来の宮神社の大楠《おおくす》など、別段、勝の件に触れなくとも、話題は尽きることがなく、父は何度も頷きながら、ずっと萄子の話を聞いていた。途中で挨拶《あいさつ》に来た女将が、「お嬢様とご旅行なんて素敵ですね」と笑ったときだけ、照れたような顔をしていた。

宿には天平《てんぴょう》風の大浴場の他に、少し小振りの風呂があった。浴室の中からも、壁にはめ込まれたガラスを通して、外の水中を泳ぐ池の鯉が横から見える造りになっている。湯船に浸《つ》かって鯉を眺め、ぼんやりと立ち上る湯気を見上げて、何気なく頰に触れたとき、萄子は初めて顔の筋肉が疲れていることに気づいた。無理に話し、笑いすぎただろうか。父を相手に。

——強くならなきゃ。もっと。

情けなくて、淋しくて、急に涙がこみ上げてきた。萄子はきつく目をつぶり、深々と息を吐き出した。風呂から上がるまでには泣きやんで見せる。だから今だけは、少し泣かせて欲しかった。

7

伊豆から戻ったせいか、二月に入ったこともあってか、東京の冬は一段と厳しく冷え込んで感じられた。その上、我が家に帰り着くと、彰文は本格的に受験勉強に取りかかっており、家は奇妙な緊張感に包まれていた。戦後ベビーブームの真っ直中《ただなか》に生まれた彰文は、何をするにも激しい競争に打ち勝たなければならないという運命を背負っている。兄や萄子の世代では考えられないことだが、小学校の頃から一クラス六十人以上という、まさしく芋の子を洗うような状態の中で過ごしてきた弟にとって、高校受験も、この先の大学受験も、すべてが狭き門であり、とてもではないが、生半可な気持ちでは生き残っていかれないというのが現実だった。

「あんたの世代は大変だわね。これから先も、ずっと競争、競争になるわけね」

久しぶりに家族全員が揃《そろ》った夕食の席で、萄子は苦笑混じりに口を開いた。ビートルズにばかり夢中になって、どこか浮ついて見えた弟だが、さすがに入試が近づくにつれ、真剣になってきたらしい。

「本当だよ。それなのに、いいよなあ、お姉ちゃんは。こんな時期にのんびり温泉に浸かってたんだもん」

弟の恨めしげな表情に、萄子はさらに苦笑しなければならなかった。別段、遊びに行っていたわけではないことくらい、彰文だって十分に承知しているのだ。だが、ただでさえ兄や萄子とは歳《とし》の離れた末っ子で、その上、小さな頃は病弱だった彰文に対して、母は殊《こと》の外《ほか》口うるさくなっている。強くなりなさい、丈夫になりなさい、甘えん坊じゃ駄目なのよと、ことあるごとに言っているくらいだから、今回の受験に際しては、萄子や兄が経験しなかったほど、「頑張れ」を連呼していた。

「その上、お父さんと寄り道までしてさあ。ずるいってばないよ」

「そういうこと、言わないの」

母が厳しい表情で言う。料理を頬張ったままで、彰文はつまらなそうに口を尖《とが》らせた。萄子はふと、自分の幼い頃のことを思い出した。戦中、戦後の物のない頃、甘いものが食べたい、ご馳走《ちそう》が食べたいと言っては、やはり萄子も母からたしなめられていた。そういうこと、言わないの。我慢なさい。

今、改めて母の横顔を眺めれば、やはり昔に比べて、少し白髪が目立つようになった。黙って箸《はし》を動かしている父も同様だ。久しぶりの母の味を噛《か》みしめながら、萄子は突然、この両親もいつか亡《な》くなってしまうのだと思った。その時もまだ、自分は一人なのだろうか。一人で、勝を探し求めてさまよっているのだろうか。それを考えると憂鬱《ゆううつ》になる。

「ねえねえ、熱海の温泉街ってさあ――」

「喋ってばかりいないで、静かにお食べなさい」

再び母がぴしゃりと言ったとき、玄関のチャイムが鳴った。反射的に、家族は顔を見合わせた。

普段、こんな時刻にチャイムが鳴ることなどない。一瞬、不吉な思いが頭をよぎる。母が箸を置こうとするのを制して、萄子は「私が」と立ち上がった。このところの招かれざる客は、すべて萄子に関係している。

「よう！　帰ったって聞いてさ」

ところが、玄関を開けるなり飛び込んできたのは、柏木と肩を組み、酒臭い息をまき散らす兄だった。

「――どうしちゃったの、そんなに飲んで」

萄子が後ずさりする間に、兄は柏木を引きずるような格好でなだれ込んできた。

「何、言ってんだよ、可愛《かわい》い妹が一人旅から戻ってきたっていうから、顔を見に来てやったんだろう？」

自分も少しは飲んでいるのだろうが、さほど酔った気配もない柏木が、困ったような表情で「礼子さんと、喧嘩《けんか》したみたいで」と囁《ささや》く。なるほど、そういうことかと頷きながら、萄子は、靴を脱ぎ散らかして荒々しく家に上がり込む兄の背中を眺めていた。食堂から、賑《にぎ》やかな声が聞こえてきた。

「そう、珍しいことでもないらしいんだけどね。何だか、家にいると怒鳴るかひっぱたくかしそうだったから、出てきたんだとか言ってた」

柏木が穏やかな表情で言った。

「それで、柏木さんを呼び出したわけ？ 勝手ねえ」

「いや、うちの寮で、待ってたんだ。僕の帰りが遅かったら、どうするつもりだったんだろう」

さらに苦笑している柏木を見上げて、萄子もつい笑いそうになり、そういえば、まず一番に、彼に礼を言うべきだったことを思い出した。

「貴重なことを教えて下さって、有り難う。無事、帰ってきたわ」

柏木は、萄子の帰京については兄からも聞いていたのだろう。ゆっくり頷き、それから躊躇《ためら》いがちに「それで」と口を開いた。続きを聞く前に、萄子は首を横に振った。

「じゃあ、人違いだった？　だとしたら、僕、悪いことしちゃったな」

「人違いじゃ、なかったの。柏木さんが見かけたのは、間違いなく、彼だった。でも、会えなかったわ」

両親にも、細かいことは報告していない。だが、柏木には説明する義務があるように思った。とにかく、完全に切れていたはずの糸が、ほんの少しだけでもつながったのだ。

「いつまでも、そんなところに突っ立ってるなよ、おい！　上がれ、上がれ！」

ところが、兄が再び戻ってきてしまった。今日は帰ると言う柏木を、半ば強引に家に上げようとする。そんな兄に慣れている柏木は、「じゃあ」と素直に靴を脱いだ。兄は「よし」などと言いながら満足げにその様子を眺め、また大股《おおまた》で、先に奥へ行ってしまう。

「今度、ゆっくり聞くよ。ああ、外の方がいいよね」

萄子は小さく頷いた。

柏木の言葉は有り難かった。両親や兄弟には心配をかけたくない。かといって、韮山に相談することも躊躇われる。だが、心にたまったものを、誰かに向かって吐き出したい思いが常に渦巻いていた。冷静に萄子の話を聞き、正確な判断を下してくれる人が欲しかった。

「彰文！ 頑張れよ、なあ！ 合格したら、お兄ちゃんが何でも買ってやるから。何がいい？」

「本当？ 僕、エレキギターが欲しい」

「エレキギター？」

「ちょっと、お兄ちゃん、やめてちょうだい。エレキギターなんて、そんな不良の持つようなもの。お父さんも、何か言って下さいな」

「受かってからの話だろう」

家族が騒いでいる横で、萄子と柏木はそっと待ち合わせの時間と場所を決めておいた。結局、その日の兄は、彰文に「頑張れ」を連発し、母にたしなめられて、ものの三十分ほどで「じゃあ、帰るぞ！」と言い出した。柏木は、やはり苦笑しながら、それでも母たちに丁寧に頭を下げて帰っていった。

「柏木さんも、お気の毒ねえ。いつも先輩面されて、無理に引っ張り回されて」

家に静寂が戻ると、母がため息混じりに言った。弟は、「ようし！」と気合いを入れた表情で勉強部屋に戻り、父は居間に移ってテレビを観始《み》めた。萄子は、母に代わって汚れ物を片づけながら、兄は、確かに夫婦喧嘩をしたのかも知れないが、それなりに妹の萄子と、ひょっとして沈んでしまっているかも知れない家の雰囲気を気遣っていたのだろうと考えていた。

柏木とは、その週の土曜日に有楽町で待ち合わせをしていた。萄子は久しぶりに都会の雑踏の中に身を置いて、約束の日、何だか急に、自分が年老いたような気分になった。曇り空の下を、右へ左へと忙しそうに行き過ぎる人たちが、別世界の存在に感じられる。萄子だって、かつては会社の帰りなどに、年中、友だちと来た街だった。銀座界隈《かいわい》を歩いて、デパートのウィンドーを覗《のぞ》いたり、映画を観たり、他愛のないお喋りに花を咲かせたこともある。あれから、さほど長い時が流れたわけではない。なのに、すべては遠い過去に思われた。萄子ひとりが、人の流れから取り残されてしまった気がする。

「ごめんよ。待たせたね」

ついぼんやりしていた。ふいに声をかけられて、振り返ると、柏木がいつもの笑顔で立っている。考えてみれば、家以外の場所で柏木と会うのは、これが初めてだ。萄子は、何となくぎこちない気分で軽く会釈《えしやく》をし、それから柏木に従って人混みの中を歩き始めた。この街は、勝とも待ち合わせをしたことがある。隣にいるのが勝だったらと、思わないわけにいかなかった。

喫茶店に落ち着くと、萄子はまず、数日前の兄のことを詫《わ》びた。だが柏木は、何も気にしてはいないからと穏やかに笑っている。

「むしろ、何となく嬉《うれ》しいような気もしてるんだ。学生だった頃は、先輩は決して僕らに弱みなんか見せない人だったからね。ああいうところを見せてもらえるっていうのは、それだけ僕を信頼してくれてるっていうことだろうし、一人前と見なしてもらえるようになったんだって思うからさ」

「先輩っていったって、たった一年じゃない？　それにしては、威張りすぎよね。本当は甘えてるのは、自分の方なのに」

「いいんだよ、たまには、そんな時があったって。それにあの日だって、礼子さんと喧嘩したのは本当だろうけど、先輩は、本当にトコちゃんのことが気にかかってたんじゃないかと思うんだ」

「それは――私も、そう思う」

萄子は微《かす》かにため息をつき、「それでね」と口を開いた。本当は、こんな話は身内にすべきなのかも知れない。心配してくれている兄や両親にこそ、話してみるべきなのかも知れないと分かっている。それでも、とどのつまりは勝が現れない以上、決着などつきようがないと分かっている問題を口にすれば、家族の間に波風が立つに違いなかった。彼らは、口を揃えて言うだろう。もう諦《あきら》めろ、と。だが、それでは萄子自身の解決にはならないのだ。

「彼の方も、きっと柏木さんに気づいたんだと思うわ。『晴山荘』の若女将《わかおかみ》っていう人にも会ったけど、彼が辞めるって言い出したのは去年の暮れで、ちょうど柏木さんが熱海に行った直後のことらしいから」

それから萄子は、熱海で、どのようにして勝を探したか、小糸という芸者に出会い、何を言われたかを、一息に話した。柏木は、時折コーヒーカップに手を伸ばしたり、煙草《たばこ》を吸ったりしながら、黙って萄子の話を聞いてくれた。ことに、小糸の話をしたときには、彼はわずかに眉をひそめ、「熱海芸者か」と呟《つぶや》いた。

「その場では必死で我慢したのよ。でも――何で、そんな意地悪をする必要があるのって、本当に泣きたいくらい悔しかった。あの人さえ本当のことを教えてくれていたら、今頃、私は彼に会って、ちゃんと東京に連れて帰ることだって出来ていたかも知れないのに」

頭では整理のついているはずのことだった。だが、心は諦めきれていない。自分とは別世界の存在に見えた小糸が、いくら日がたっても、やはり恨めしく思えてならなかった。柏木は、萄子の気持ちに同情を示す言葉を吐くでもなく、しばらく考える顔をしていたが、やがて、それでは小糸が連絡をくれるまでは、もう身動きが取れないということなのかと言った。萄子は微かにため息をついた。

「だって、仕方がないもの。そりゃあ、本当は焦《あせ》ってるのよ。警察だって彼を追ってるんだし、彼の相棒だった刑事さんは——お嬢さんを殺された人だけど——警察を辞めてまで、彼を捕まえる気でいるんだもの」

言いながら、韮山の顔が思い浮かんでいた。

今頃、韮山はどうしているだろう。まさか、萄子よりも早く、勝にたどり着いてはいないだろうか。それを考えると、いてもたってもいられない気分にさせられる。

「本当は、韮山さんが味方になってくれれば百人力だと思っていたんだけど」

柏木は考え深い表情で腕組みをしている。そして、「でも、諦めないんだろう？」

と言った。萄子が頷《うなず》いて見せると、彼は改めて納得した表情になる。

「だったら、たまには警察や韮山っていう人の動きを探るくらいのことだって必要かも知れないな。それから、彼の田舎にも連絡を入れるだろう？　彼の友だちで、トコちゃんの知ってる人がいたら、そういう人たちにも連絡を入れてみる。情報だよ、必要なのは。ただ、手をこまねいて待ってるだけじゃあ、駄目だ」

萄子は、目を丸くして柏木を見ていた。そんなアドバイスをしてくれた人は、これまでにいなかった。

「――情報」

そうなのだ。とにかく動かなければならない。旅から戻って以来、何となくぼんやりしてしまっていた頭が、久しぶりに動き始めた気がする。萄子は、自分の表情が瞬《また》く間に明るくなったのが自分で感じられた。

「柏木さんに相談して、よかった」

柏木は、いつもの穏やかな表情で、半ば照れたように笑っている。それから、急に思いついたように、せっかく出てきたのだから、映画でも観ていかないかと言った。ほんの少し、わずかな逡巡《しゅんじゅん》が生まれたが、萄子はすぐに頷いた。映画など観るのは、久しぶりだ。

「何が観たい？」

「私は、何でもいいけど。字幕ものは、少し面倒な気もするな。ああ、今、『飢餓海峡』をやってるわよね。水上勉の」

萄子は原作を読んでいなかったが、三国連太郎と左幸子が出ている映画は、かなりの話題を呼んでいるということは新聞で読んでいた。

「あれ、観たいの？」

柏木が、ふいに表情をかげらせた。萄子は小首を傾《かし》げながら、何故《なぜ》、彼がそんな顔をする必要があるのだろうかと訝《いぶか》しく思った。

「簡単に言っちゃうとさ、要するに殺人犯が逃げる話だよ。それを、伴淳《ばんじゅん》の老刑事が追うんだ」

思わず息を呑《の》んだ。北海道の大火と、洞爺《とうや》丸事故が絡んでいる話らしいということまでは知っていたが、まさか、そういう筋立てとは知らなかった。柏木は、まるで自分が萄子を傷つけたかのような、いかにも辛《つら》そうな表情になっている。やめて。そんな顔をしないで。私は、もうそんなに弱くない、もっと強くなるんだからと、萄子の中で声がした。

「いいわ。観てみましょうよ、『飢餓海峡』」

言うが早いか、萄子は席を立った。呆気《あっけ》に取られた表情の柏木に、出来るだけ毅然《きぜん》と微笑《ほほえ》んで見せることも忘れなかった。

映画を観終えて映画館を出たときには、外はもうすっかり暗くなっていた。冷たく乾いた風が吹き抜けていく。コートの襟を合わせて、萄子は思わず首をすくめた。現実に戻ってもなお、観たばかりの映画の世界が心を占めている。

何よりも、伴淳三郎扮《ふん》する老刑事の顔が、頭に焼きついて離れなかった。スクリーンに登場したときから、萄子の中では、あの韮山とだぶって見えて仕方がなかったのだ。そして、下北半島の娼妓《しょうぎ》屋で働いており、後に芸者になる娘役の左幸子は、萄子自身か、または小糸に思われ、十年後に名前を変えて登場する三国連太郎は、さしずめ勝というところだろうか。

――私も、ああなるんだろうか。

左幸子扮する娘の哀れな最期《さいご》は、萄子を十分すぎるほどに憂鬱《ゆううつ》にさせた。何とも皮肉な内容だと思わないわけにいかなかった。

「大丈夫？」

柏木が、不安そうな表情で顔を覗き込んでくる。萄子は慌《あわ》てて笑顔を繕った。

「もちろんよ。色んな人生があるものだって、つくづく思ったわ。面白かった」

「それなら、よかった」

ほっとした表情の柏木に、萄子は柔らかく微笑んだ。兄の後輩は、萄子も高校生の頃から良く知っている。そして、彼が萄子の身を案じ、それなりに心を砕いてくれていることも、良く承知していた。

「もう帰らなきゃ。お夕食までに帰るって、言ってきたから」

手許《てもと》の時計に目を落として言うと、柏木は送っていこうと言ってくれた。だが、萄子はそれを断った。自宅までの道を誰かと連れだって歩いたりしたら、余計に勝を思い出す。

「分かった。じゃあ、気をつけて。ああ、それから——絶対に無茶なことをするんじゃないよ」

別れしなに、そう言っていつもの笑みを浮かべる柏木に、萄子は自分も笑顔で手を振った。だが、一人に戻ると、すぐに表情が沈むのが自分でも分かった。この数日の間では、もっとも早く過ぎ去った一日だったと思う。話し相手が見つかったことは有り難かった。柏木のアドバイスも、きっと役に立つだろう。だが、さっきの映画は、自分で観たいと言ったとはいえ、さすがにこたえた。今の萄子には辛すぎる内容だった。すべてが自分と勝とにダブって見えて仕方がない。

——情報だよ、必要なのは。

絶望的になりそうな自分に気づいて、萄子は慌てて柏木の言葉を思い浮かべた。確かに、彼の言う通りだった。警察は何人もの人間を使って、専門に一人の勝を探している。韮山にしても、捜査のプロに違いなかった。彼らの方が、萄子より遥《はる》かに豊富な情報を持っていることは間違いないと思う。勝の婚約者として、彼らが持っている情報を少しでも分けて欲しいと望むのは、考えてみれば当然のことだ。

無駄に時を過ごすまいと自分に言い聞かせて、萄子は冬の夜道を家に急いだ。

柏木に会った翌日の日曜日、萄子たち家族は夕食をとりながらテレビのニュースを観ることにした。夕刊のない日曜だったから、世の中の動きが分からない。真っ先に報じられたのは、アメリカ空軍が北ベトナムのドンホイを爆撃したことだった。

「ついに、始まるか」

父が難しい表情で呟いた。

「始まるって、戦争ですか？　日本は巻き込まれたりはしないんでしょうね」

母も不安げな表情で言う。父は、日本の態度の示し方が重要だというようなことを言った。

「何しろ、日本には基地がある。ベトナムを攻撃するアメリカの爆撃機は、日本から飛んでいくんだ」

空襲の恐ろしさも、日本中が焼け野原だった時代も知らない彰文が、「戦争反対！」と気勢を上げた。少しの間、父と彰文がアメリカとベトナムの関係について話し合っている間も、ニュースは次々に新しい出来事を報じてゆく。

〈――今日午前八時ごろ、福島県郡山市内の路上で、若い男性が血を流して倒れているのが発見され、通報を受けた警察官が駆けつけたところ、男性は胸にナイフが突き刺さったままの状態で既に死亡していることが確認されました〉

郡山、若い男性と聞いて、萄子は思わず箸《はし》を止めた。テレビ画面に映し出されているのは出血の跡らしい黒いシミが広がる路上の風景で、どこかの商店街だということだけが分かる。

〈――詳しい身元などは、まだ分かっていませんが、男性は胸の他に腹など数カ所を刺されており、郡山南警察署では殺人事件と断定して捜査を始めています〉

何か、嫌な感じがした。まさか、勝であるはずがないと思う。そう思いたかった。だが、郡山という地名が、妙に引っかかる。萄子の表情が変わったのに、家族も気づいたらしい。彰文が、素早くチャンネルを換えようと立ち上がりかけたとき、玄関で電話が鳴った。

ああ、電話は嫌いだ。こんな時に、あのベルの音を聞くと本当に寿命が縮む気がする。立ち上がったついでに、彰文が小走りで部屋を出ていくのを萄子は目で追った。口に入れていた料理が、急に味も香りも失ったように感じられた。

「お姉ちゃんに」

戻ってきた彰文が、怯《おび》えたような声で言った。

「――誰」

「あの、刑事さん。韮山っていう」

心臓が凍りつきそうになった。覚悟しなければならないのだろうか、まさか、本当に勝が殺されたのだろうか。頭の中を一気に様々なことが駆け巡る。とにかく咳払《せきばら》いをしながら、冷え冷えとした玄関先に小走りで向かい、受話器を手に取る。

「ニュース、観《み》ましたか。あれ、伸二ですよ」

萄子が「もしもし」と言っただけで、聞き覚えのある声が、無沙汰《ぶさた》の挨拶《あいさつ》もせずに切り出した。萄子は、「伸二って」と言うのが精一杯だった。それが何を意味するのか、まるで理解出来なかった。

8

佐竹《さたけ》伸二が他殺体で発見されたという知らせを受けたのは、日曜の夕方、韮山が酒の肴《さかな》に湯豆腐でも作ろうかと台所に立っていたときのことだった。電話をかけてきた捜査本部の玉木は、慌てた様子もなく、しごく淡々とした口調で、現在のところは身元が確認されただけで、捜査本部からも先ほど二人の捜査員を郡山に派遣したところだと言った。

「詳しいことが分かった段階で、また連絡しますがね、印象としては、地元のチンピラと喧嘩《けんか》した挙げ句に刺されたっていう感じらしいんですわ。何しろ、意外に多いところらしいんでね、そういういざこざが」

玉木の言葉を、韮山は黙って聞いていた。だが、腹の中では冗談じゃねえ、と毒づいていた。郡山といえば、奥田の故郷だ。東京生まれで、他に身よりもない伸二が、どうして郡山なんぞへ行く必要があったというのだ。偶然にしては、出来すぎではないか。

電話を切って台所に戻ると、沸騰《ふっとう》した鍋《なべ》の中で、四角く切った豆腐がカタカタと震えていた。その豆腐を睨《にら》みつけながら、韮山は考えを巡らせた。

伸二が殺された。郡山で。普通に考えれば、奥田が関係していると推測するのが当然だろう。だが、果たして奥田が伸二を殺すだろうか？ いや、それは分からない。野のぶ子を殺《や》ったかも知れない男だ。韮山の娘で、自分を憎からず思っていた娘を、野郎は殺したのかも知れない。その時点で、奴《やつ》は人生を捨てたのだ。だが、のぶ子を殺したのが伸二だとしたら？ 奥田は、自らは汚名を着たまま、韮山に代わって、仇《かたき》を討ってくれたことになる。ああ、いや、奥田が完全にシロなのだとしたら、何故、奴は姿をくらましたのだ。結婚を目前に控えて、可愛《かわい》い婚約者を捨ててまで。いやしくも刑事だった男が、たとえ韮山のためとはいえ、殺人まで犯すだろうか。

——じゃあ、仲間割れか？　それとも、ホシはまた別にいるか、か。

はっと我に返ったときには、沸騰しきった鍋の湯は、半分ほどにも減っていた。本当は、この鍋に、ついでに銚子《ちょうし》も浸《つ》けて、燗酒《かんざけ》を作るつもりだったのに、今さら、水を足すことも出来ない。ひとまずコンロの火を止め、鍋ごと茶の間に運んで、韮山は卓袱《ちゃぶ》台《だい》に新聞紙をのせて鍋を置いた。鰹節《かつおぶし》を削る気にもなれないし、気持ちは落ち着かないままだから、結局、鍋に醬油《しょうゆ》を垂らして、そのまま散り蓮華《れんげ》ですくって口に運ぶ。酒は、冷やで我慢することにした。

——ホシが他にいるとしたら、それは誰だ。

無論、通りすがりの犯行ということも考えられるだろうし、地元のチンピラとの喧嘩という線だって捨てきれないとは思う。または、寺瀬が絡《から》んでいるのだろうか。兄貴分だった寺瀬は、顔に泥を塗られたと言って、伸二のことを怒っていたという。怒ったついでに、殺したか。だが、なぜ郡山で——。

豆腐をすくったままの散り蓮華を新聞紙の上に置き、韮山はテレビのスイッチを入れた。どの程度まで報道されているかを知りたかった。

ニュースを観てみると、郡山の他殺死体はまだ身元が分からないということになっていた。恐らく、仲二だと判明してから、それほどの時間がたっているわけではないのだろう。口では迷惑そうなことを言いながらも、玉木はいち早く連絡をくれたのに違いない。

「ニュース、観ましたか。あれ、伸二ですよ」

思い立って藤島萄子に電話を入れたのは、その直後のことだ。このところ、どう過ごしているのかは知らないが、一応は親切心のつもりだった。

「伸二って――」

電話口に出た萄子は、そのまま絶句している。

「奥田と一緒に、行方が分からなくなってる、あの伸二ですがね。ニュース、観ませんでしたか」

「――ちょうど、今さっき。あの郡山の、ですか」

あの娘の受けている衝撃が、手に取るように伝わってくる。韮山自身、仕事では「タタキ」だ「殺し」だと言ってきたが、自分の身辺に事件が起きたことなど、かつてなかった。人様の人生の裏側は嫌というほど見てきても、自分自身は平凡を絵に描いたような、至極まともな日々を送ってきたつもりだ。

「郡山といえば、奥田の故郷でしたな」

「――ええ、はい」

「伸二は、どうしてそんな土地で殺されたと思います？」

「分かりません――あの」

それから一瞬、間を置いて、萄子の声は、この件に奥田が関係しているのかと聞いてきた。韮山は即座に「分かりません」と答えた。

「それが分かれば苦労はない。地元の警察でも捜査中でしょうし、こっちからも何人か行ったようです」

「あの――韮山さんは」

「あたしが動いたって、しょうがないでしょう」

「では、私、明日にでも行ってみます」

「行くって郡山にですか？　素人《しろうと》のお嬢さんが行ったからって、何が分かるものでもない」

「警察の捜査に関してはそうだと思います。でも、勝さんのご実家がありますから、そちらに行ってみたら、何か分かるかも知れませんし」

突飛なことを言い出す娘だと内心で驚きながら、韮山は、だが、自分も一度、奥田の親兄弟に会ってみたいという気持ちになった。それに、萄子だけが新しい情報を摑《つか》むのでは困る。奥田を探しているのは、何も彼女だけではないのだ。それでは自分も同行しようと言うと、萄子は「え」と戸惑ったような声を出した。

「これから列車の時刻を調べてですね、また連絡します。それで、どうです」

「――分かりました。よろしくお願いいたします」

卓袱台の前に戻ると、湯豆腐はとうに冷めてしまっていた。醬油をかけたままの状態で、再びコンロにかけ、豆腐が温まる間に、韮山は上野駅に問い合わせの電話を入れた。久しぶりに心が浮き立っていた。

翌朝六時三十分、韮山は上野駅に着いた。六時五十五分発の急行『ばんだい一号』に乗るためだった。定刻通りに行けば、十時二十七分には郡山に着く。

「昨日は、ご連絡ありがとうございました」

待ち合わせの場所に藤島萄子は既に着いていて、白い息を吐きながら、丁寧に頭を下げた。早朝だというのに、上野駅は意外なほど混雑している。夜行で上京してきたらしい、大きな風呂敷《ふろしき》包みを背負った行商人らしい老人や学生服の団体、家族連れ、サラリーマンなどが引きも切らず、きょろきょろしながら通り過ぎる。韮山は、自分も三十数年前、故郷から夜汽車に揺られて、早朝にこの上野駅に着いたことを思い出した。あの時は、果たしてこの大都会で、どんな人生が開けるか、想像もつかなかったものだ。

「実は昨日、お電話をいただいた後、家族で喧嘩になりました」

並んで歩き始めると、萄子の方が口を開いた。

「急に郡山に行くなんて言い出したものですから、両親が慌《あわ》ててしまって。私が行ったところで、何が分かるものでもないだろうって申しまして」

「まあ、私が親でも、反対しますよ」

「でも、韮山さんがご一緒して下さると申しましたら、やっと納得してくれました」

「何を言ってるんですか。よく知りもしない男と二人で旅に出るなんて、余計に物騒じゃないですか」

「でも、韮山さんは――」

「もう警察官じゃありませんからね。まあ、だからといって、別にあんたに何かしようなんて、思ってやしないけどね」

気持ちがはやっているせいか、久しぶりに若い娘と話をするせいか、自分でも意外なほど舌が滑らかに動く。韮山は、隣を歩く萄子をちらちらと観察した。暖かそうなラクダ色のコートの襟元を合わせ、頭にはネッカチーフを被《かぶ》って、彼女は意外なほど落ち着いた表情をしていた。のぶ子とはまるで似ていないが、やはり隣から伝わる空気が、若い娘特有のものだと思う。

「勝さんのご実家の方には、電報を打っておきました。まだ、お電話が引けていないので」

「そんなことをして、もしも奥田がひそんでいたら、逃げられるとは思わなかったんですか」

韮山は、内心で小さく苛立《いらだ》ち、一方では試すような気持ちで菊子を見た。だが彼女は表情を変えないまま、柔らかく首を振った。

「勝さんが、ご実家に身を隠していたとしたら、少なくとも私には連絡が来ていたはずですもの」

なるほど、それなりに考えているということだ。

二等車に空席を見つけて、二人分の荷物を網棚に上げようとすると、菊子はボストンバッグとは別に持っていた小さな紙袋を「これは」と言って手許《てもと》に残した。そして、席に着くなり中から二つの包みを出す。

「母が、作ってくれました。よろしかったら」

萄子が差し出したのは、手作りの弁当だった。まだ微《かす》かな温《ぬく》もりが残っている。寿々江が入院して以来、ずっと自炊を続けてきた韮山にとっては、それは切なくなるほどの温もりだった。「じゃあ、遠慮なく」と押し頂く真似《まね》をすると、萄子は小さく微笑《ほほえ》んで、「お茶を買ってきます」と立ち上がる。人に気遣われるのも、また久しぶりだった。

六時五十五分、急行『ばんだい一号』は定刻通りに上野駅を発車した。韮山は、萄子の母親が作ったという握り飯と漬け物、卵焼きを頬張りながら、窓の外を眺めた。煤《すす》けたような東京の街が、早朝の陽射《ひざ》しを浴びて金色に輝いている。通過する駅のホームには、普段と変わらない日常を続ける人たちの姿が溢《あふ》れ、見知らぬ街の路上には早くも制服姿の子どもの姿などが認められた。ひしめき合うように軒を連ねている家々の中には、早々と洗濯物の干されている家もあり、和服に割烹着《かっぽうぎ》姿の女が、竹箒《たけぼうき》で家の周りを掃いている姿も見えた。牛乳配達の自転車が走っていく。郵便局員が、サドルから腰を上げて、やはり自転車を漕《こ》いでいた。恐らく電報の配達だろう。こんな早朝に、急いで届けなければならない電報といえば、恐らく不吉な報《しら》せに違いない――すべてが人の生活、そして、韮山とは無縁の場所で繰り広げられている人生模様だった。

「実は」

赤羽を過ぎて埼玉に入り、辺りの風景が徐々に農村のものに変わる頃、韮山より大分遅れて握り飯を食べ終えた萄子が口を開いた。

「この二、三日のうちに、韮山さんにご連絡してみたいと思っていたんです。でも、考えてみたら去年一杯で警察はお辞めになるって仰《おつしや》っていらしたし、じゃあ、どうやってご連絡すればいいんだろうって」

膝《ひざ》が触れ合うような距離で改めて向き合うと、藤島萄子という娘は、やはりどこか垢抜《あかぬ》けていて、韮山などとは別の生き物のような、ある種の冒しがたさのようなものを感じさせる。顎《あご》の細い面長の輪郭に、ほど良くカールして額にかかった短い前髪はよく似合っていたし、肌の美しさは文字通り陶器のようだ。そして、黒目がちの丸い瞳《ひとみ》は濃いまつ毛に縁取られて、実に豊かな表情を見せる。列車の中という場所が特殊だからか、韮山は柄にもなく居心地の悪さを感じた。

「何か、用でしたかね」

「勝さんのことで、何か新しい手がかりが摑めたかどうかを、伺いたかったんです」

朝陽が射し込んでくる。韮山はわずかに目を細め、改めて萄子を見た。

「何でも結構ですから、私にも、ご存じのことをお教えいただけないかと思って」

「諦《あきら》めて、ないんですか」

「もちろんです」

「伸二を殺ったのが、奴だとしても？」

「勝さんじゃ、ありません。絶対に」

萄子は、毅然《きぜん》とした表情で正面からこちらを見つめている。この娘も哀れだ、と感じないわけにいかなかった。のぶ子ほどではないにしても。

「韮山さんのご連絡先が分からない以上は、仕方がないから警察にも行ってみようかと考えていました」

萄子は、静かな口調で呟《つぶや》いた。韮山は、ふっと口元だけで微笑んだ。

「警察は、何も教えちゃくれませんて。公式に発表されること以外は、捜査は部外秘ですから。相手が誰であろうとね」

「では、韮山さんも、新しい情報はお持ちじゃないんでしょうか。でも、今度の伸二という人の件も、テレビより先にお知りになっていらっしゃいましたね」

試すような、真《ま》っ直《す》ぐな瞳を向けて、萄子は言った。韮山はつい苦笑いしながら「まあね」と答えるより他なかった。萄子の瞳の奥にも、わずかに悪戯《いたずら》っぽい光が揺れる。

「韮山さんがご存じのことで結構ですから、お教えいただけませんでしょうか」

ごとん、ごとん、と列車の振動が伝わってくる。尻《しり》の下から暖房が良い具合に利《き》いてきて、目をつぶればすぐにでも一眠り出来そうだ。だが、萄子の眼差《まなざ》しが、それを許してくれそうにはなかった。韮山は、背広の内ポケットから煙草《たばこ》を取り出し、一本を口にくわえながら、「お嬢さん」と呟いた。

「そのお嬢さんという呼び方、おやめになっていただけませんか」

「ほう、そうですか」

マッチを擦り、火をつける。朝陽を浴びているせいで、マッチの炎は、透けるように弱々しい薄青にしか見えなかった。

「じゃあ、藤島さん、今日が何の日か、ご存じですかね」

「――のぶ子さんの、月命日です」

萄子は、わずかに目を伏せ、そっと呟くように言った。韮山はゆっくり頷《うなず》いた。今朝、家を出てくるとき、韮山はのぶ子の真新しい位牌《いはい》に向かって祈ってきた。なあ、のぶ子、父さん、今日は郡山へ行ってくる。お前が悔しさを晴らしたいと思ったら、今日、せめて何らかの手がかりだけでも摑ませてくれよ。あの、山の手のお嬢さんも一緒に行くんだ。お前にとっちゃあ恋敵だろうがな、あの娘はあの娘で、苦しんでると思うぞ。お前も思いは果たせなかったかも知れんがな、あの娘だって、幸せじゃないんだ。

「あれから四カ月です」

「――そうですね。長かったのか、短かったのか」

その思いは、韮山も同様だった。あの、オリンピック直前の、日本中がお祭り騒ぎで沸き返っていた日から、韮山の時計は止まってしまったのかも知れない。

「一度、お線香を上げさせていただきたくて、それも気になっていたんです。ご自宅を伺っておくべきだったと」

礼を言う代わりに、韮山は小さく会釈《えしやく》だけをして見せた。急行は、小山《おやま》に着こうとしていた。

小山駅を出たところで、韮山は「捜査本部では」と口を開いた。

「奥田は、もうこの世にいないかも知れないと、そういう見方もしているようです」

萄子の口元にわずかに力がこもった。何か言いたげでありながら、韮山の次の言葉を待っている。

「それほど、奥田は見事に行方をくらましていると、そういうことでしょうな」

萄子の瞳が揺れた。

「つまり、今のところ、あんたに話してあげられるようなことは、何もないというのが正直なところだ。今回の伸二のことが、唯一《ゆいいつ》といえば、唯一ですな」

「あの——どうして、ご連絡下さったんですか？　韮山さんは、ご自分の手で勝さんを捕まえるって、確か、そう仰《おっしゃ》いましたのに」

思い切ったように口を開いた萄子の表情は、硬く強張《こわば》って見えた。吐き出した煙草の煙を目で追い、煙草を灰皿に押しつけて、韮山はため息をついた。

「あんたにもね、現実というやつを、一つ見てもらいたいと思ったんでね」

改めて萄子を見る。彼女は、半ば恐怖に引きつったように、目を見開いている。

「あたしは、娘を殺された、いわば当事者だ。だから、どこまでもこの件を追います。だが、あんたは、確かに婚約はしていたかも知らんが、まだ奥田とは他人だった。そうでしょう」

萄子は、頷くこともせずに、韮山を凝視していた。

「引き返そうと思えば、引き返せるところにいるっていうことです。そりゃあ、確かに傷ついただろうし、将来の夢なんていうやつも粉々に砕けたように感じてるかも知らんがね、大丈夫、そのうち忘れますって」

「私は、そんな、忘れるなんて——」

「忘れなくてもね、新しい道が、そのうちまた開けてきますってことですよ。あんたはまだ若い。亭主に消えられたとか、子どもを抱えてるっていうわけでもない。奥田を思う気持ちは分からんじゃありませんが、どっかで、きっちりと諦めをつけてさ、ご両親のためにも、けじめをつけた方がいいとね、思うんです」

萄子は、形の良い唇を引き締め、すっと目を伏せた。

「今日、どういう話を聞くことになるかは分かりませんが、たとえば奥田が、今回の件に絡《から》んでいたとしたら、あんた、どうします。藤島さん」

「――そんなはず、ないと思っていますから」

「そう思うのは結構だがね、だが、現実は分からない。もしも、です、奥田が伸二を殺したんだとしたら、あんた、これはもう、諦めないわけにいかんでしょうが」

これでも親切のつもりなのだと言おうとして、そこまで言うと嘘《うそ》になると、韮山は口を噤《つぐ》んだ。本音を言えば、単に抜け駆けされたくない、それだけのことだった。

午前十時二十七分、急行『ばんだい一号』は、定刻通り郡山駅に到着した。冬の福島と聞いただけで、雪深いに違いないと想像していたのだが、予想に反して、辺りはうっすらと雪化粧をしている程度だった。吹き抜ける風は刃物のように鋭く、頭上には青空が広がっているというのに、どこからか雪片が飛んでくる。降っているというよりも、それはまさしく、風が飛ばしてくるという印象だった。

――ここが、奥田の故郷。

ぐるりと周囲を見渡し、隣に立つ萄子に目を向ける。彼女もまた、白い息を吐きながら、遠い目をして辺りを見回していた。恐らく、前回、この地に降り立ったときのことを思い出しているのに違いない。

「取りあえず所轄《しょかつ》署に行きますが、どうします」

「私も、ご一緒してよろしいんでしょうか」

「構わんでしょう。詳しい話まで聞けるかどうかは分からんが。その後、奥田の家に行きましょう」

萄子は素直に頷き、韮山に従って歩く。韮山は、昨夜のうちに玉木に電話を入れて、捜査本部から派遣された捜査員に会えるように手はずを整えておいた。警察手帳を持たない身分になったからには、知り合いでもいない限り、直接、警察から情報を取り込むことは不可能だ。

タクシーに乗り込み、行き先を告げてから、韮山は運転手の手許《てもと》ばかり眺めていた。遠くない将来、自分もこうして背後に客を乗せることになるのだと思うと、つい気になる。

「目撃者がいますが、どうやらチンピラ同士の喧嘩《けんか》というところらしいです。相手は少なくとも三人、そのうちの誰も、奥田とは違うようです」

ところが、警察に着いて聞いた言葉は、韮山の予想を裏切るものだった。

「じゃあ、何だって野郎は郡山なんかにいたんです」

八つ当たりだと分かっていながら、韮山は、思わず眉《まゆ》をひそめて若い捜査員を睨《にら》みつけた。確か、玉木に会いに行ったとき、何度か見かけた記憶のある捜査員は、困惑したように首の後ろを掻《か》きながら、「ええ」と手帳を覗き込んだ。

「その辺のことは、まだ分かりません。ただ、逃げる佐竹を追いかけていた男たちは、言葉に訛《なま》りもなく、『手間かけやがって』『分かってるんだろうな』などと口々に言っていたといいます。地回りのヤクザにも聞き込みに回ってるらしいんですが、見覚えのない連中だったということです」

韮山の頭に、寺瀬という名前が思い浮かんだ。伸二の兄貴分である寺瀬が殺害したということなのだろうか。何故《なぜ》、伸二は何をした、寺瀬は何故、可愛《かわい》がってきた弟分を殺したのだ。では、奥田の方はどうしたというのだろうか。どこで、何をしているのだ。頭が混乱する。隣に立っていた萄子が、沈鬱《ちんうつ》な表情ではあったが、微《かす》かに安堵《あんど》のため息を洩《も》らしたのが聞こえた。

（下巻につづく）

乃南アサ著　6月19日の花嫁

結婚式を一週間後に控えた千尋は、事故で記憶喪失に陥る。やがて見えてきた、自分の意外な過去――。ロマンティック・サスペンス。

乃南アサ著　死んでも忘れない

誰にでも起こりうる些細なトラブルが、平穏だった三人家族の歯車を狂わせてゆく……。現代人の幸福の危うさを描く心理サスペンス。

乃南アサ著　結婚詐欺師（上・下）

偶然かかわった結婚詐欺の捜査で、刑事の阿久津は昔の恋人が被害者だったことを知る。大胆な手口と揺れる女心を描くサスペンス！

乃南アサ著　5年目の魔女

魔性を秘めたOL、貴世美。彼女を抱いた男は人生を狂わせ、彼女に関わった女は……。女という性の深い闇を抉る長編サスペンス。

乃南アサ著　しゃぼん玉

通り魔を繰り返す卑劣な青年が山村に逃げ込んだ。正体を知らぬ村人達は彼を歓待するが。涙なくしては読めぬ心理サスペンスの傑作。

乃南アサ著　禁猟区

犯罪を犯した警官を捜査・検挙する組織――警務部人事一課調査二係。女性監察官沼尻いくみの胸のすく活躍を描く傑作警察小説四編。

新潮文庫最新刊

関裕二著
「始まりの国」淡路と「陰の王国」大阪
―古代史謎解き紀行―
淡路島が国産みの最初の地となったのはなぜ？　ヤマト政権に代わる河内政権は本当にあったのか？　古代史の常識に挑む歴史紀行。

山本周五郎著
殺人仮装行列
周五郎少年文庫
―探偵小説集―
上演中の舞台で主演女優が一瞬の闇のうちに誘拐された。その巧妙なトリックとは。乱麻を断つ名推理が炸裂する本格探偵小説18編。

山本周五郎著
日本婦道記
厳しい武家の定めの中で、愛する人のために生き抜いた女性たちの清々しいまでの強靭さと、凛然たる美しさや哀しさが溢れる31編。

山本周五郎著
さぶ
職人仲間のさぶと栄二。濡れ衣を着せられ捨鉢になる栄二を、さぶは忍耐強く支える。友情を通じて人間のあるべき姿を描く時代長編。

葉室麟著
鬼神の如く
―黒田叛臣伝―
司馬遼太郎賞受賞
「わが主君に謀反の疑いあり」。黒田藩家老・栗山大膳は、藩主の忠之を訴え出た――。まことの忠義と武士の一徹を描く本格歴史長編。

宮本輝著
長流の畔
流転の海　第八部
昭和三十八年、熊吾は横領された金の穴埋めに奔走しつつも、別れたはずの女とよりを戻してしまう。房江はそれを知り深く傷つく。

涙《なみだ》（上）

新潮文庫　の - 9 - 15

平成十五年二月一日発行
平成三十年十一月十日十九刷

著者　乃《の》南《なみ》アサ

発行者　佐藤隆信

発行所　株式会社 新潮社
郵便番号　一六二―八七一一
東京都新宿区矢来町七一
電話　編集部(〇三)三二六六―五四四〇
　　　読者係(〇三)三二六六―五一一一
http://www.shinchosha.co.jp

価格はカバーに表示してあります。

乱丁・落丁本は、ご面倒ですが小社読者係宛ご送付ください。送料小社負担にてお取替えいたします。

印刷・錦明印刷株式会社　製本・株式会社植木製本所

ISBN978-4-10-142525-2 C0193